最後の証人 上

金聖鍾《キム・ソンジョン》 著
祖田律男 訳

論創社

최후의 증인 (상)
by 김성종 (金聖鍾)

最後の証人　上　　目次

装丁　野村　浩

序文　日本語版の出版に際して

『最後の証人』は五十編あまりに及ぶわたしの長編推理小説のなかで、一番最初に発表された作品だ。したがって、わたしにとって長編推理小説のデビュー作になる。一九七四年に『韓国日報』長編公募に当選し、以来一年にわたって新聞に連載されたものだが、思えばもう三十五年も前のことだ。

これまでかなりの数の作品を発表してきたにもかかわらず、わが小説の読者の大半は『最後の証人』をわたしの代表作とみなすことにためらわないようだ。それは今まで発表してきた作品のなかで『最後の証人』を凌駕するものがなかった、という意味に解釈することもできよう。

したがって、ほかの作品でなく、この最初の長編作品が日本語に翻訳され日本の読者の方々に紹介されることは、感激に堪えないばかりか、創作の地平を韓国という枠内だけでなく世界へと広げられたという点で示唆するところはすこぶる大きいと思う。

執筆時期からみると、『最後の証人』は七十年代に発表した作品なので、近頃の一般的な推理小説の流れとは異なり、若い読者にとってはいささか硬い、時代遅れの古臭い作品に映るかもしれないが、作品全体の底に流れるヒューマニズムは今も昔も変わってはいないという点で理解が得られ、感動していただけるのではないかと思う（韓国の読者がこの作品を読み、涙をこらえ切れなかったという話をあちらこちらで聞く)。

この作品は朝鮮戦争が生んだ悲劇的事件を土台にしたものだ。日本人にはあまり知られていなくて実感が湧かないことであろうが、一九五〇年に勃発し、三年にわたって続き、朝鮮半島を焦土と化した朝鮮戦争は、米ソ強大国の勢力争いに巻きこまれ、同じ民族同士が互いに殺戮戦を始めるという残酷な戦争だった。この争いにより「静かな朝の国」の数百万人もの善良な民が命を失い、国土は引き裂かれ、徹底的に破壊されるという現実があった。

この小説は戦争が終わり、二十年あまりの歳月が流れたあとにも、決して癒えることのない悲劇的な傷痕がいかにして生じたのか、その原因を追究することに焦点を当てている。主人公の刑事は、連鎖殺人事件の背後にひそむ戦争の傷痕を粘り強く追跡していく。その過程で彼は深く巨大な悲劇の根源に無力感を覚え、結局虚無にとらわれてしまう。推理小説の形式を採りながらも、韓国では純文学として評価されることも少なくないこの小説に対し、日本の読者の方々がどんな反応を示されるのか、とても気がかりだ。

この小説の一部は、事実に基づいていることを明かしておこう。

上下二巻もあり、叙述や描写が多くて翻訳の苦労は並大抵のことではなかったろう。韓国の文学作品に対し、変わらぬ愛情を持ち、翻訳に打ちこむ祖田律男氏の熱情に、この場を借りて深い敬意を表したい。

二〇〇八年六月八日　釜山にて　金聖鍾《キムソンジョン》　拝上

最後の証人　上

主要人物一覧

呉炳鎬（オ・ビョンホ）……刑事。龍王里支署主任
黄岩（ファン・バウ）……殺人罪での服役後、二十年ぶりに出所した男
金重燁（キム・ジュンヨプ）……殺害されたソウルの弁護士
梁達秀（ヤン・ダルス）……龍王里の貯水池で殺害された男。元青年団長
孫芝恵（ソン・ジへ）……梁達秀の愛人。孫石鎮の娘
梁杏蓮（ヤン・ミョリョン）……梁達秀と孫芝恵の間にできた娘
黄泰榮（ファン・テヨン）……黄岩の姉に育てられた孫芝恵の息子
孫石鎮（ソン・ソッチン）……パルチザンの司令官。孫芝恵の父
姜晩浩（カン・マンホ）……遊撃隊の隊長
韓東周（ハン・ドンジュ）……パルチザン活動中に黄岩にナイフで刺された男
韓鳳周（ハン・ボンジュ）……農協職員。韓東周の実弟
曺益鉉（チョ・イッキョン）……姜晩浩の早稲田大学時代の同窓生。中学校校長
曺海玉（チョ・ヘオク）……中学校教師。曺益鉉の姪
厳昌奎（オム・チャンギュ）……S新聞社会部首席記者

出獄

「ごくろうじゃったな、たっしゃでな」

年嵩《としかさ》の看守が柔和な目を向けながらいった。黄岩《ファンバウ》は深々と頭を下げて挨拶した。雪が降っているからなのか、その頭がことさら白く見える。

風呂敷包みを胸に抱え、肩をすぼめた恰好で町に向かってのっそりと歩いていった。その後ろから、どっしりとした鉄門が、がしゃりと閉まる音が聞こえてくる。とたんに黄岩はすさまじいまでの孤独感におそわれた。まぎれもなくひとりぼっちだという現実が、そしてこれから先、老いた体を引きずって、新たに生きていかねばならないことが、いっそうそんな思いを強めたのである。

今日が何年の何月何日であるのかとんと見当もつかなかったし、また知りたいとも思わなかった。自分の年齢すら正確には知らなかった。しかしながら、若かりし頃に刑務所に入り、こんなに老いてから出所するのだから、ずいぶん長い歳月が経っているのにちがいない。

獄中生活を余儀なくさせられていたために、うんざりするほどにくたびれはてて、じつのところ久しい間、日にちを確かめることすら放棄してしまっていた。それだけではない。一切の人間関係をも断っていた。生きて再び出ることなど想像だにしなかったからだ。そんなわけで黄岩が釈放されて出所したとき、出迎えてくれる者はだれもいなかった。じっさい、彼のことを覚えている者などいるはずもなかった。

ほとんどが若い連中だったが、同じ監房にいた受刑者のことが思われてならない。親しく過ごしてきたわけでもないのだが、別れのときが近づいてくると「おやじさん、たっしゃで、やりな」と声を詰まらせていうのだった。

習慣というやつは恐ろしい。刑務所暮らしとはいえ、時の流れのなかで知らぬ間に愛着のようなものが湧いていたのだ。

すばやく手の甲で涙をぬぐったあと、迎えてくれる者とていない人里に向かって恐る恐る歩を運んでいく。

降りしきる雪の合間にぼんやりと山が見え、その山の麓《ふもと》に村の草葺《くさぶき》屋根が地にへばりついているかのような姿を現してきた。村が近づくにつれ、ところどころで村人が雪かきをやっているのだが、黄岩の姿に気づくなり作業の手を止めていぶかしげな目を向けてくるのだった。

「ご老体じゃないか……」

「なにをやらかしたんじゃろの、ちっ……」

といったささやき声と舌打ちを耳にしながら、黄岩は黙々と彼らの間を通り過ぎていった。一般世間の人々とは久しい間、接する機会がなかったためにまごついてしまい、顔を上げることすらできない。

古びて垢が染みつき黄色く色褪せた木綿の上下服をまとい、黒のゴム靴を履いて風呂敷包みを抱えている者を見れば、この村の住民ならその人物がどこからきたのか察しがついた。それゆえに、やってくるときや、村から出ていくときには同情するような色を浮かべたりするのだった。

「やけに降りやがるな」

黄岩はひとりごちた。

このまま降りつづくと、足止めを食らうかもしれなかったからだ。

刑務所内では一昨日から除雪作業をやっていた。受刑者たちは雪が降ると喜び、作業中にも雪の玉を投げ合って遊ぶのである。

「なんという村なんかね、ここは?」

目に留まった老婆に歩みよって尋ねた。

垣根もない路傍の居酒屋の前で孫娘の相手をしていた老婆は、まばたきを繰り返しながら、よその者の顔つきをうかがってはいたものの、なにを訊かれたのか聞きとれなかったものとみえる。

「あっちからきんさったんかね?」

こたえるかわりに訊いた。

「へい、さっき出たばかりなんじゃ」

黄岩はことのほか高く、分厚く、じめじめして暗い壁と脱獄を防止するためにつくられた四つの監視塔がそびえ立つ刑務所の方角をしばし茫然と眺めるのだった。

「苦労しんさったのう、わかくもないのに……おいくつじゃね?」

「さあて。はっきりとは知らんが、六十はこえておるじゃろう」

淡々と彼はこたえた。

「へっ、自分の歳もわからんのかね?」

老婆はいたくあわれみ、黄岩をまじまじと見つめた。

黄岩はとくだん恥ずかしがるふうでもなく、「銭ならもっとるが、飯は食えるかな?」と訊いた。

朝飯をすませてから出たのだが、空腹を覚えていたのである。

刑務所暮らしというものはひもじさとのたたかいでもあった。そのひもじさたるや、苦痛を通りこしてほぼ習慣化していたほどで、せめて一度たらふく食べて死ぬのが願いだったのである。ほかほかと湯気の立つ白米と脂光りのする肉汁、受刑者ならだれもが願う夢だった。いま彼の手には刑務所にいる間に、雑役で少しずつ貯めたお金がいくらかある。この金でいま一番やりたいことは、腹いっぱい食べることだった。老婆はしばし思案しているかにみえたが、「むさくるしいところじゃが、はいりんさい」といった。

黄岩は老婆について居酒屋に入っていった。味噌麹《こうじ》の発酵する匂いが室内に立ちこめていて、懐かしい故郷へ帰ってきたかのような気がした。

黄岩が部屋の隅に腰を落とそうとすると、老婆は彼の肩をとんと叩いて温突《オンドル》の焚き口に近いところにいざなうのだった。

「息子さんはいなさらんのかね?」と黄岩が訊く。老婆は眠そうな子どもを寝かしつけようとしていた手を止めた。

「息子はとうに死んじまってな。娘の家なんじゃ」

「なら娘さんが居酒屋をやっとるんかね?」

「娘婿は出かせぎで炭鉱へ行って何年にもなるんじゃけど……ちーとも音沙汰がありゃぁせん」

「娘さんは?」

「近所の友だちの家におしゃべりでもしにいっちょるんじゃろ」

老婆は台所へ立っていった。

店内は明るくはなかったが、女だけで暮らす家らしく掃除がゆきとどいている。そうはいっても男手がないからなのか、どこか淋しげな雰囲気がただよっていた。

床が暖かかったからだろう、黄岩は壁に背を預けているうちに眠気をもよおしていた。

半睡眠状態にあるとき、あるいは夢を見ているとき、黄岩はこのまま永遠に眠りが続いてくれることを願った。この頃たまに死について考えることがあったが、もしそれが不可避なものであるのならいっそのことだれにも知られずに静かに迎えたいものだと思ったりするのだった。

受刑者の死体に幾度となく触れ、自分自身が死にも等しい無期囚として過ごしていたところ減刑となり出所した彼にとって、死というものがことさら恐ろしかったり、遠くにあるものとは思えなかった。むしろ身近なものとしてとらえていたといえる。

黄岩が身にまとっている木綿の服にしても死刑囚が残していってくれたものだった。そしてその服はけっして不気味なものとしてではなく、むしろぬくもりのようなものとして感じられるのである。

黄岩は血管が浮き出て骨と皮ばかりになった痩せた手に、見るともなく目をやっているうちにまどろんでしまった。壁から横すべりに倒れ、そのまま思うさま四肢を伸ばして鼾《いびき》をかきはじめた。が、それもつかの間。はっと驚いたように半身を起こした彼は、不安げな充血した目できょろきょろ見まわしていたが、再びがくんと首を落として瞼を閉じた。

「えらくおつかれのようじゃね」

ややあって老婆が膳を抱えながら戻ってきたのである。黄岩はすっくと立ち上がって膳を受け取った。

「いやあ、初対面なのにとんだところを見られちまった」

老婆の温かい言葉を聞き、湯気の立ちのぼる炊きたてのご飯を見ると、黄岩の胸はつまった。

「そんな、米だなんて……」

「遠慮なんてせんでもええわね」

「いただきやす」

黄岩はうつむき加減で最初は行儀よく手を動かしていたものの、やにわに飢えた野獣みたいにがつがつと食べはじめた。そのあまりの変化に、老婆はへこんだ目をまるくしながらじっと見守っていた。

「だれもむかえにこなかったんかね?」

「そうなんじゃ」

しばらく間をおいてから老婆が訊く。

「どこかゆくあてはあるんかいのぉ?」

「へえ……ひとり身なもんで、どこでだって食っていくだけならできまさあ」

「そんなかんたんにはゆかんじゃろ。いい歳なんだから。息子のひとりぐらい、いないもんかね?」

思わず情のこもった言葉を洩らす。黄岩は濁酒《マッコリ》をごくりと飲み干すと溜め息ともとれるような息を吐いた。

「けっこう歳をくってから息子がひとりできはしたんだがね、たずねていってていいものやら。荷物になるだけだからな……」

「なにをいいんさる。親が息子をたずねていって、どこがわるいんかね」

「おらがだれだかわかるまいて」

みじかく刈った白髪頭を片方の手でなでる。

「いくつのときに、はなればなれになったんかね、息子の顔は覚えてるんかいのぉ？」

「生まれて間なしだったもんでな……ひとつにもなってなかったし」

「面会には一度もこなかったんかね？」

「そういうことなんじゃ」

「えっ！　そんな……」

「しょうがなかったんだからな、恨んじゃいないさ」

老婆は一呼吸おいてからやはり気になって仕方がないのか、さらに尋ねる。

「かあちゃんのほうは、どうしんさった？」

黄岩はしばし見るともなく壁に目を向けていたものの、力のない声でこういった。

「とうの昔に再婚したそうじゃ……くわしいことまでは知らんが」

「じゃったら息子さんはかあちゃんについていったんかの？」

「さあて、よくは知らん。もうずいぶん昔のことなんで……ずいぶん……」

黄岩は老婆の差し出す煙草の葉を紙に巻いて一服つけた。じつに久しぶりに飲む酒だったからだろう、その顔は朱に染まっていた。

夢を見ているような気がした。煙草のけむりのせいなのか、しきりに涙がこぼれ、抑えようとして空咳を繰り返さなければならなかったぐらいだ。

老婆は膳を片づけようともせず、そのまま坐りこんでしまう。

「いったいどんな罪をやらかしたというんだね？」

黄岩の黄色くむくんだ顔がみるみるこわばっていき、眉間に皺を寄せた。ふた筋の深い皺が額に刻まれている。

「人を死なせちまった」と彼はこたえた。が、べつに後悔しているようなそぶりもなく、まるで他人事ででもあるかの口ぶり。

「えっ、人を……」

老婆はすっかり面食らったものとみえる。しかしながらどうにも信じられないのか、「ほんとぉかい？」と訊いた。

まるくなった目で老婆が重ねて返事をもとめてきたので、黄岩は力なく首をたてに振った。

「殺してなんかいるもんか、そういったけど信じちゃもらえなかった。裁判官がいうにはまちがいなくわしは人を殺したんだとさ。そうなんかもしれんし……よくはわからんね。娑婆に出られただけでもありがたいことだと思わんとな」

「なんとまあ、おかしなことをいいなさる。殺したんなら殺したんだし、殺しちゃいないんなら殺しちゃいないんじゃないんかのぉ。殺したのか殺してないのかよくわからんだなんて、どぉゆうことなんかね？」

あきれたのか、老婆の声に思わず力がこもった。

「ほんとにわからんのさ、裁判官の先生がじっくり調べたうえで決めなすったおかげで、こうして生きて出てこられたんだわな。まかりまちがったりすりゃあ死刑になるところだった。こわいこわい。首をちょん切られて死ぬんだからね。そんなふうにして死んだ人たちを何人も見てきたんだ。はだかにされて……かわいそうなもんさ。そんなところを目の当たりにすりゃあ、何日も眠れなくなっちまう」

黄岩は肩をすくめた。

「自分の名前は書けるんかね?」

「名前ぐらいは書けるさ。刑務所のなかで、どこかの大学の先生がハングルをおしえてくれたから。その先生も死んじまったがね」

老婆はついと膳をわきへ押しやると、黄岩の間近まで膝を進めた。

「どうなってるんかのぉ、ちいとくわしくきかせてくださらんか。どぉゆうわけで刑務所に入れられたんかね? 人を殺したんか、殺しちゃいないんかほんとに知らないんかね?」

「なんでそんなこと? 知ってどうするんだね? すんじまったことをたしかめてみたって、どうしようもなかろう。わからんままにしておくのがいいってこった」

黄岩は二本目の煙草を巻き、老婆はマッチで火をつけてやる。

「たしかめるべきことをはっきりさせておいてこそ、生きていけるんじゃないのかい。おまえさんみたいな調子でいた日にゃ、損をするばっかりじゃ」

聞いているのかいないのか、口をつぐんだまま黄岩はゆるりと腰を浮かせた。

「ゆっくりさせてもらいましたな。いくらお出しすればよろしいかな?」

「銭《ぜに》はもっちょるんかね?」

「そりゃあんた。銭がなけりゃあ、こんなところにきやせんわな」

「しまっておきんさい。こんど通りかかることがあったら、またきなすったらええ」

黄岩がお金を取り出そうと風呂敷包みのなかをかきまわすのを老婆が強く押しとどめ、そういった。

黄岩は深々と頭を下げて別れを告げた。これまでの人生においてもそうしてきたのだろう、その振る舞いにいささかの違和感もなかった。

「どちらまでいきんさるんかね?」

「さあて……どうにかなるじゃろ」

「息子さんをたずねてみんさい」

「へい、そうでやすな」

いま一度頭を下げると、雪の舞う小径《こみち》に沿ってゆるりと遠ざかっていった。

にわかに息子のことが思われて目の前が真っ暗になっていく。むろんこれまでも息子を忘れるようなことはなかったのだが、こうして他人から息子をたずねてみなされ、といわれてみると胸が引き裂かれるかのように痛むのである。

息子を目にした最後は、若い母親が産んで間なしのときだった。だから息子がどんなふうに成長したのか、そもそも生きているのか死んでいるのか、生きているとしてもどんな姿形をしているのか、わかるはずもなかったのだが。にもかかわらず息子への思いがぐんぐんふくらんでいく。

「大きくなってるだろうな。いま会えたところでたがいに相手がだれだかわからんのだろうて……」

黄岩はひとりごちながらぶるっと身を震わせた。ひとりごとをつぶやく癖は、刑務所にいる間に身についたものだ。

壁に向かい夜となく昼となく坐りつづけていると、さまざまな想念が走馬燈のように通り過ぎていき、現実との区別がつきがたくなってくるのであり、相手が眼前にいるかのように話しかけるのだった。もっともほとんどの受刑者がそんなふうになっていったのである。

「ともかく姉さんのところへいってみよう。生きていてくれたらええんじゃが……」

黄岩には姉がひとりいた。しかしながら、ずいぶん歳がはなれていることを思えば、生きている可能性は望み薄だった。だとしても一人息子がいるのだから、まるきり無駄足でもなかろう。姉の息子は戦争の起こった年に両方の脚を失って傷痍軍人となり家に戻ってきていたのだが、黄岩が甥について思い出すのは絶望的な表情だけだった。

両脚を失って家に帰ってきたとき、甥はいまにも死ぬのではないかと思われた。半狂乱となり、身悶えしながら一日中泣きわめいていたのである。いま頃どうしているのやら。

人を区別し、蔑視するのは人も犬もたいして違いがないらしい。黄色い野良犬が一匹うさんくさげに黄岩に目を向けていたところ、やにわにワンと吠えてきた。とたんにあちこちで犬の鳴き声がかまびすしくなっていく。いつしか犬は五匹になり、黄岩の尻にくっつくようにして吠え立てた。が、黄岩は追っ払おうともしない。脚に噛みつかれたとしてもこわくもなかったろう。それほどまでに自分をいたわろうとする気持ちもなく、ほとんど自暴自棄の状態におちいっていたからだ。

黄岩のすぐそばを、黒いコート姿の青年が足早に過ぎていこうとする。えらく身だしなみがよく、近在の良家の息子なのだろう。

「うちの息子もあれぐらいになっているじゃろうか」

そうつぶやくと、声をかけずにはいられなかった。

「ちょ、ちょいと……おわけえの……」

青年が振り向きもせず行きかけると、黄岩は声を強めて呼ぶ。

「ちょい、ちょいと、おわけえの……おしえてくださらんか」

二度までも呼びとめられると、青年は襤褸《ぼろ》をまとったような恰好の老人にいぶかしげな目を向けた。

「なにをです?」

「あのう、すまんですがね、動乱から何年たってるんですかい?」

「動乱ですって?」

青年は喫《す》いさしの煙草の灰を指ではたき落とした。

「ええ、そのこってす。内戦があってから……」

「あ、六二五《ユギオ》(韓国では朝鮮戦争のことを六二五とも呼ぶ)のことですね」

愚かしい老人にわからせる方法を思案するかのように、細くてするどい目をしばたたいたあとでこういった。

「えっと、ですから六二五が一九五〇年六月二十五日に始まって……今日が一九七二年一月十日だから、年数でいうと二十二年になります」

「なら動乱の二年後に刑務所に入ったとすりゃあ、何年いたことになるんかな?」

「二十年ですね」

そうこたえた青年は、数字に実感が湧かないのかぽかんとした顔で黄岩を見やっていた。

「二十年になるのか、もう……なら、おらの息子が生きているとすりゃ二十歳なのか。いやぁまいった、あんたみたいに大きくなってるんだろうな」

黄岩はこみ上がる感情を抑えようとしてか、両手を振りまわした。その勢いに気圧《けお》されてか青年はあとずさったとみるや、くるりと背を見せると足早に去ってしまった。何度も後ろを振り向きながら。

黄岩はしばらくその場にぼんやりと立ちつくしていた。雪が体に降りつもっていったが、はたき落とそうともせず、さながら魂の抜けた人間みたいに、焦点の定まらない目を虚空に投げかけているのだった。

深く皺の刻まれた広い額と大粒の瞳、そして分厚い唇は善人そのものといった印象をあたえている。内面がそのまま表れているとでもいおうか。

事実善良であるがために何人もの人に利用されてきたのであり、長らく辛酸を嘗めさせられてきたのだ。かといってけっして悪の道にそまらず、これからもそうはなりえない、そんな人物だった。してみると、善良であることこそがこの男の最も大きな武器であるともいえ、それがあるからこそ、ひどい目に遭いながらも自身を支え切れたのかもしれない。

しかしながら青年の言葉を聞き終えたいま、黄岩の心は極度の挫折感におちいり、激しく揺れていた。いまこそ歳月の流れを実感できるようになったのである。

歳月がひとつの数字となって明確な姿を現してきたとき、自分がこんなにも老いてしまったことに、戸惑いを覚えないわけにはいかなかった。四十三歳で刑務所に入ったのだから、還暦もとっくに過ぎ、六十三歳になっていた。

「二十年もたっているとは……六十三か……」

黄岩はくずおれんばかりの体をかろうじて持ちこたえ、片方の足でしきりに雪を踏んだ。にわかに視野がかすみ、涙がほとばしってきたものの、ぬぐおうともせず首を垂れるばかりだった。

遠くから冷たくきびしい海風が吹いてくる。ときおり雪混じりの突風となり、旋風《つむじ》を巻いたりした。

この日以後、黄岩がどこにいったのか、だれも知らない。彼の動向に注意を払う者もなく、訪ねていこうとする者もいないのだから、そうなるほかはなかったのだが。

二つの殺人

一九七三年一月下旬、つまり黄岩《ファンバウ》が出所してから一年が過ぎたある夜、弁護士金重燁《キムジュンヨプ》は自宅からいくらも離れていない路地裏で他殺死体となって発見された。警察の調べによると、その日彼は大きな事件を引き受けることになったため上機嫌になり、酒場でしこたま飲んで夜遅く家に向かったのだが、帰宅途中に殺害されたのだ。

最初にその死体を見つけたのは二十六歳になる彼の愛人蓮伊《ヨニ》だった。旦那が帰ってくるまで夕食には手をつけずに待っていた彼女は、通禁時間（韓国では一九四五年九月から一九八二年一月四日まで午前零時から午前四時の時間帯は外出が禁止されていた）が迫ってくるにつれ、たまらず迎えに出たところ、街灯のない路地裏の中間辺りで、なにやら黒い人型をしたものが路上に倒れてうめいているのを見つけたのである。恐る恐る近づいてみると自分の旦那だったのだ。

「ど、どうしたの、助けて！」

仰天した彼女は金切り声を上げながら町内の人々に助けをもとめ旦那を家に運びこんだが、医者が駆けつける前に事切れてしまった。

死体を解剖した結果、凶器で殴られた後頭部の傷が致命傷だったと知れた。被害者が弁護士であるだけに警察は緊張の度を高め、広範囲にわたって慎重な捜査を開始した。

腕時計と弁護を引き受けた契約金だと思える現金三十万ウォン（現在の日本円で三十万円程度）がそのままであることからみて、強盗殺人ではないものとみえる。そこで警察は蓮伊を呼び、まず痴情関係を追及していった。その結果、わかったことは、金重燁と蓮伊が同棲しはじめたのは去年の夏からだった。その頃蓮伊はとある喫茶店でウェイトレスをしていたところ、その店の常連客だった金弁護士にいたく気に入られ、しつこいぐらいに言い寄られたのだという。どうせ捨てた体でもあるし結婚するまでの間、愛人になってやろうと男の要求を受け入れたということだ。

田舎の中学校しか出ていないこのうら若い女性が、ソウルの弁護士界で最も老練な男として知られる金重燁から生活費の名目で毎月受け取っていた額が十万ウォンあまり。一か月三万ウォンにも満たないそれまでの暮らしと較べてみると及びもつかない高収入だった。その金を使って金持ちの娘みたいにめかしこむことができたし、国産映画を上映する映画館に足しげく通い、見映えのする俳優の顔を思うさまみることもできたし、故郷への送金や積立預金までできたのである。

「一年だけいっしょに住んで別れようっていったの」

捜査官の前で洟《はな》をすすりながら蓮伊がこたえた。

「愛してたんですか？」

「愛してなんかいないわ」

「そっけないですな」

「尊敬してましたのよ」

蓮伊が涙をぬぐいながらいった。

「そいつはよかった」

捜査官は苦笑いした。

だが、警察の知りたかったことはそんなことではなかった。蓮伊の背後に隠れているかもしれない男、その正体こそが問題だった。

が、その疑惑が捜査の進展に直接つながることはなかった。とっくに男を知っていた蓮伊は三、四人の若い男性と浅からぬ関係を続けていたが、彼らには疑いの余地なくアリバイがあったのである。

ところで、事件の捜査が進展するにつれ、なによりも警察が驚いたのは金弁護士の暮らしぶりがあまりにも派手なものだったことだ。

何千万ウォンもする豪壮な邸宅が三つもあるかとみれば、自家用の車が二台もあるうえに観光事業にまで手を染めていたのである。とはいえ、この観光事業というのは表向きの看板であって、その実体は全国各地に散在する骨董品を手当たり次第に収集し、日本人に売りさばくのが主目的だった。仕入れに税金がかからないばかりか、価格もつけ放題であるために法外に儲けていたともいえる。そのうえ、三つの邸宅の一つには日本人相手の秘密料亭までこしらえて、たんまりと稼いでいたのである。

こうしたもろもろのことは、法律に対する彼の知識と弁護士という社会的地位、それに上流社会の人士に知人が多いことから、これまでとくに問題視されることもなかったのだろう。

それに加えて実力者揃いの家柄でもあった。彼の二人の息子のうち、一人は現職の検事であり、実弟はY新聞社の社長だった。

こうした背景が金重燁の活動を助けてきたことは想像に難くない。

しかしながら、いざ彼が死ぬと、遺族らは自分たちの立場をおもんぱかって、裏面では犯人逮捕を願って歯ぎしりしていたのだが、表面的には目立たないように努めていた。死んだ人間のよくない私生活の暴露が自分たちの体面をけがすと考えたばかりでなく、できることならば彼の残していった事業をそのまま引き継いでいきたかったのだ。

したがって彼らは、家門の名誉に関することだという理由でこの事件がことさらにぎにぎしく世間に知らされないように各方面に手をまわし、ひそかに解決されることだけを願った。こうしたことから警察は次第に手詰まりとなり、本妻の崔《チエ》氏から事情聴取を行なうのを最後に、家族関係に対する取調べを終えないわけにはいかなかったのである。

夫人は夫の死については、取り立てて悲しんでいるようには見えなかった。相当な額の金をころがす高利貸として名が知れる彼女は、家にいる時間よりは外出していることのほうが多かった。

「恥さらしよね。娘みたいな若い女を引っ張りこんだりして、とどのつまりがあんなことになっちゃって……。あたしはなんにも知らないし、知りたくもない」

彼女はほんとうになにも知らないし、夫のことをとっくに見限っていたのだろう。

急に声を上げて泣きはじめたのは発作にかられたものだったとみえるが、夫の死が悲しくてそうするのではなく、自分の身が嘆かわしいからなのだろう。

警察は家族関係の調べを断念し、別の方向から怨恨関係を追跡してみた。金弁護士はことに刑事訴訟関係の仕事を数多くこなしており、それらにからんだ問題がなにもないとは考えられなかったからである。

だが、何人かに会ってきびしく尋問してみたものの、時間ばかり空費するだけでこれといった手がかりを見つけることはできなかった。結局、警察の捜査は壁にぶち当たり、事件は迷宮入りになってしまったのだ。そのことに対する世間からの非難、とくに新聞は舌鋒《ぜっぽう》するどく責め立てるのだった。

人口が急増し、社会構造の複雑化が進むにつれ、殺人事件は増えていくものなのだ。

金重燁弁護士が殺害されたあとにも、全国各地で殺人事件が相次いで起こった。

警察の集計結果によると、一九七三年一月から五月の間に発生した殺人事件だけでもじつに十八件にものぼっている。

したがって新聞は免疫ができているためか、前代未聞の猟奇的殺人事件でもなければ、ベタ記事だけですませてしまうのだった。

金弁護士事件が起こってから五か月が過ぎた頃合、すなわち五月も終わり六月に入って最初に起きた殺人事件をとってみても、特別視されることなくやはりベタ記事が載っただけで、新聞によってはそもそも触れることすらなかった。

全羅南道汶昌《ムンチャン》で起こったこの殺人事件は、その一帯で手広く醸造業をいとなむ梁達秀《ヤンダルス》という五十がらみの男が、町から十キロ余り離れたところにある龍王里《ヨンワンリ》の貯水池で溺死体となって見つかり表面化したものだが、警察の調べによると全身を鋭利な刃物で滅多切りにされたうえ、池に放りこまれたようであった。

かなり以前から酒の製造販売でしこたま儲け、官公庁にも顔がきくようになり、金にものをいわせて有力者であるかのようにふるまってきた彼の生前の評判は芳しいものではなかったため、恨みを買って殺されたのだというのがもっぱらの噂だった。

たとえ中央では地方で起こったこんな事件に対してなんの関心も示さなかったとしても、汶昌一帯では衝撃的な出来事であり、捜査の進展が注目される、そんな事件だったのである。何人か集まればこの事件の噂で持ち切りになり、日毎好奇心がふくらんでいった。

こうした状況を察した地方新聞では翌日からこの事件を大きく取り上げ、様々な憶測を交えて記事にした。

こうなると困るのは警察だ。ひとたび新聞にでかでかと書き立てられると、早晩事件を解決しないわけにはいかなくなるからである。それができなければ警察の無能ぶりを叩かれるのは明らかだ。事件の起こった日、梁達秀は朴振泰《パクチンテ》という青年といっしょに龍王里の貯水池へ釣りに出かけたのであった。その日以来、振泰は行方をくらましていたが、五日後に逮捕されて警察署に連行され、連日きびしい取り調べを受けた。

が、彼は自分はなにも知らないのだと頑強に言い張った。その日、釣りの最中、梁達秀に鶏を一匹つぶしてくるようにいわれて町へ戻ったのだが、その後貯水池には行かずにそのまま姿をくらましたのだという。

「いまの暮らしを捨てて、上京するつもりでした」

中学校卒業の学歴しかなかったが、頭脳は優秀なほうだったし、容貌もわるくなかったので、だれにでも好印象を与える青年だった。

「だとしても主人が死んだことは、いつ知ったのかね？」

「つ、つぎの日、新聞で知りました」

「ならなぜすぐ出頭せずに隠れたんだ？」

振泰は返事をためらいながらも、「自分が犯人と思われそうだったもんで」といった。

「うまいことをいうじゃないか」

警察は彼を釈放せずに、尋問を続けた。

捜査本部が設置されたのは龍王里の支署だった。赴任してきてまだ一か月にも満たない呉炳鎬《オビョンホ》（姓が「オ」で名は「ピョンホ」だが、続けて読むと清音或いは半濁音の濁音化が起こり、母音に続く「ピ」が「ビ」と発音される）主任にとって、今度の事件は不運と呼ぶほかはない。

道警察からは犯人逮捕に対する強い下知《げじ》があり、凶悪犯逮捕に実績のある敏腕刑事二名が派遣されてきた。

呉主任は一見無力な恰好をさらしながらも、ここ何日間か事件の全体像について思いをめぐらせていたのだった。

道警からやってきた刑事は朴振泰を有力な容疑者とみて、その一点に捜査の対象をしぼっていたが、呉主任の目には的外れなことをやっているようにしか映らなかった。彼らはあまりにも勘に頼り過ぎていたからだ。勘に頼る捜査というものがどれほど恐ろしい結果を生むものなのか、呉炳鎬はよくわかっていた。

したがって、朴振泰にたいした期待はかけていないのである。犯行時における彼のアリバイを証言してくれる者がいないにしても、調べを進めた結果、犯行現場以外の彼の行動についてはその供述に矛盾はなかった。

が、敏腕刑事らは、あくまでも犯行時におけるアリバイを問題視していたのだ。目撃者が一人もいない以上、朴振泰に嫌疑がかかるのもやむをえないのだろう。

だからといって、それを決め手とみなすのはどうにも無理がある、炳鎬《ピョンホ》にはそう思えてならなかった。いくら嫌疑が濃厚な容疑者であっても証拠がない以上、いったん釈放すべきであろう。にも関わらず、刑事らは振泰を釈放しようとはしなかった。

このことからして、炳鎬は最初から彼らのことが気に入らなかった。とはいえ、捜査に関して指揮する権限がなかったため、黙って見守るほかはなかったのだが。

二人の刑事は、炳鎬には目もくれずに捜査を進めていった。そうして一週間が過ぎると、確かな手がかりを見出しえないまま、たんなる嫌疑と自白だけで朴振泰を容疑者として事件を検察に送致した。そして検察は直ちに起訴してしまったのである。が、物証はなく、自白さえも強要されたものであることがわかり、地方裁判所は無罪判決を下した。

朴振泰が拘束から解かれるまでには、事件発生から三か月をようしたのではあるが。

すると今度は地方新聞ばかりか中央の大手新聞までが、警察の無能ぶりと人権侵害に対して糾弾に乗り出した。警察は朴振泰が真犯人であるにちがいなく、短時日のうちに証拠を補完し、再起訴に持ちこむのだと主張しているものの、失墜した威信を取り戻すべくあがいているに過ぎない。そもそも先に犯人を決めつけておいて、都合よく証拠をこじつけようというのだから無茶な話だ。誤ったならその過ちをいさぎよく認め、気を引きしめて次の手を打たねばなるまい。そうやってこそ、時間とのたたかいでもある仕事において所期の成果が得られるのである。だが警察は過ちを認めずにぐずぐずするばかりだった。

ともあれ事件の波紋は末端にまで及び、事件の起こった貯水池が管轄区域であることから炳鎬は左遷され、本署で待機させられることになった。

これまでもっぱら追いやられるような生活ばかりしてきていたので、こんどのことでもさほど苦い思いを抱いたわけではない。しかしながら、いささか癪に障る点がないわけではなかった。

僻地の支署などというところは警察内部では閑職といっていい。そんなところで責任を任されていれば、上司の顔を毎日見なくともよいし、組織の構成が単純なので都合のいいことが多かった。一定の報告さえ形式的にこなしていれば日課が終わるのである。そのうえ、そんなところでは頭を煩わすような事件はほとんど起こらないために時間をもてあましぎみであり、世俗的な事柄にことさら欲のない者ならばおあつらえむきの職場だった。十年近い警察での勤めで悩まされつづけてきた炳鎬にとって、じつをいえばそんな僻村みたいなところに引っこんで、ひっそりと暮らしてみたかったのである。とはいうものの、そんな閑職でさえも彼にとっては手にあまるものだったのか、再び追いやられる羽目になったのだ。

ソウル、光州、麗水《ヨス》、順天を経て、とうとう辺鄙な田舎へ行くことになったとき、ほとんどの同僚は炳鎬をあわれんで見送ってくれた。人はたいてい都市部への異動を願うのに地方へ、しかも辺鄙な田舎へ好き好んで行こうとする彼がどうにも理解できなかったのである。

炳鎬が自ら望んで僻村の支署を任されるようになったのは、たまたま道警察局幹部のなかに知人がいたからだった。その知人は大学の先輩でとうの昔に国家試験に合格し、すでに相当の地位にまで出世していた。が、こうなったからといって会いたくはなかった。

つまるところ、不本意ながらも手にあまる存在となり、本署の片隅で取り立ててすることもなく、毎日出勤していなければならなくなったのだった。

ところが秋になり新しい署長が赴任してくると、事情が少し違ってきた。

定年退職まで手の届くところまできていた新任署長は、いささか無精なところがありながらも誠実な人となりだった。狡猾さとか卑屈さを嫌うこの男は、七人もの子どもにそれぞれきっちり教育を受けさせることを唯一の楽しみにしていたのであり、無事に定年退職して退職金を受け取ることが近頃の望みでもあった。

そのため、彼はなぜ急にこんなところへ配転されたのか、その理由について思いをめぐらせ、なにか問題があるのなら、その後始末をきっちりとつけておく必要があると考えていた。

赴任してきて何日か経ち、金署長は自室に呉炳鎬を呼んだ。炳鎬が入っていくと、署長は炳鎬の身上カードに首をかしげながら目を通しているところだった。その顔はなにか興味深いものを見つけたかのようにいささか上気していた。

「かけたまえ。きげんよくやっとるかね?」

笑みを広げながら訊いた。顔がしわくちゃになり、細い目がほとんど見えないぐらいである。

炳鎬もつられて笑みを浮かべはしたものの返事はしなかった。親近感を覚えはしたのだが。

署長は表情を変えないままさらに訊く。

「書類によると三十六歳となっとるが、家族は何人いるんだね?」

「ひとりなんです」

「なら未婚なのか?」

「いえ」

炳鎬は両手を合わせてこするような仕種を繰り返していた。いつだって荒れてかさかさした手だ。

「離婚したんだな」

「そんなんじゃなくって……去年亡くなったんです」

「えっ……そりゃあ……」

署長は窓外に目を移した。空は曇っており、銀杏の葉が風に揺られてはらりはらりと落ちていく。

「じゃあ下宿してるってわけだよな?」

「ええ」

ふたりの声はにわかに小さくなっていった。

「早く再婚しなけりゃならんて。ひとりじゃやっていけんからな。子どもはいないのかね?」

「いないです」

「そいつはよかった。男手ひとつで子どもを育てるのはたいへんなこったから」

署長のつぶやきになにかいわなければ、と炳鎬は思うのだが、声が詰まって言葉にならない。車に轢かれた妻の姿を思い出していたのだった。

三十になって知り合った女性と結婚した炳鎬は、相手をたいせつにし過ぎていたともいえる。結婚はしたものの妻という実感があまりなく、手を取り合ったときに感じられるようなほのかな恋情、そんな感情を持ちつづけていた。それに彼女は十一も歳が下だったためか、しばしば子どもみたいに欲求をぶつけてくることもあったのだが、どんなときでも頬をゆるめて受け入れてきたのである。いつしかふたりだけの幸せにひたりきることができたし、末長くやっていけることを確信してもいた。そんなとき、妻が交通事故に遭ったのだ。

頭を車にぶつけられた彼女の顔は恐ろしいまでに腫れあがり、脳手術まで試みたのだが、ついに意識の戻ることはなかった。無念でならないのは妻が妊娠していたことがわかったことだ。照れくさくて隠していたのだろう。

炳鎬はしばし目を深く閉じ、そしてひらいた。そんな表情の変化をじっと見つめていた署長は思い出したようにいう。

「汶昌警察署はもちろんだが、郡内の各支署をひっくるめてみても大学を出た者は三人しかおらんし、そのなかでも名門といわれる学校を出た者はきみひとりだけなんじゃ」

炳鎬は息苦しさを感じていた。煙草を喫いたかったが、署長はすすめてはくれなかった。

「そればかりじゃない、捜査の実績においても独特のやり方で成果を上げてるし、何度か表彰まで受けてるじゃないか。だのに、いまのていたらくはどういうわけなんだね？　この身上書によると一度は上司を殴り、犯人を逃がしてやったこともあったそうじゃないか。もっとも、そんなことで上司にうとまれたんじゃ、そう簡単には浮かばれないがね。それに聞くところによると、きみは僻地勤務をのぞんでるんだって。ほんとうに？」

署長の声には重みがあった。

「できればそうしたいとは思ってます」

炳鎬は話の行方が摑めず、手短に切り上げてほしかった。

「ほかの連中は移りたがるというのに、辺鄙なところのどこがいい？　まだ若いのに……」

「しずかに暮らしたいからなんです」

力なくこたえる炳鎬。

署長は空咳を一つするとまっすぐに相手を見据えた。

「わかいときにゃあ、もちっと積極的に生きてもよかろう。こういうとなんだが、わしが思うにきみならあの……貯水池事件の捜査に打ってつけなんじゃないか。赴任して早々考えてみたんだが、この事件はありきたりの捜査方法では解決はおぼつかん。道警察から、またもや刑事が派遣されてきて再捜査をやってるようだが、直接には自分らの管轄地域じゃないもんだから、おざなりの捜査で終わるのだろうて」

署長は言葉を切り、顔色をうかがうかのようにまじまじと炳鎬を見つめていた。厄介なことになった、と炳鎬は思うのだった。

そういうからには、すでに肚《はら》を決めているのだろう。炳鎬は「事件についてなにか思うところがおありなんですか？」と訊いた。

署長は自分のコップにやおら麦茶を注ぐと、ちびりちびり飲んだ。

「相当に根深い怨恨がからんでいるんじゃなかろうか。死人をけなしたくはないんだが、生前の評判は芳しくなかったようなんじゃ。ま、そんなやつはいくらもいるがね。だから、さっきいったみたいに通常のやり方じゃ、事件の解決にはゆきつくまい」

「優秀な捜査官がいくらもいますのに、よりによってなぜわたしなんかに……？」

炳鎬は顔を赤らめながらいった。赤面しやすかった少年の頃の癖がいまだに抜け切れていないものとみえる。

「だれしも問題が起こったときに頼みたい者がいるものじゃないか。こんなところで、きみみたいな人物を見つけたんだからじつに愉快だ。きみがこの事件を解決すりゃあ、またそこの支署の主任に戻る名分が立つんじゃないかね。どうかな……まず捜査官から仕事を引き継ぎたまえ」

こうなったからには、いやというわけにはいかなかった。ていねいな言い方ではあったが、一種の業務命令にほかならないのだから。

「ひとつ要望があるんですが」

「なにかね。遠慮はいらんさ」

「捜査課に従属することなく、単独で行動できるようにしてもらいたいんです。わたしとしましては待機発令の状態のまま、ひとりで活動するほうがありがたいんです」

「よっぽど人間嫌いなんだな」

強い一瞥を与えながら署長がいった。

「そういうことじゃなくってですね、自由に捜査をやりたいからなんです」

「ならそうしようか。ただこいつは事件が解決するまでは、きみとわしだけの極秘事項にしとかなきゃならん。ほかの署員に知れるとおもしろくなかろうからな。いまじゃ上のほうからだけじゃなく、新聞記者はもちろんだれもかれもが注視しているんだから、早く解決しないと手足を伸ばして眠られやせん。捜査費だって気にすることはない。報告は目立ってもいかんだろうから、特別な場合を除いて省略したってかまわんさ。たったいまから、きみは刑事呉炳鎬として動くんだ」

署長は引き出しをあけると、拳銃一挺と紙幣の束を炳鎬に投げて寄こした。

「足りなけりゃ請求すりゃあいいさ……」

炳鎬は生唾を呑みこんだ。

ときにはびっくりするようなこともあるもんだが、こんなことは予想だにできないことだった。なみなみならぬ期待を寄せているのだろう。

とはいうものの、迷宮に入りこんでしまった事件にどのようにして近づいていけばいいのか。炳鎬は大いに苦悶し、戸惑いを覚えていた。梁達秀という人物が恨めしくさえあった。町中に住んでいた者がよりによって十キロ余りも離れたところにある、炳鎬の管轄区域だった龍王里の貯水池にまでやってきて死ぬとはどうしたことか。

重苦しい気分のまま署長室を出た炳鎬は、他の職員らの強い視線を感じながら、しばしどっかり席に腰を落とし、むっつりした顔で煙草を喫いつづけていた。

女気のない暮らしを始めて何日が経ったろう。陽の射さないじめじめした日なんかには、いっそう淋しさがつのってくる。妻が亡くなってからもひとり暮らしを続けているのだが、ふいに女が恋しくなることがあり、そのたびに妻にすまなく思うのだった。

外に出た炳鎬はこれといったあてもなくそぞろ歩いていたものの、われに返った人のようについと足を早めだした。

亡くなった梁達秀が経営していた醸造所は固く門を閉ざしていた。しばし門前でためらっていた炳鎬は隣の漢方薬局に入っていった。漢方薬の臭いがつんと鼻を刺す。

新聞に目をやっていた老人が、不釣合いに大きな眼鏡をずり下げて訪問者に視線を移した。炳鎬は身分を明かすと要件を切り出した。と、老人は間を置かずにいう。

「梁達秀とかいう御仁とは、口をきいたこともない」

「商売はもうやってないようにみえますが？」

「たたんじまったんじゃねえですかい。やるものがおらんのだからのう。それどころじゃねえでしょうな」

炳鎬は踵《きびす》を返しかけたものの、さらに訊いた。

「梁氏がこちらで醸造業をやるようになったのは、いつぐらいからなんです？」

老人は深く咳をすると新聞を広げ直した。ややあって口をひらく。

「そうさな、動乱のちょいとあとだったから……二十年にはなるじゃろう。酒蔵なんてそれまではなかった。わしは酒は飲まんから、酒を売るようなやつは好かんがね」

同意するかのように炳鎬は大きくうなずいた。

「ごもっともです。ところで酒造りをするまでは、なにをやってたんでしょう?」

「そいつは知らんですな。よそからきおったんじゃから……」

「ご協力ありがとうございました。まだ事件が未解決なものでしてね」

炳鎬は腰を浮かせると丁重に頭を下げた。老人はうなずきながら、「ぞっとするよ……」とつぶやいた。

いくら酒商売の人間を嫌ったとしても、二十年もの間、隣に住みながらまったくの没交渉だとすればなにかが間違っているといわざるをえまい。いいかえるなら、梁達秀の人間関係になにか問題があるのではあるまいか。

日が昏《く》れてきたので炳鎬はまっすぐ家に帰っていった。

夕食をすませると、うす暗い部屋で灯もつけないまましばらく同じ姿勢でいた。いくら考えてみたところで、どこから手をつけていけばいいのか、その糸口が見えてこないのだ。龍王里支署へも行ってみなければならないし、朴振泰にも会い、梁達秀の家にも行く必要があろうが、徒労に終わるように思えてならない。とはいえ、形式的な手順であれ、一つひとつこなしていくことがさし当たって最良の方法でもあろう。そうすることにより、意外な事実が明らかになるかもしれないからだ。ひょんなことから捜査の方向が定まってくることがないともいえないのである。

炳鎬は再び戸外へ出た。風が冷たく、秋雨が降っていた。雨に濡れながらそのままずんずん進んでいった。いつになく今夜は酔いたい気分になっていたからだ。へべれけに酔って獣みたいに路上の片隅にでもまるくなって眠ってしまいたかった。過ぎし日を思い起こせば、酒好きでありながらも酔いつぶれることはなかった。いたずらに体を痛めるだけだと自制を働かせていたからだろう。

女っ気のない居酒屋を探し、市場の入口附近にある、文字のくすんだ看板をぶら下げた店に入っていった。炳鎬にとっては手酌で飲むほうが性に合っていたのである。酒場《バー》の女と一緒に飲むとよけいに金がかかるという現実問題があるにせよ、うらぶれた流行歌の一節を思い浮かべねばならないし、化粧品の臭いにもむせ、とどのつまりがやるせない人生を目の当たりにさせられることがわずらわしかったので、ひとりで飲みたかったのだ。

その店は、はやらないのか、客はいないようで女将ひとりが手持ちぶさたに坐っていた。髪に白いものが目立つその女は、取り立てて表情を変えるでもなく彼を迎えた。

店内に足を踏み入れると青年が一人眠りこんでいるのが目に留まったが、炳鎬は気にもせず温突《オンドル》のきいた客室に腰を落とし、出された酒を手酌で飲んだ。

密造酒みたいに濃い濁酒《マッコリ》の口当たりはすこぶるよかった。

ややあって客室にやってきた女将は青年を隅に押しやりながら、「やい、この役立たずのろくでなし。心配ばっかりかけてからに」と毒づいた。と、こんどは語調を低めて炳鎬に訊く。

「どうかしなすったんかね、ひとりでお酒なんか飲んじゃって?」

「なりゆきですよ」

笑みをつくりながら炳鎬がこたえた。

「はじめて見る顔じゃね？」

「ええ」

「一杯飲ませてもらってもいい？」

「どうぞ」

炳鎬は女将に注いでやった。部屋が暖かかったために酒のまわりが早かった。

「かせぎのほうはどうですか？」

「閑古鳥が鳴いてるよ。借金がかさむばっかりなんで困ったもんさ」

頭がくらくらしてきたのか、女将は大きく息を吸った。

「かわいい女《こ》のひとりでも雇えりゃ、お客さんもきてくれるんだろうけど、そんな銭があるわけもなし……」

そろそろ店をたたんで別の商売をしなけりゃならない、と彼女はいった。

「お酒はどこから仕入れてるんです？」

「みつきか、よつき前までは梁《ヤン》さんのところからでしたけど、店をたたんじまったんでね、いまはずっと向こうの酒屋からなんです」

「梁さんの店はどうなるんでしょうね？」

「あんな死にざまを見せられたんじゃ、商売なんてできますか。残された家族は荷物をまとめてソウルへ行っちまって、使用人がひとりで住んでるみたいじゃね。売るつもりなんじゃろうが、あんな縁起でもない家をだれが好き好んで買いますか」

「遺族の方はいつの間にソウルへ発《た》ったんでしょう？」

さりげなく炳鎬が訊いた。

「あのあとすぐだったんじゃないのかね。一人娘を連れてだまって行っちまったんで」

「梁夫人のことですよね？」

「そぉなんだけど」

「ほろびちまったたってわけなんだね」

「そぉゆうこと。ばらばらにつぶれちまったようなものさ。生き残った者がつらいわよね。死んじまった者はそれまでじゃけど……」

女将は炳鎬が差し出す煙草をくわえて、うまそうに喫った。炳鎬は神経を集中させて話を引き伸ばしていった。

「だれが梁さんを殺したのか、まだわかってないんですか？」

「まだみたいじゃね。自分から名乗りでるばかもいないだろうし」

「ふむ、そいつは困った」

女将はなにかしゃべりたいのをこらえているようなそぶりを見せていた。こうした小さな町中の風聞から意外な情報が得られることがあるため、炳鎬は彼女が知っていることはことごとく聞いておきたかった。

「亡くなった人のことをとやかくいうのもなんじゃけど……」

「いや、だれも非難してるわけでもないんですから……」

女将はぐびぐび酒を飲み干すと、まじまじと相手を見つめた。

「あんさん、この町に住んでるのかい？」

「ええ、まだ数か月ですけど」

「だったらなんで会わなかったんかね？」

首をかしげる女将。

「この店にはきてませんからね」

「こなくったって家に引きこもってばかりいたわけでもあるまいに……」

「はっは、そういうことだってありますよ」

しばしたがいに口をつぐんで、雨風の音に耳をかたむけていた。

「今年の夏は雨ばっかしじゃったけど、秋になってもこんな調子なんかね……」

「さあて、たしかによく降りますよね」

「去年は雨が降らんのでおおごとじゃったけど、降り過ぎても困ろうが」

「暮らしにもひびいてきますしね。こんなところで人殺しとは……。梁さんになにか恨まれる理由でもあったんですか？」

「そんなこと、あたしらなんかにゃわかるもんかね。人柄はほめられたもんじゃなかったけど。金にきたないっていうのか……」

女将はちらりと相手の顔色をうかがったあと、にわかに語調を低めて言葉を継いだ。

「ともかく、嫌われ者なのさ。あんなおやじが死んだってだれが悲しむもんかね」

「は、そうなんでしょうな」

炳鎬は大きくうなずいた。

「この世は金次第かもしれないけど、あれほど情がうすくて欲深いんじゃ寿命もまっとうできんのじゃね……」

女将はちっと舌打ちをした。

「お気の毒なことでした」

「気の毒といや気の毒だけど。とどのつまりがあんなことになっちまって人騒がせなことさ。死んだあとにも、ごたごたを起こすんだからね」

他人のあらさがしを好む者のつねというべきか、女将の目がぎらぎらとかがやきを増していく。

「ごたごたですって？」

「おや、今夜はべらべらしゃべり過ぎちまったようじゃね」

「こんな席でしゃべったからといってどうということもないでしょう」

もう少し注文してほしそうなそぶりとみて、炳鎬は酒とつまみを追加した。たちまち頬をゆるめる女将。膳を用意してくるなり、話しはじめた。

「それなんですがね、ついこの間まで梁醸造の女房《おかみ》が愛人だったとは知らなかった。そりゃあ歳が開《あ》き過ぎてるんでおかしいと思ってはいましたよ。でも、よもやそこまでとは。で、梁さんが亡くなると、見たこともない人たちがやってきて騒ぎを起こすじゃないですか。だれかと思えば、本妻が息子たちやら親族やらを引きつれてやってきたんじゃね。ひどいもんさ。その愛人だったらしい女はこっぴどく殴られちまって……」

「なぜ殴られなきゃならんのです？」

「そりゃあんた、旦那をたぶらかして家庭をぶっこわした女《あま》だっていうわけですがね。旦那が死んじまったんで腹いせにやってきたんじゃろ。えらい剣幕だったもんで、だれも止められなかった」

「たいへんだったんですね」

「あそこまでやるとはね。連日押しかけていってだよ……あげくに愛人のほうが本妻に追ん出されちまったんだ。高校生になる娘をつれてソウルへ行く、といってそれっきりさ。旦那が死んじまうとたちまち無一文になって……かわいそうに」

にわかに声がしずんでいく。

「ソウルに知った人でも？」

「さあ、そこまでは。この頃じゃ行くといえばソウルなんだから」

「遺産はどうなったんです？」

「本妻のひとりじめだよ。主人の生きてる間は見向きもされなかったんだから、せいせいしてるんだろう」

炳鎬は闇のなかに立っているような気がした。と同時に、この事件は思ってもみないところで妙なつながりがあるのかもしれない、とも思うのだった。

「なぜ遺体を運んでいったりしたんです？」

「やつざきにしてやりたいぐらい憎んではいたんだろうけど、自分の夫だからね。自分の手に遺体をおさめておきさえすりゃあ、文句なしに遺産がころがりこむっていう寸法さ」

「複雑な事情のある家だったんですね」

「そういうことさ。そんなことも知らずあたしらは……」

梁達秀の隠れた事情を今のいままで知らなかったことがどうにも悔しかったのだろう。

「その本妻とかいう女性はこのあたりの人じゃないんですか？」

「このへんに住んでて知らないなんてことがありますかい?」

「どちらなんです?」

「どこだったか……聞いてはいるんだけど……」

あらぬ方《かた》を眺めながら女将が思い出そうとしていると、部屋の隅でまるくなっていた青年がやぶからぼうに、「豊山《ブンサン》!」と声を張り上げた。

はずみで炳鎬も女将もぴくりと身じろぎした。

「このろくでなしが、眠りこけてると思っておったら、聴き耳を立てていたのかい。噂まで知ってるとは。どこで仕入れたきたんだか……出ていきな。見てるだけで腹が立つ。息子がいるというのに、なんのたしにもならないいんだからね」

「いわれなくたって出ていくんだ。軍隊へ入るんじゃ、心配はいらん。本気じゃからな」

青年は大きな欠伸《あくび》をしながらむっくり上体を起こした。図体はでかいが、顔にあどけなさを残し、焦点の定まらないような目をしている。

「振泰とかいう小僧とまだつきあってんのかい?」

「あっとらん」

「あってなんかみやがれ。足をへしおってやるよ。どんなやつだか知ってるんだろうね……」

歯嚙みしながら女将がいった。

「無罪で出てきちょるのに、なにがいけないって?」

「だめといったらだめ。いうことを聞くんだ。いまはまだ梁さんを殺した野郎をやっきになってさがしちょるところなんじゃから、うかうかしちょるとおまえさんまで引っ張られちゃう」

「わかった。水をくれ」

女将が水を入れに席を空けたとき、青年はぼんやりと炳鎬に目を留めていたが、とくに気を引くことがなかったのか、ぷいと横を向いてしまった。だが、炳鎬にとっては思わぬ収穫。労せずして有力な手がかりを与えてくれるかもしれない人物に出会えたのである。

「朴振泰といや梁さんの店で働いていた人のことかな?」

炳鎬の問いかけに青年はこくりとうなずいた。

「振泰とは友だちなの?」

「ええ。まあね」

青年はまた欠伸をした。

「きみの名前は?」

「申相祐《シンサンウ》ですけど」

目が合うと青年はにっこり笑った。

中学校を出て女の子の尻を追いかけまわしているうちに、にきびがつぶれて二十歳になったばかりの典型的な田舎の青年、それが相祐の第一印象だった。顔にはまだおできのように、にきびが残っている。

「振泰はかわりなくやってますか?」

「とくにかわってないですけど。知り合いなんですか?」

相手をいぶかることを知らないような声の調子に炳鎬の頬がゆるむ。

「とくに親しいわけじゃないんだけどね」

そのとき女将が戻ってきて、水を入れたコップを息子に渡しながら「あんたは口をはさむんじゃないよ」とぴしゃりといい、ふたりの話は中断した。

いささか口調は乱暴だが、やはりたいせつな一人息子であることにはかわりがないのであろう。悪意のないやりとりなのである。

「この子が振泰の野郎と友だちなもんでね。気が気じゃない」

女将はぐちをこぼした。

「振泰とは関係がない」

「おだまり、虎に食われちまうよ。警察がそういってるんだからね」

「警察のいうことはなんでも正しいのかい?」

「おや、このでくのぼうが。手塩にかけて育ててきたというのに、くちごたえをしようって」

「手塩だか、ごま塩だか知らんけど、ろくに学校だって行かしてもらっちょらんぞ」

相祐はすっくと腰を上げると、がさつな仕種で戸をあけて出ていってしまった。

炳鎬はこれ以上飲む気分になれず、腰を浮かせた。少々飲み過ぎたのだろう、足元がふらついた。風はあいかわらず吹きすさんでいたものの、雨は小降りになっていた。

炳鎬が市場を通り抜けていこうとすると、夜の静寂《しじま》をつんざいて息子を呼ぶ女将の声が追いかけてくる。

「相祐くん、うまく隠れろよ」と炳鎬はひとりごちた。

夜が更けていたためか、通りではほとんど灯りが消えている。

闇のなかから野良犬が一匹飛び出してきたものの、炳鎬の姿に驚いて逃げていった。どこからか箸で食器を叩いて調子を取りながら歌う声が聞こえてくる。

炳鎬が郡庁の石塀にそって角を曲がろうとしたとき、だれかが石塀に向かって立小便をしていた。遠い外灯の灯りでその顔をのぞきみると相祐だった。

「やあ、こんなところにいたのかい。家《うち》に帰らなくてもいいの?」

相祐はあわててズボンを上げると、てれくさそうに笑みをつくりながらいう。

「振泰の家に行くところなんだ」

「遠いのかい?」

「そんなにも」

「このごろどうしてるのかな、振泰は?」

「体調がわるいのか、やせぎみですね」

「どこがわるいの?」

「体中が痛いみたいじゃね。警察に連れていかれて、帰ってきてから具合がわるくなったみたい」

「そいつはいかん。振泰の家に寄っていくか」

「うん、それがいい」

相手をつゆ警戒することもなく、だれなのかさえ知ろうともせず素直にこたえると、相祐は背筋をぴんと伸ばし、先に立って歩を運ぶ。

「きみは、兄弟はいないの?」

立ち入ったことを訊いてしまった、とも思ったが、炳鎬はこたえを待った。

「いまはぼくだけ。姉さんが一人いるけど、もう嫁にいってる。兄さんがいたらしいんだけど、とっくに亡くなったんだって」

「親父さんは？」

「いないよ。むかし……あのむこうの山で死んだらしいね」

まるで他人事みたいにいいながら、寒いのか相祐は肩をすぼめた。あの山で死んだということは、おそらく共匪《パルチザン》が出没していたころに亡くなったのだろう。共匪として死んだのか、あるいはその反対に討伐軍としてなのか、そのどちらでもなく、たんに巻き添えを食らっただけだったろうか。

「おふくろさん、苦労されたんだろうな」

「そりゃあね」

胸を張るようにして相祐がこたえた。

振泰の家は傾斜地にぽつんと建っていた。家といっても一間だけのちっぽけなもので、電気も通っていないのか、遠い外灯の灯りが障子を透かして漏れ入るだけのようだ。その上の斜面一帯は畑になっているのだろう、堆肥の臭いがぷんと鼻を衝《つ》く。

炳鎬には、そもそも振泰に会って、なにかを聞き出そうなどという考えはなかった。ただ偶然のなりゆきで会おうと思ったに過ぎない。結局、その家のなかにまでは入らずに、相祐と別れて戻っていった。

しかしながら、捜査の方向がはっきりと見えてきたわけでもなく、できるかぎりさまざまな角度から話を聞いておく必要があり、翌日の昼、炳鎬は振泰の家を訪ねていった。たとえ嫌疑の晴れた人物だったとしても、梁達秀について、より突っこんだ話が聞けるかもしれないという気持ちがそうさせたのである。

振泰は祖母と二人で住んでいた。

皺だらけの老いた祖母は不安げに客を迎えた。炳鎬が部屋に入っていくと、寝ころがっていた振泰はすっくと起き上がり、おずおずと相手を見やった。初めて見たときとは違ってひどくやつれている。目が飛び出したようになり、血の気がなくなったかのようだ。

炳鎬は持参した果物の包みを置きながら、「覚えてるかね?」と訊いた。

「さあ、そういわれると覚えがあるような……」

振泰は不安そうな目をまっすぐに相手に向けた。

「何か月か前までは龍王里の支署にいたんだが」

「あ、支署の主任さんですね」

驚く振泰。にわかにその顔が石像のように硬くなっていく。身に覚えのない殺人嫌疑で執拗に責められた者にとっては当然の反応だろう、炳鎬はそう思った。しばらくの間だったが、自分が主任だった龍王里の支署に捜査本部が置かれていたとき、手荒く扱ったことがあったろうか。いや、そのころは捜査の担当ではなく、それに近いようなことすらあるはずがない。

「いまは本署勤めでね。以前なにか気分を害するようなことをしてたとしたら、ゆるしてもらいたい」と炳鎬がいった。振泰の口は固く閉ざされたままだ。

「罪もない子を逮捕してひどい目に遭わせるんだからね……」

真っ赤に潤んだ老婆の目を見ると炳鎬の胸は痛んだ。

「刑事さん、この子はなんも知っちょらんです。もういじめるのはやめてくだされ。こんな子じゃけど、ちいさいころからしかられるようなことはいっぺんもやっちょらんです。母親のいないこの子の成長を楽しみに育ててきたというのに、あんまりじゃないですか」

手の甲で涙をぬぐいながら、老婆は溜め息をついた。

返す言葉もなく、炳鎬はすぐさま引き返そうかとも思った。が、どうにかこらえて相手の気が静まるのを待った。

職務を遂行していると、涙をさそわれるような場面にでくわすことが少なくない。とはいえ、当然のことながら客観的事実の確認が先決だ。情状を斟酌《しんしゃく》するかどうかはそれからのことだろう。

炳鎬は笑みを湛《たた》えながらいう。

「おばあさん、ご安心ください。そんなことできたんじゃありませんから」

「おまわりはいつもそういうんだ。この子を連れていくときだって、すぐに返してやるといってたけど、三か月も経ってから……生きて帰ってきたからよかったもんの……」

「申し訳ないです。ちょっといき過ぎがあったみたいで」

「いき過ぎにもほどがあろうが、なんにも罪がないんだからね、こっちは」

そのとき、さくさく音を立てながら振泰が果物を齧《かじ》り出したので、彼らは口をつぐんだ。いささかふくれっ面ながらも、振泰は猛然と手土産の果物を食べはじめたのである。意外な行動を眼前にして炳鎬は面食らった。

「ばあちゃんはだまっててくれ」

そういうと振泰はついと立ち上がり、外出用の服に着替えはじめた。驚いた老婆は孫の肩を摑んだ。

「だめじゃないか、まだ調子がわるいのに、どこに行くつもりなんだい？　じっとしてなきゃ」

「このままじゃうっとうしすぎる。そとの風に当たってくるだけじゃから」

「それじゃおまえ、このおまわりについてゆこうというのかい?」

孫と炳鎬を交互に見ていた老婆は、たちまち泣きっ面になった。炳鎬はすっと腰を浮かせて振泰を止めようとした。

「起きることもないだろう。どこかへ連れていこうというわけじゃないんだから、おばあさんを心配させないようにそのまま横になってりゃいい。なんの罪があるわけじゃなし、楽にしてたらいい。特別な任務があってきたわけでもないんだからね」

炳鎬の言葉に振泰は視線を返しただけで、だまって戸外に出た。きっぱりとした態度だったのである。

「むりに起こしたみたいでわるかったね……」

並んで歩きながら、炳鎬はすなおな気持ちを相手に伝えた。

「だからってわけじゃない」

早口に振泰がいった。

「ずいぶんとひどい目に遭ったことは承知してるよ」

「ちっとも眠れないもんで」

振泰は小石を蹴飛ばした。

「だろうな。さっきもいったけど、特別な任務できたんじゃなくて、きみが梁さんの店で働いてたもんで梁さんについてはほかの人よりはよく知ってるだろうから、もしやなにか参考になることが聞けるかもしれんと思ったんでね。ぼくはこの事件が起こったために龍王里の支署から追い出されちまったのさ。最初はくさっちまったがね」

「あのとき主任さんは、なにもわたしにおっしゃらなかった」

「この事件の捜査のために道警から刑事が派遣されてきてたんで、こっちはしめ出しをくらってたのさ。もっとも積極的な気持ちもなかったんで知らんぷりをしてしまった。だからきみにはなんの助けもできなくて……」

炳鎬はときおり空を仰ぎみた。昨日とはうってかわって晴れ間が広がっている。

彼らは町に向かって歩を運び、町内に一つしかない喫茶店に入っていった。定職にもつかずにぶらぶらしている若者が数人坐っているだけで店内は静かだった。ふたりが足を踏み入れると若者らの目がいっせいに注がれ、何事か言葉を交わしはじめた。

「場所をかえようか?」

「いや、かまわんです」

振泰は隅の席に先に腰を下ろした。

聡明にみえるこの青年は警察署と拘置所を行き来する間に、われしらず反抗心がつちかわれ、さして人目が気にならなくなったものとみえる。

まずふたりとも珈琲をすすった。すぐに出されたものだったが、久しぶりに飲むせいか、口に広がる苦味が心地よかった。

先に口をひらいたのは炳鎬だった。

「梁さんと連れ添いの方の間柄はうまくいってたのかな?」

「めったに口をきくこともなかったですね」

「不仲だったってことかい？」

「そんな感じでしたね。べつべつに寝てましたから」

「なぜそんな？　どちらがどうだったんだろうか？」

「奥さんのほうが旦那さんを嫌ってたみたいですね」

「なら夫婦喧嘩が絶えなかったんだろうね？」

「それはなかったです。奥さんのほうがしんぼう強かったんでしょ……いつもがまんしてましたね」

「梁さんの年齢は？」

「六十歳ぐらいじゃないですか。還暦が近いと聞いたことがあります。ですが、年齢よりも若くみえましたね」

「奥さんのほうは？」

「三十八か九といったところでしょうか」

「えらくはなれてますな」

「娘みたいなもんですからね」

「不仲だったというのは、ずいぶん前からなんだろうか？」

「ええ、自分が梁さんの店で働くようになったのは二年前の夏からですけど、そのときもそんなでした」

「だったら梁さんは、しょっちゅう浮気してたんだろうな」

「もともとそんな人だったんでしょう。外泊も多かったですし……」

「梁さんが嫌われていたわけは？　なにか心当たりでも？」

「さあ、そこまでは。自分にはどうでもええことでしたんで」

炳鎬はここで少し間をもたせた。

「聞くところによると、梁さんには本妻が別にいるんだってね……」

「ええ、自分も最近になって聞いただけなんですけど……」

「なにやらこみいっているようだね。だとしたら……若いほうの奥さんは籍には入っていないんだろうな」

「むすめさんだけは入ってたみたいです」

「高校生だってね？」

「ええ」

振泰の声がにわかに勢いを失っていく。

「ふたりともソウルへ行ったそうなんだけど、出かけるところはみたのかな？」

「いついったのかは知らんです。拘置所に入れられていましたから」

振泰はうつむいたまま、テーブルの上に空ろな目を向けていた。梁の娘に対して振泰は、なにか特別な感情を抱いているのではないか、そんな考えがふと炳鎬の脳裡をよぎった。

「娘の名前は？」

「杳蓮《ミョリョン》ていいます」

なかなかきれいな名前じゃないか。名前のごとく美少女なんだろう。

「ソウルの学校へかよってたみたいなんですけど、こんどの事件があってからやめたみたいですね」

しばし首をかしげるような仕種をしてから、炳鎬がかさねて訊く。

「もしかして杳蓮の顔写真を持ってないだろうか?」

振泰の顔がみるみる赤らんだ。と同時にその顔には隠しとおしてきた秘密がばれたことへのがっかりした気持ちと腹立ちのような色が浮かぶのだった。

「なんとなくそんな気がしたもんだから……ごめんごめん」

炳鎬は快活に笑ってみせた。

振泰はもじもじしながらも懐から写真を取り出した。透明のビニールケースに入っていたものだ。受け取った炳鎬は、ふたりの純情に邪魔立てをするようですまなく思う。その写真は髪を肩まで伸ばした制服姿の少女がはにかんだ表情をとらえていた。口許に微笑が湛えられてはいるが、目には悲しみの影がある。予想にたがわぬうりざね顔である。

主人宅の娘と使用人に過ぎない振泰との間柄が、果たしてどの程度のものだったのか、いささか気がかりではあり興味もあったが、それについてはそれ以上問わないことにした。で、杳蓮の姿をもう一度頭のなかに描いてみた。

「訊問を受けたときに杳蓮とのことも話したのかい?」

「いってません。そのことを知ってるのは相祐だけです。知ってますよね、相祐のこと? ゆうべ相祐から話を聞いて警察の人だと思ってました。だからたずねてくるだろう、とも」

「ゆうべは遅かったのでそのまま帰っちまった。杳蓮のことはなにもいわなくてよかったのさ。そんなことまで口にして彼女をわずらわせる必要はないんだからね。相祐とはずいぶんしたしいようだね」

「ええ、だいの親友です。義兄弟の契《ちぎ》りをむすぼうと思ってるんですけど……あいつが弟分になるのをいやがるもんで実現はしてませんが。やつは一度約束さえすれば、かならず守ります」

振泰に生気が戻ってきた。

「そいつはいい。身近に親しい者がいるのはいいことだよな。梁さんになにか妙に思えるふしはなかったろうか？」

ややあって振泰がいう。

「そうですね。しいていえば、なぜだかいつも落ち着きがないようにみえたことでしょうか。それと、いつもひとりでいたがるようなところがありまして、よく釣りに出かけたのも、それでだったんでしょうね。ですが池に行っても酒を飲むばっかりで釣りにはたいして興味もないみたいでした」

「なにかいらいらしてるようなところがあったわけなんだね？」

「そうなんです。とはいってもだれの目にもそうみえる、といったほどではないですけど。釣りに行ったときに、大きな溜め息をつきながら、こういうのを聞いたことがあります。罪を犯してたんじゃ、この世は生きてはいけないってことさ」

「なにか犯罪に手をそめていたんだろうか？」

「さあ、そこまではわかりませんが」

「だれかに恨みをかったというようなことは？」

「わからないですね」

「評判はよくなかった、てことだよね」

「借金の取り立てなんかは容赦がなかったですから」

振泰は言葉をとぎらせ、はげしく咳きこんだ。

「ずいぶん無理をさせちまった。すまなかったね。また訊きたいことがでてきたら、訪ねていってもいいかな?」

「いいですとも、いつでも寄ってください。手助けになるのなら、よろこんでお手伝いしますよ」

「ありがたい。じつのところ手詰まりでね、弱っちまってる」

炳鎬は自分の下宿先までの略図を描いてやり、一度訪ねてくるように振泰にいった。最初はぶっきらぼうだった振泰も、別れ際にはていねいにあいさつするのだった。

振泰が立ち去ったあとでも炳鎬はぼんやりと坐ったままでいる。事件はますます見えなくなっていく。具体的な手がかりを摑んでこそ一枚一枚覆いがはがれていくのだろうが、まだ一つとして確かなものを見出しえていないのである。しかしながら、胸の奥では一縷《いちる》の希望がむっくりと頭をもたげようとしていた。たとえ霧のなかをさまよっているようなものであるにせよ、方角がしぼられてきたように思えてくるのだった。

振泰が話してくれたなかで、炳鎬に最も強い印象を与えたのは「罪を犯してたんじゃ、この世は生きてはいけない」と梁がいったことである。この言葉の裏に隠されている秘密とはなんなのか?どんな罪を犯したために酒を飲みながら、そういったのか? 金のことしか眼中になかったことへの、たんなる自責の言葉だったろうか? それにしてもそこまで彼を追いつめた不安の正体はなんだろう? それを探ることからこの事件を怨恨によるものと断定できるのか? 梁の愛人と本妻はこの事件とは無関係なのか？　炳鎬は体をずらせて欠伸をすると、そのままうたた寝をしてしまった。

　眠りのなかでも、彼は事件解決の方向性を摑もうと骨折った。そして目を覚ましたとき、事件の核心は相当に深いところにあるのだと結論づけていたのである。

　翌日炳鎬は事件の出発点である龍王里へと向かった。支署には依然として捜査本部が設置され、捜査が進められていたために、捜査員と顔を合わせるのを嫌い、直接貯水池に行こうとしたのだった。その途中、支署の署員と出くわしたのだが、自転車から降りたその警官は敬礼をすると「主任さん、どこか具合でもわるいのですか？　顔色がすぐれないですね」と心配そうな顔で訊いた。

　炳鎬はまだ自分が主任と呼ばれることが面映くて、すばやく手を左右に振る。

「捜査は進んでいるのかい？」

「さっぱりですね。威勢のいい声は上がってますが、まだなんの手がかりもありません。道警からきた連中がからまわりしているみたいで、落ち着きませんね」

　支署の警官はゆっくりと首を左右に振った。

　村に着いた炳鎬はしばしためらったのち、まず村の会同所に行ってみることにした。

　会同所内は縄をなう者、将棋を指す者、あるいは昼寝をする者などで雑然としていたが、炳鎬が姿を見せるや、いっせいにみなが立ち上がり笑顔で迎えた。支署の主任をしていた頃、格別になにかしてやったわけでもないのに、彼らの示す人情味に炳鎬は顔の火照りを覚える。

　あいさつもそこそこに六月の初め、事件が起こった日の前後に、この近辺でよそ者を見かけなかったか、と訊いた。なんとも考えの浅い問いかけだったが、ほかの言葉が浮かんでこなかったのだ。

案の定、すぐにこたえる者はいなかった。

「よそ者といったってひとりやふたりじゃない。このごろじゃ、ソウルから登山にくるでのう……」

たまりかねたのか、白鬚をはやした老人が煙管《キセル》でとんとん顎を叩きながらいった。

まさにそのとおりだった。どういうわけか、近頃は山ばかりか川や池へ釣りに出かけたり、あるいは寺に行楽に訪れたりする人々がずいぶん増えてきているようだ。当然のことながら、よそ者を一人挙げろといわれても無理な注文だったのである。

「よその町からきたとしても、どこを見てあやしいといえますかな。あやしいといや、だれもがそうだともいえますすから」

村長の言葉だった。

「おっしゃるとおりですね」

そういいながら炳鎬は何人もの前で公開捜査をするのはいかがなものか、とふと思う。取り返しのつかない失策であるのかもしれない。万一、道警からきた刑事らが別に捜査が進められていることを知れば、不平を漏らすのにちがいなく、署長に非協調的だと報告することもあるだろう。用心しなければ、と炳鎬は自らをいましめた。それ以上つっこんだことを尋ねることもできず、腰を浮かすほかはない。すぐさま立ち去ろうとする彼をみて、村人たちは物足りなさそうな顔をみせる。

「これまで何人もの主任をみてきたけど、これほど温厚で礼儀正しい人はいなかった。じゃが、なしてまた町へ行っちまったんかね？」

老人のひとりが炳鎬の袖を摑んでいった。目頭が熱くなりながらも炳鎬は会同所を出た。これほどまでに自分のことを思ってくれる人たちがいるなんて、うれしくないわけがなかった。

昨日同様、空は澄んでいた。風もなく春のように暖かだった。

人里を離れると、山麓から頂上にかけてとりどりに色づいた山が目に飛びこんでくる。思わず嘆息が洩れる。秋の深まりを改めて実感しながら、炳鎬は貯水池へ向かう山道をゆっくりとのぼっていった。

靴先が裂けていたので、早く歩こうにも歩けない事情もあった。その靴は三年の間履いてきたものので、十二分に履きふるされていた。が、まだこれからも修理して履くつもりでいる。いまの彼には衣食のことで頭を悩ませたくなかったし、またそんな余裕もなかった。

龍王里の貯水池は、いつ見ても周りの雰囲気が陰気でもの淋しい。谷間につくられたこの貯水池は、貯水池というよりはむしろ太古から自然に水を湛えてきた湖にもみえる。一方は屏風を立てたごとく断崖が迫っており、今日みたいな天気のよい日でも薄暗いのである。真夏でもこの池の水は氷のように冷たく、訪れる者などほとんどいなかった。

炳鎬は池のほとりに立つ高い松の木の根方に腰を下ろし、水面を眺めていた。濁りのない水だった。さざなみひとつなく、死の湖といった佇《たたずま》いである。人を死へといざなう妖気がこの池にはあるのかもしれない。

事実、貯水池に面した断崖は自ら死をえらんだ者たちがやってくることがある。それに一九五〇年前後には相当数の人たちがそこで処刑された、ともいう。

瞬時のことだったが、炳鎬もまた自身の死の幻影が水面に描かれるような錯覚にとらわれた。水面から手が伸びて手招きしてくるのである。

羽のきれいな名も知らぬ鳥が、悲しげに鳴きながら水面を横切っていく。その声が強く耳にひびき、炳鎬の神経を逆なでするのだった。

いま彼のなすべきことは、事件現場を自分の目でくまなく調べてみることだ。すでに事件が発生して以来、相当な時間が経過しているため、証拠物を捜し出すことは難しいにちがいない。が、無駄足とは思いつつも梁達秀が腰を下ろして釣りをしていたという水門附近の堤防の上をじっくりと観察していった。

不意をつかれた梁達秀は逃れる間もなかったろう。だが、前から滅多切りにされているところからみて、犯人は背後からおそいかかったわけではなさそうだ。としたら相手に言葉をかけて振り返ったところを刺したのか。

悲鳴が上がりかけたところを、すかさず刺しつづけたのだろう。これほど残忍な殺人は憎悪心がなくてはできるものではない。それもすさまじいまでの憎悪心があったとみるべきだろう。

犯人の残した証拠物はひとつとしてなかった。堤防の上は芝生になっていて足跡さえない。貯水池を取り囲むように松の木が繁っている。たぶん犯人は松の木蔭に隠れて機会をうかがっていたのだろう。

堤防からみて道は三方向に分かれている。一つは龍王里の人里へと下っていく道であり、二つ目は山上へとのぼっていく道、三つ目は右手の坂を越え、別の村へと抜ける道である。

まず山上への道を除外すれば、残る二つのうち、いずれかを通るしかないだろう。だとしたら捜査経験を持ち出すまでもなく、犯人が人気《ひとけ》のない道をえらんで逃げたであろうことは想像にかたくない。だからといって山中になど逃げこんだりはしないものだ。

炳鎬は右手の坂に数歩のぼり、別の村へと抜ける道を眺めた。捜査官の目もここまではとどいたものの、そこまでで止まってしまったのではなかろうか。なぜなら大半の捜査官は苦労して逃走経路を追跡するよりは、あやしい人物のなかから特定しようとする傾向にあるからだ。それはきわめて危険な面を合わせ持っていることを知っていながら、安易な思考法からのがれられないのである。だがしかし、炳鎬は自らの足で犯人を追いかけるべきだと考えていた。いったん方向さえ決まれば地球の果てまでであっても。少なくとも仕事を引き受けた以上、事件の真相の根っこのところまで掘り下げないと気がすまないのが彼の性格だった。

炳鎬は目をすがめて蒼穹《そうきゅう》に目をやると、坂になった小径をのぼっていった。坂を越え、しばらく野道を行けば竹山里《チュクサンリ》に入る。たいていの人は竹山里のことを竹村《たけむら》と呼ぶ。炳鎬自身もそのほうが呼びやすかった。竹林の多い村だったのである。支署に勤務していた当時、管轄区域に含まれていたその村へは、しばしば巡察に出向いていたためにその辺の地理についてはくわしいほうでもあったが、この道を通るのは初めてのことだ。

炳鎬は坂をのぼりきったところで前方を見下ろした。小径は田園風景のなかをくねくねと続いている。穫り入れが終わったあとだからなのか、人気がなく荒涼とした感じを受ける。だからなのか、歩を進めていくことにいささかためらいを覚えるのだった。竹村の人里まで徒歩で一時間ぐらい、といったところだろうか。距離感がそんな気分にさせたのかもしれなかったが、ともかく彼の足はにわかに重くなり、くるりと体をまわすと龍王里へと戻っていった。

龍王里と町との間には路線バスが運行していたのだが、炳鎬はそのまま町まで足を止めないでいく。そして町の間近まできたとき、口をついて悪態が出た。それはだれにともなく吐かれたものだったが、いつしか自分に向けられていくのだった。

翌日彼は外出せずに部屋に引きこもっていた。貯水池から戻ってからごろんと横になり、そのまま気力が回復してこないのである。

その翌日は雨だった。強いものではなかったが、小やみなく降りつづいた。

昼飯時になり、ようやく顔を洗い警察署に足を運んだ。署員らはちらっと一瞥をくれるだけで言葉をかけようともしなかった。炳鎬は周りの者に対して敵対感を抱かないように自制しながら、部屋の隅に腰かけ、積み重ねてあった新聞に目を通した。

あいもかわらず殺人事件が発生しているし、大がかりな拉致事件まで起こっていた。釜山では大火災のために三十八人が焼死し、北太平洋では韓国の漁船が沈没し、漁師が行方不明になっていた。

ドアの開閉する音がして足音が近づいてきたと思ったら、だれかが真横に立っていて「成果は上がったのかね?」と訊いた。炳鎬は新聞をたたんで顔を上げた。道警の刑事ふたりがにやにやしながら見下ろしているのだった。

彼らはふたりとも肥えていて細い目をしている。そのうえどちらも髪にてかてか脂を塗っているため、あたかも双子であるかに見えた。その顔は日焼けしたばかりのように赤い。同じ職場に長くいるため、なにかにつけ要領よく処理できるようになった人にみられがちな満足感が彼らの体から油の染みのようににじみでていた。

だしぬけに声をかけられた炳鎬は、返事もせずにぽかんとした顔でふたりを見返すほかはなかった。

彼らはいっそう目を細めて成果は上がったのか、と重ねて訊いた。自分たちとは別に捜査が進められていることはとっくに承知してるぜ、といった目つきである。だからこそ捜査本部からわざわざかけつけてきたのかもしれない。

相手がかさにかかってやってきた以上、下手に出ることはない、と炳鎬は考えた。

捜査は二方向であれ三方向であれ、あらゆる手段を使ってでも進めなければならない。最も重要なことは一日でも早く事件を解決することだ。だとしたら、この連中はどんな腹積もりがあって難癖をつけてくるのだろう。

炳鎬の腹の底から怒りがこみ上がってくる。知らないふりをしなけりゃならないときは、知らないふりをしているのが道理ではないか。

「さあて、どうなんですかね。たぶんそういうことになるんでしょう」

わざと間延びした口調で炳鎬がこたえた。と、ふたりは待っていたといわんばかりにけたけたと笑った。そんな彼らのやりとりを見守っていた署員らまでがつられて笑う。しばし室内に笑い声がひびく。

「たいしたもんじゃないか、やってくれるよな。しかもひとりで、だ」

嘲《あざけ》りを含んだ言葉だったが、炳鎬はそれには返事もしないまま、再び新聞を広げるのだった。

「わしらは今日から手を引くぜ……呉刑事さんは心おきなくやれるって寸法さ。うまくいきゃあ昇進だって夢じゃない」

さっきよりも騒々しくふるまいながら出ていってしまった。ややあって、使い走りがやってきて署長が呼んでいる、とのことだったので炳鎬は署長室に入っていった。

「このごろ見かけんじゃないか。どこか具合でもわるいのかね?」

笑みを浮かべながら署長が訊いた。

「いえ。ただちょっと考えてみたかったもんで龍王里近辺をまわってきました」

目を細めてよくみると署長は楽しくて笑みを洩らしているわけではなさそうだ。室内は煙草のけむりが立ちこめて、視界がくもってはっきりとは見えないのである。

「あの野郎ども、卑怯じゃないか。てめえらの力が足りないのなら力不足だと、素直にみとめりゃいいものを……」

署長は煙草のけむりを思うさま吐き出した。

「なにかあったんですか？」

「道警からやってきた刑事のことさ……きみが独自に捜査を始めたことを知っておったわい。いつの間に噂が広まったものか……なんにしたってやつら、べつに捜査をやるんだったら自分らは必要なさそうだから帰る、とな……」

「なんてこたえたんです？」

「ならどうぞっていってやった。ちいとも困りはせんからね。やつらがいると騒々しいばかりで、いっそのこといないほうがいい。自分らがいなけりゃ、汶昌では捜査できる者がおらんと思ってるみたいだ。おろかなやつらさ。張り飛ばしてやりたいのをやっとのことでこらえたよ」

「捜査報告はしていったのでしょうか？」

「報告書だとぬかしてこれをおいていったが、参考になるようなものはなにもない。きみが手をつけなかったとしても、帰っていくほかなかったろう。解けもしない問題にかかりっきりになっていたって時間の浪費だからね。いつまでも汶昌くんだりに引きこもっているわけにもいくまいて」

署長は煙草を喫い過ぎたために、老いが早まったかのようだ。

炳鎬は椅子に置かれた捜査報告書を手に取って、ざっと目を通した。署長がいうように参考になりそうなことはなにも書かれてはいない。ただ一点、〈孫芝恵《ソンジヘ》三十八歳〉という名前だけが目に留まった。おおかた娘といっしょにソウルへ行ったという梁氏の愛人の名前だろう。さりとてソウルのどこに住んでいるのかは摑んでいないし、本妻についてもなにも調べてはいなかった。もっとも本妻がいることすら知らないのかもしれない。

署長は眉間に皺を寄せている。なにごとか思案をめぐらせているのだろう。炳鎬はこの間の捜査の進捗状況を訊かれるのを待っていたものの、そんなそぶりは見せないでいる。で、炳鎬のほうから口をひらいた。

「ちょっと足を運んでみたんですが、まだなんの手がかりも見つかってはいないんです。わたしの考えでは……そうとうに手こずりそうですね」

署長はもどかしくてならないのか、また煙草をくわえるのだった。

「自信がないとでも?」

「いえ、そういう意味じゃないんです。単純な事件じゃないってことです」

「どんな事件であれ、いざ手をつけてみりゃあ難解に見えるものさ。といったって調べが進めば、そのほとんどが単純な事件に過ぎぬ。だから結局は解明されるだろうて。今度の事件にしてからがたまたま強盗にやられたわけではないんだから、それなりの事情があるはずだ。要はそのわけを明かさなけりゃならんということだ。あれだけ残忍に釣り人を殺す理由を、な」

署長の声が次第に高まっていく。

「おっしゃるとおり、梁氏の評判はあまり芳しくなかったようですね」

「なら怨恨の線から捜査をすすめてみるんだな」

「ええ、そのつもりではいるんですが、あまりにも漠然としてまして……」

「道警からきた連中もそう考えてたみたいだ。いずれにしたって、具体的に捜査対象が見えてこないかぎり難しいのは当たり前だろ。あせらずにじっくりとやるんだな」

「そういたします」

炳鎬が腰を浮かそうすると、署長は手で制した。

「いっとくがね……今日をもって龍王里の捜査本部は解散させるからそのつもりでいてくれ。上には長期戦の体制に入ったと報告しておくさ。もうしばらくすりゃあ、ほとぼりもさめるだろうから、それから存分に腕をふるえばいい」

「できるだけのことはやってみます。結果のほうは約束できませんが」

「なんだって……自信のなさそうなことをいうじゃないか」

署長は立ち上がりざま、炳鎬の肩に手を乗せ、その肩をゆさぶった。

「おい、わしがどれだけ期待してるかは知っとるんだろうな?」

「わかってはいますけど、そんなにあてにしないでください」

炳鎬はすぐにでも部屋から出ていきたかった。が、金署長の手は肩に密着したままである。

「ははあ、命令されたと思ってるわけだな?」

「命令でもかまわんです。どっちみちやることをやるだけですから」

「命令といや命令だが。じつのところはだね、きみにしかできんと思うから頼んだのさ。わしの気持ちも察してくれや。ほかに捜査官がいないわけじゃないが、なぜきみだけを引きはなして特攻隊式に仕事を任せたのか。信じているからなんだな。第六感というやつだが、きみならやりとげられるさ。だからたんなる命令だとはとらずに、わしとの間の人間的な信頼関係だと思ってくれ」

しばらく茫然と突っ立っていた炳鎬は、ゆっくりと部屋を出た。

竹村への道

署長の言葉をうれしく聞いていたわけではなかったものの、不快に思ったわけでもない。ただ負担を感じただけのことだった。

あえてああいうふうにいわれなくても、炳鎬《ピョンホ》は功をあせらずに最善を尽くすつもりでいた。

戸外では依然として小ぬか雨が降りつづいている。前方に見えるはずの山影は厚い雲にすっぽりと覆われていた。

炳鎬はバスで龍王里へ向かった。

一昨日行きかけたものの戻ってしまったことが気にかかり、今日こそは中途半端なことはやめようと思うのだった。

龍王里でバスを降り、貯水池まで行く間にずぶ濡れになってしまった。村の万屋《よろずや》で安物のビニール傘を買うこともできたが、時間が惜しいような気がして歩を早めていたのである。

竹村へ通じる小径がぬかるんでいたために、足を踏み出すたびに泥を撥《は》ね上げていく。おまけに靴先が少し裂けているため、靴のなかまで泥が入りこんでしまっていた。

なぜこんなに苦労をしなけりゃならないんだ、ふとそんな思いにとらわれた。もっと楽に生きる方法はないものか。ついてないぜ……。炳鎬は靴と靴下を脱ぎ、ズボンの裾をまくり上げた。彼の生活にしてからが、泥濘《ぬかるみ》のなかを歩いているようなもので苦労の連続だった。そんななかで食べて生きていくことが最大の課題であり、それ以外は考えるゆとりすらなかった。つまらないことを除いて。

妻が生きていた頃には他人を愛する心があった。そして少なくとも淋しくはなかった。が、いまの彼は愛する相手もなく、つねに孤独を感じている。

炳鎬は大きめの石を拾い上げ、力一杯投げつけた。その刹那、近頃、世の中に対して卑屈になってできるだけ楽に生きようとしている自分に気づき、にわかに腹が立ってくるのだった。

貧しく、苦労しながら生きることは深刻な問題なんだろうか。この世にはどんなに誠実に生きても、貧乏で苦労を重ねていくしかない人たちがいくらでもいるではないか。そんな現実をたんに彼ら自身の責任に帰するわけにもいくまい。

雨が降りつづいているためなのか、畑地にはほとんど人影が見えない。葉のなくなった桑畑で羽を休めていた雀が数羽、あわただしげに村に向かって飛んでいく。

遠くから飛行機の爆音が聞こえてはくるものの、機影は見えない。

炳鎬は途中、畑地の間を流れる川に行き当たったが、その地点は貯水池と竹村の中間ぐらいに位置していよう。

川を渡り、小山の右手をまわりこむと、倉庫みたいなブロック造りの建物が見えた。こんな人里離れたところに人家らしき建物があろうなどとは思ってもみなかったので、いささか驚いた。なにをするところなのか？　彼は足を止め、しばらくその建物を観察した。

垣根もないその建物は久しく放置されていたからなのか、ブロックに塗られたセメントがところどころはげていて、ちょっと見には廃墟にしか見えない。だとしても、煙突からうっすらとけむりが立ちのぼっているところをみれば、空き家というわけではなさそうだ。

板戸を叩くとややあって戸がひらき、髭もじゃの中年男が顔を突き出してきた。男は射るような視線を投げかけてきたのだが、その目は充血しており、敵意すらこめられているようで炳鎬はいささかたじろいだ。だからといって引き返すわけにもいかず、まず身分を明かしたうえで、川で足をすすいでから室内に入っていった。

入るなり、生臭い臭《にお》いがぷんと鼻を衝く。セメントの床には斧やナイフ、それに手鉤《てかぎ》のようなものが散らばっている。とたんに炳鎬はぎくりとした。心臓が早鐘を打つ。すぐにでも出ていきたかったた。だが、そんな心中を見すかしたような相手の視線を感じると、恥ずかしい気がして自らをふるい立たせないわけにはゆかない。

炳鎬は拳銃を吊り下げてあるほうの脇を腕でなぞるようにしたあとで、「仕事は順調にいってますか？」と訊いた。

ここが屠畜場であることは先刻承知している、といった口ぶりで尋ねたためだろう、男はいくぶん警戒をゆるめたものとみえる。男は敷居に腰かけ、「仕事があったらこんなところにいやせんさ」とぶっきらぼうにいった。

釜でなにかを煮ているのか、もくもくと湯気が出ている。室内にはほかにだれもいないようだ。男のひとり暮らし特有の味気なさがにじみ出ているばかりである。

「ひとり暮らしなんですね？」

炳鎬は濡れた服を乾かしたいし寒くもあり、かまどのそばに近づいた。男は口をつぐんだまま、かまどから炭火を取り出していう。

「上着を脱いで、ここにおいたらいい。すぐに乾くさ」

が、拳銃を携帯しているのでそういうわけにもいかなかった。せっかくの好意なので炳鎬は手近にある箒《ほうき》を尻にしき、靴を脱いで乾かすことにした。

「密猟のとりしらべにきたんかね?」

「いえ」

「ならだれかの牛が食われちまったんかね?」

「いえ。なぜそんなこと……?」

炳鎬はいぶかしげな顔で相手を見た。

「牛が盗られたといや、きまってやってくるんだからね」

だとしたら納得がいく。

「いやあ……そんなこととはまったく関係ないんです。ご安心ください」

彼らはしばしなにもいわずに、見るともなしにかまどの火に目を向けていた。

ややあって男は中腰の姿勢になると、鍋の蓋をあけ、なかから焼き芋を取り出した。

「ひとつどうです。たいして甘くもないですけんど」

器に盛った焼き芋を炳鎬の前に置く。

「これで食事されるおつもりだったんじゃ?」

「たんとありますんでね。遠慮はいりませんや」

男は先に焼き芋を手に取ると、皮ごと齧った。炳鎬も一つ手に載せ、ふーっと息を吹きかけた。

「どうしてこんなところで……ひとり暮らしなんか？」

つまらないことを訊いているのかもしれないが、炳鎬は気になった。

「いつの間にやら、こうなっちまった。頼まれりゃあ、ここで牛をつぶしたりするもんで……」

男の手は皮が厚そうで、でかくみえる。

「こんなところにいたんじゃ、こころぼそくないですか？」

子どもみたいな質問に男は思わずにやりと笑みをこぼしてしまう。

「しかたないでしょ。家がないもんでね、こんなところで寝るしか」

「ならこの家は……」

「へ、牛をつぶしたりするときにつかうために屠畜業者が共同で建てたもんだけんど、しばらくつかわせてもらってる。わしの仕事がこんなだから……」

男が気詰まりな顔を見せたため、炳鎬はそれ以上相手の個人的な事情について尋ねるのをよした。

「いぜんとはちがって、牛はめったにやらんね。畑仕事に意欲をなくしちまったものか、牛を育てようとも思わなくなったんだろうて」

この大将は住所不定の放浪者なのだろう。四十代なかばぐらいの年恰好からみて妻子がいてもおかしくはないのだが、独り者の気楽さと淋しさがないまぜになったような雰囲気がみてとれた。

「こちらへは、いつからいらっしゃるんです？」

いよいよ本格的に訊いてきたと思ったのか、男は居ずまいを正し、いくぶん顔をこわばらせた。

「今年の春からですけんど」

「春っていうと何月のことでしたか？」

「四月でした」

焼き芋を齧るたびに額の血管がぴくりと浮き出るのが見える。炳鎬は相手の顔色をうかがいながら、慎重に問うていく。

「わるく思わんでください。じつはある事件を追っているうちにここまでやってきたわけでしてね」

「こっちへ逃げてきたやつがいるってわけで?」

「かもしれません。い、いやあ。それはさておいて……もしかして、あのう……」

炳鎬は憶測を口に出すまいと骨折りながら、努めて冷静さをよそおった。

「もしや、あのう……貯水池で起こった殺人事件のことでなにかご存じのことはないでしょうか?」

「梁醸造の親方が死んだ、あの事件のことだよね。聞いてはいますけんど」

かまどの熱で火照っていた男の顔からみるみる血の気が引いていく。自分が犯人ではないにしてもひとたび取り調べを受けるようになると、さながら自分が罪人であるかに思えて恐ろしくなってくるものなのだ。この男もそのひとりなのだろう。努めてさりげなく尋ねることにした。

「疑ってるわけじゃないんで、楽にしてください。事件が起こったのは六月五日のことでした。天気のいい日でしたね。覚えてますか?」

「さあて、そんなことまでは……。日にちもろくすっぽわかってねえぐらいですから」

「それもそうなんでしょうが、思い起こしてみてくれませんか。こんな田舎で殺人事件が起こったりすりゃあ大事件ですからね、事件後、日を置かずに噂を耳にされたんじゃないでしょうか?

もしやもう警察からわたし以外のだれかがきたあとなんじゃ？」

「そりゃあない」

この程度の捜査もやっていないのだから、事件が解決されるわけもない。

これぐらいのことはすべきじゃないか。が、道警の連中は自分らの所管でもないので、さして身を入れてはいなかったのだろう、ひどい話だ。

「事件の噂を聞いたのがいつだったのか、その点はどうなんでしょう？」

「わしが関係しているとでも？」

目をまるくしながら男が訊いた。

「とんでもない……さっきもいいましたけど、そんなつもりで訊いているんじゃまったくないですから、かまえんでください」

男は頰杖をつきながら、なにやら思い出そうとしているふうだったが、ややあってようやく口をひらく。

「そうだったな。翌日の朝に聞いたんだったか。村まで酒を買いに行ったとき……聞いたんだったか……」

「村へ行かなかったら、わからなかったんですね？」

「そういうこってす。ここにいたんじゃ、なんもわからん。おてんとうさまがのぼったり、しずんだりするのがわかるだけでやすから」

「お酒が好きなんですね」

「それほどでもないですけんど。その日は離別酒をおごってやろうとしたもんで……」

「離別酒ですと？　だれかと一緒にいたわけなんですね？」

「ええ、若えやつ《わけ》がひとり、一か月ぐれえ一緒にいたんですけどね、その日、出ていっちまった」

炳鎬は瞬間、息が止まった。驚くべき事実といわねばなるまい。かといって露骨にそんなそぶりをみせるわけにもいかず、精一杯無関心をよそおいながらかさねて訊いた。

「ひさしぶりで会ってたわけなんですね。身内の方ですか？」

「ちがいますな。ぜんぜん知らない若者だったけんど、行くところもなさそうなんでいっしょにいたんです」

「どこのひとなんでしょう？」

「そいつはしらんね」

「このごろはふらふら居所のさだまらない人が少なくないみたいですね」

「おっしゃるとおりじゃ。わしにしてからがそのひとりだし……けど手に職さえありゃあ、あちこち渡り歩きながら生きていくのもわるくはねえ。身軽でいられるし、気楽なもんさ」

「若いときにはそうでしょうけど。歳がいくとそうもいかないでしょ。わたしだって警察官ですけど、転勤つづきで放浪者みたいなもんです」

「たしかに若くないとね。その若者は手に職があるから、渡り歩いてもやっていけるだろうて」

「職っていうと？」

「大工ですよ。まだ若えのにどこで覚えたもんか、いい腕をしてやがる。そればかりか温突《オンドル》だってうまくつくれるし、ナイフさばきだってたしかなもんさ。あんなに能力のあるやつはみたことがねえ。この部屋だってそいつのおかげさ。それまでは床にかますを敷いてただけなんだから……。

村まで行って仕事を見つけたりもしてたみてえだ。面倒をみた、というよりはわしのほうが世話になったようなもんだな。だのにある日突然、行くっていうんだから、さびしくなっちまうわな……息子みたいな気がしてきやがったもんで……」

炳鎬は胸の動悸が高まっていくのをかろうじて抑えた。事件が起こった翌日に姿を消した若者、どう解釈すればいいのか。

だからといって、そんな状況証拠だけで断定するわけにもいくまい。こんなときこそいっそう冷静でいなければ、と自身に言い聞かせながら煙草を一服つけた。

「一服やりませんか?」

煙草をすすめると、男は遠慮をせずに指を伸ばしてきた。

「翌日の朝にその噂を聞いたのなら、その前日、つまり事件の起こった日のことも思い出せるでしょう?」

男は煙草を喫いつづけるばかりだった。うつむきかげんの姿勢だったので、みだれた髪が額にかかっている。めったに髪を刈ったりはしないのだろう。

「事件の起こった日は、どこでなにをしていたのです?」

もう一度、炳鎬は訊いた。不快感を与えるかもしれなかったが、口に出してしまった以上、引き下がるわけにもいかない。だが、男は黙りこくったままだ。

「こたえたくなかったら、こたえなくてもかまわんです。強制できるものではないですから」

炳鎬が微笑を浮かべながらいうと、男はやおら顔をもたげた。

「といったって、警察に訊かれてるのに、こたえないわけにもいかんでしょ。いわなくてもいいなんていわれると、そのほうがうす気味わるいやね。しょっぴこうってわけですかい？」

「なにか誤解されてるようですけど、訊かれたことにだけこたえてください。いいたくないことは黙っていてもかまいませんから。いろんな人にあって事情聴取しなけりゃなりませんのでね、協力していただけたらありがたいんです」

気まずくなった雰囲気を改めるため、炳鎬は焼き芋にかぶりついた。

「食事はここですませるだけなんですか？」

「しょうがねえわな。稼ぎがしれてるもんで。そりゃそうと……事件のあった日のことですけんど、ある家で宴会があったもんで豚をつぶしに行ってやした」

「一日中？」

「そういうこってす。その日はずっとそこでした」

「どこにあるんですか、その家って？」

「竹村へいって金先生の邸、といや、だれだって知ってるさ」

「そのときいっしょにいた若い人は、その日なにをしてたんです？」

「そんなことまでは知らないね」

「よく思い出してもらえないですか。本人がなにかいってたかもしれないでしょう」

なにか思い出したのか、男はうなずいてからいう。

「そういわれりゃあ、そうだった。なにか買いに村へ行く、とかいってたな」

「なにを買いに行ったんです？」

「ほしい道具があったらしい」

「で、買って帰ったわけですね?」

「さあ、そこまでは。そんなに気にも留めてなかったもんでね」

「先に出かけたのはどちらだったんです?」

「わしのほうだったな」

「ならその若い人が村へ行くのを見たわけじゃないんですね」

「いんや。村へ行く途中だといって金先生の邸《やしき》へやってきて、豚肉を霽って行ったんだからね。そういや、やっと思い出したんだが、あの日禹《ウ》植《シク》のやつは鑿《のみ》を買いに行くとかいってたな」

「何時頃のことでした?」

「そりゃあ……十一時ぐらいだったですか、昼飯にはちょいと早いころでしたから」

炳鎬は混乱する頭のなかを整理するためにしばし口をつぐんだ。細く長い指で髪をかき上げながら、もう一方の手で火かき棒を摑み薪の火をかきまわした。

捜査をやっていると、われしらず陥穽《かんせい》にはまってしまうことが多い。簡単そうにみえて、結び目がたやすくほどける場合にはなおさらそんな傾向がある。どうやら今度の事件もそんな場合のひとつなのだろうか。まかり間違えば、まるきり見当はずれなことに時間と労力を浪費することになるかもしれない。ともあれ、手がかりの皆無だった事件の容疑者像が見えてきたのだ。

事件の起こった時間は、炳鎬の知るところでは午後二時前後だった。つまり、その青年はアリバイ作りのために村へ行くといって午前十一時ごろに金先生に姿を見せたあと、貯水池附近に身をひそめていて梁氏を殺したのだろう。そしてアリバイをより強固なものにするために実際に村へもいき、鑿を買ったのかもしれない。そのうえで翌日行方をくらましてしまったのではないか。が、これではあまりにも単純な結論になろう。こんなにたやすく解ける事件ではないように思えてならない。

「その若い人なんですが、村へ行ってから何時頃に戻ってきたんでしょう?」

「おそかったです。わしは酔っぱらっちまって先に寝てましたけんど、戸を叩く音で目が覚めちまいやした。禹植のやつが帰ってきたんですな」

「その男も酔っぱらってたんですか?」

「いや。しらふみてえだった」

「禹植というのが彼の名前なんですか?」

「へい、金禹植《キムウシク》ですよ」

炳鎬が手帳にその名前を記すと、相手の顔がにわかにこわばっていく。なんだか自分がつまらない告げ口をしているのではないか、そんな思いにかられたのであろう。

「失礼ですが、おたくのお名前は?」

「わしかい……蔡判述《チェパンスル》っていいます」

「金禹植は何歳ぐらいなんです?」

「仕事ぶりをみてるととても若者とは思えんが、じっさいは二十歳そこそこといったところでしょうな、おそらく」

「それ以外に金君について知ってることはないですか? なんでもけっこうですから」

「無口なやつなんでね、それ以外にゃ……。訊いてもしゃべりそうもねえし、知ろうとも思わなかったですけんど。ですが、ほかの若えやつらとはいっぷう変わったところがあったですね」

「変わったところ？　具体的にいうと？」

「口に出していうとなるとむずかしいもんですな。笑ったり、楽しそうにしてるのを見たことがねえ。人と調子を合わせるのが嫌いみてえで……めっぽう大人びてるんだな。それになんていうか、いつも心ここにあらず、という感じだった。なにかわけがあって渡り歩いてるんだろう。いろんなことを知ってるし、頭のいいやつなのに……大工にしておくのはもったいない。ここにいる間にでも結婚話が持ち上がったぐれえだから」

「相当に出来のいい若者だったわけですね。で、結婚の話はどうなったんです？」

「一人娘のいる家でよくしてやったもんだから、入り婿の話が持ち上がったんだけどことわっちまった。ったく、棚からぼた餅みたいな話だったんだが、もったいない」

蔡《チェ》は鬚もじゃの顎をなでる。彼は口をもぐもぐさせているみたいだったが、驚くべきことにいつの間にか、ざる一杯の焼き芋をたいらげてしまっていた。これほどの大食漢が、稼ぎが少なく存分に食べられないのは、なんとも気の毒なことだ。

「若い人ってみんなそんなもんでしょ。いまどきの若者は気ままに生きてるんで、ころがりこんできた餅みたいなもんは捨ててしまうのですね。して、金君の性格はどんなです？　気がみじかいとか、乱暴な面があるとか？」

「とんでもねえ……あんなヤギみてえにおとなしいやつがいるもんか。法律がなくたってやっていける、そんな野郎だった」

革の焼けるような臭いがしたために炳鎬は靴を手許に引き寄せた。からからに乾ききったその靴を炳鎬は履いた。

「なぜ金君は行っちまったんです？」

ともすればこれがもっとも肝腎な点であるのかもしれない。耳をそばだてる炳鎬。

「さあて、渡り歩くといったって、なにもかならずしも理由があるわけでもなかろうし……」

蔡は言葉尻をにごした。

「別れ際に、なにかいってなかったですか？」

「べつだん、かわったことはなにも。いつまでもやっかいになるわけにもいかなかったんだろうて、たしか全州《チョンジュ》かどこかの友人をたずねてみる、とかいってたな」

「またくる、とかはいわなかったんです？」

「機会がありゃまたくる、とかはいってましたけんど、あてにはならんでしょ」

「急いでたようすでしたか？」

「そんなふうにゃみえなかった」

「もっといてほしかったんでしょうね」

「ちょっぴり残念じゃった。わしがつきあうのはあんな風来坊みたいな野郎ばっかりだけど、禹植みたいな青年はざらにいるもんじゃねえ。もう少しわしが若けりゃ、兄弟にしてえぐらいだ」

蔡は残念でしかたがない、といった顔つきだ。一か月一緒に暮らしただけなのに、えらく惹かれたようすがみてとれる。

「近頃、世の中がややこしくなってきたんで、だれしも同じところに長くいつづけることはむずかしい。心から、同じ者と長くつきあうことはできねえし、たいていはしばらくのあいだ顔見知りになって過ごすぐれえが関の山なんだよな」

これがおそらく現代の流民というやつだろう。

寂寥感が炳鎬の心をよぎった。確かに、あちらこちらと転々としているうちに、いつしかおさななじみとの連絡はとだえ、自分だけがこの世に取り残された気がしたからである。いくら指を折ろうとしても、ほんとうの友人の名が浮かんでこないのだ。

「金君が去っていくとき、なにか残していったものはないですか？　つまらないものだったとしても」

「ありはしませんな」

蔡はかぶりをふった。これ以上はしゃべりたくない、といった顔をしている。

炳鎬は腰を浮かせた。濡れていた上着はすっかり乾いていた。いささかためらいはしたが、ポケットから五百ウォン紙幣を一枚取り出し、相手の手に握らせた。

「へんにとらんでください。酒でも飲みながら話せばよかったんですけど、村からはなれてるんでそういうわけにもいかなかった。その代わりといっちゃなんですが……」

蔡はためらいながらも、頬をゆるめて金を受け取った。

「最後にもう一点だけ聞かせてください。金禹植の顔つきとか体格は？」

「あやしいやつなんかじゃあるもんですか」

「そういうわけじゃないんです。捜査上の必要から訊くだけなのですから、わかる範囲でこたえてもらいたいんです」

蔡はしばらくうつむいていたものの、ゆっくりと口をひらいた。

「きれいな目をしてる。かしこそうな感じだった。丸顔で髪はみじかく刈ってたな」

「背丈のほうは？」

「高からず、低からず、といったところですか。大工なんかにゃとてもみえない。服装を整えさえすりゃあ、金持ちの末っ子といったってとおりますわな」

「そのほかに、なにか特徴みたいなものは？」

「さあて、特徴、といったって……うむ、歯が一本抜けてたな」

「どの歯がです？」

「上の奥歯だね。右側だったか」

「ちょっと見にはわからんですね？」

「しゃべっているときでも気がつかんでしょうな。笑うとちらっとその部分が見えるんだけんど」

炳鎬は小屋を出ようとしたものの、軽く左右に首を振ってもう一度ざっと部屋を見まわした。と、上がり框《かまち》のそばに落ちている、垢まみれの手ぬぐいが目に留まった。そこに書かれた「ソウル」と「社」の字に引っかかりを覚えたのである。

「仕事を探すんなら、いっそのことソウルへ行かれたほうがいいんじゃないですかね？」

炳鎬は振り向きざま、顔色ひとつ変えず唐突に訊いた。

「そうでもないですね。何年か前にソウルへ行ったことがあるんですけんど、わしらみたいなもんは、やっぱり田舎がいい。情があるっていうか……」

炳鎬は手ぬぐいをつまんでつぶさにみた。見かけとは違ってさして古いものではなさそうだ。「ソウル工藝社親睦会記念・一九七二年十月三日」と文字が記されている。

蔡の顔が赤らんでいくのを炳鎬は黙って見守っていた。

「すっかり忘れちまってた」

と蔡は戸惑いを隠さずにいった。

「禹植が忘れていったんだった。たいしたもんでもねえでしょう」

つくり笑いを浮かべる蔡。

「それはそうなんですが……一応、預からせてもらってもかまいませんか？」

「そんな汚ねえもん……」

蔡はすまなさそうな顔をしてみせた。

「かまわんです。そんなこと」

十分に礼をのべてから炳鎬は小屋をあとにした。しばらく歩いてから振り向いてみると、蔡はまだ戸の前に立ちつくしたままこちらを見ているのだった。

雨は依然降りつづいていた。水たまりを避けることができない。雨を受けた炳鎬の体から、かまどで得た温もりが冷《さ》めていく。

竹村はその名にたがわず竹林が多い。竹林は村の入口附近からはじまり、村全体を覆いつくすかのごとくである。

風を受け、さわさわと葉のこすれ合う音が聞こえてくる。犬の吠え声、鶏の鳴き声、子どもがぐずる声、砧《きぬた》を打つ音などが混ざり合い、村には活気があった。

通りすがりの農家の婦人に金先生の邸のありかを尋ねると、すぐに教えてくれた。

いまどきまれな門構えの立派な家だった。門をくぐると瓦屋根の家屋が三棟あって、庭も広々としている。ひと目見ただけで、金先生のこの村での存在感が伝わってくる。

作男とおぼしき青年が荷物を背負って外から入ってくると、探るような声でだれを訪ねてきたのかと訊く。で、警察だと身分を明かすと、その青年は背中の荷を軒下に下ろして炳鎬の眼前に近づいていった。顔におびえの色が浮かんでいる。

炳鎬はだしぬけに六月に祝宴をひらいたとき、だれが豚をつぶしたのか、と問うた。

「村の上手のほうに住んでる蔡さんですけんど……うまいもんです」

そんなことならいくらでも話してやる、とでもいわんばかりに手ぶりをまじえながらいった。

「禹植て人は知ってますか？」

「ウシク？　金禹植のことですかい？」

「そうなんだ、その金禹植のことなんだが」

「知ってるどころですかい。うまが合ってましたからね。ですけんど、ちかごろとんと見かけませんですがねぇ、どっかへ行ってるんか、そのうちやってくるでしょう。禹植がなにかいけないことをやらかしたんですんか？」

「いや、ちょいと確かめておきたいことがあったものでしてね。で、その祝宴のときに禹植もきてたんでしょうか？」

「へい、きましたです。ずっといたわけではねえんですが」

「酒はいける口なんですか、禹植は？」

「あまりやらんです。大工の腕は一人前ですけんど。うちの大門の扉もただで直してくれたです」

「ゆっくりして行かなかったのですね？」

「へい、早くに行っちまいやした」

「どこへ行ったんです?」

「さあ、そこまでは……」

「そのあと、どこかで禹植の姿を見かけましたか?」

「そういや、見かけませんね」

「禹植はどれぐらいの間、村にいたんでしょうか?」

「さあて、い、一か月ぐれえですかね」

「どこからやってきたんです?」

「わからねえです」

「いや、ご協力ありがとうございました」

蔡のことばに嘘はないようである。炳鎬はふともう一度蔡に会って訊いてみたいことを思いついた。とはいえ、体は拒否反応を起こしていた。ずいぶん離れているうえに、寒いし、疲れてもいたので気力が続かなかったのである。

炳鎬は雨に打たれながら、町までとぼとぼと歩いていった。竹村から町まではおよそ十キロの道のりだ。家に着く頃にはうす闇が視界をさえぎり、衣服から雨水がしたたり落ちていた。ぶるぶる体の震えが止まらない。家に入って濡れた衣服を脱いだとたんに、そのまま倒れるように横たわった。熱が出たからだろう、喉の渇きを覚えて夜中に水を二杯飲んだ。くたくたに疲れてはいたのだが、事件を解決してやるんだ、といった決意がふつふつと湧いてきたからであろうか、四肢を伸ばしてぐっすりと眠りにつくことができた。

翌日、炳鎬は朝早く起きた。

鏡を見ると、目が腫れぼったくなっていて、髭が伸び放題になっている。頭はすっきりしているものの、微熱があるのだろう、目が充血していた。長い顎を何度かなでてから、髭剃りをし、ぼさぼさの髪を櫛で梳《す》いた。そして簡単に旅行準備を整えると、いいかげんに朝飯をすませて出かけていった。署長にだけは報告しておきたかったのだが、ほかの署員の目を惹くのがはばかられ、そのまま先を急ぐことにした。

バスの停留所に行くと、発車まで三十分の余裕があった。で、炳鎬はまず喫茶店で珈琲を飲んでから、署長に電話した。報告を受けた署長は、だれか同行する者をつけようかというのだった。

「けっこうですよ。むしろひとりのほうがいいんです」

何日かかるかわかりませんが、とも炳鎬はいいそえた。

「わかった、いいとも。なにか展開があれば連絡してくれ。いざとなりゃ、わしだってじっとしちゃおらんからな」

暗夜行

署長にあれこれわずらわしく訊かれなかったことが、炳鎬《ピョンホ》の気持ちを多少なりとも楽にしてくれた。信じてくれているからなのだろう、炳鎬はそう思った。

もしものこと、毎日捜査報告書の提出をもとめられたり、あれこれ突っこんで訊いてこられたりしていたら、炳鎬はとっくにこの事件への興味を失い、手を引く準備をしていたかもしれない。

汶昌《ムンチャン》から豊山《プンサン》まで百二十キロ弱。ふつうに走れば四時間程度で行けそうなものだが、途中でパンクしてタイヤを交換したり、でこぼこ道だったりしたので五時間以上もかかってしまった。そのうえ乗客が多くて席が空くまでにかなりの時間、立っていなければならず、着いたときにはくたくたになっていた。

窓外の風景を眺めていると、豊山は汶昌よりもいっそう僻地にあることが実感される。

バスはせまい山道を幾度もくねくねと上がったり下がったりしながら、山の奥に向かっていった。断崖沿いを走る曲芸さながらのバスの動きに、生きた心地がしなかった。雨は上がっていたが、雲が厚くたれこめていて、いつまた降りだすかわからない空模様である。

午後の二時を過ぎて豊山に到着した炳鎬はしばらく町内を歩きまわってから、まず食堂に入った。にわかに空腹を覚え、どんぶり飯を二杯もたいらげた。こうした彼の姿は他人の目からみれば、ただの旅行者と映っただろう。が、食事の間でも、事件の糸口を摑んでやるのだ、といった思いをふくらませていたのである。漠然とではあるが、今度の事件で自分は長距離走者になるだろう、したがって孤独であることに耐えねばならない、そう思うのだった。

食事を終えた炳鎬は、のんびりともとれるような足取りで地元の警察署を訪ねていった。

豊山警察署では国会議員の補欠選挙が近いせいか、あわただしい動きがみてとれた。さして人口の多い町とも思えないのだが、ひっきりなしに人々が出入りし、署内は秋の日に似つかわしくないほどに異様な活気が充満していた。

炳鎬の話を上の空で聞き終えた捜査課の署員は、ちらりと顔を上げたものの、また視線を下げると書きものを続けるのだった。

「あの事件ですよね……覚えてはいますがね、あの男についちゃ、なにも知らんです」

「すまないですが、どなたかこの地方の事情に明るい人を紹介してもらえないでしょうか」

「訊いてみたところで、あの男のことなんてだれも知っちゃいないでしょ。警察が知らないのに、だれが知ってるというんです。その梁達秀《ヤンダルス》とかいう人がここの出であることは間違いないんでしょうか?」

捜査課の署員はほうり投げるようにペンを手ばなしながら、いらいらしたように訊いた。いささかためらいながらも炳鎬がいう。

「だと思います。本妻がこちらに住んでるそうですから……」

「その本妻の名前は?」

「それがわからないのです」

「そんなことも知らないで捜査をするなんて……」

その署員はいまさらのように、頭の天辺から足の爪先まで舐めるように炳鎬を見てから言葉を継いだ。

「こうしたらどうです。この豊山じゃ、梁姓は玉泉《オッチョン》地区にかたまってますんで、そっちへ行って訊いてみたらどうです」

これ以上しゃべりたくない、といわんばかりに署員は机に体をかがめた。

通りへ出た炳鎬は玉泉へ行く道を捜した。玉泉は豊山からおよそ八キロ程度離れていて、一日に二、三回バスが往来しているらしい。で、次のバスに乗るとしても二時間は待たねばならないため、歩いていくことにした。

はやる気持ちをなだめようとするかのように、ゆっくりと歩を進めていった。それでも玉泉に着いたときにはじっとりと体中が汗ばむのだった。

丸太で組んだ橋を渡ると、町役場とか支署とおぼしき建物が見えてきた。支署はその昔共匪《パルチザン》出没にそなえてつくられたと思われる高い石塀に囲まれているために、外から眺めるとトタン屋根しか見えない。

支署のなかに入っていくと、年嵩の警官がひとり、椅子に坐ったまま目を閉じていたものの、気配を察知したのだろう、うすく目をあけて不意の訪問者をうかがうような姿勢を見せていた。自分からはなにもいおうとはせず、相手が話しかけてくるのを待つつもりなのだろう。

一日一日を無事に過ごしたがる人々によく見られる、物事への無関心さと新たなことに関わりを持たされてはかなわない、といった心情がその警官の応対ぶりから読み取れた。無駄足だったかな、と思いながらも、かといって黙って引き返すわけにもいかず、まず自分の身分を明かしたうえで協力をもとめた。

「梁達秀？　さあてね、わかりませんな。役所へ行ったほうが、話が早いんじゃないですか」

警官は煙草を喫いながら、顔を顰《しか》めた。その目はどこにも焦点が合っておらず、声にも力がない。

炳鎬は相手のそっけない態度にむしろほっとして、くるりと踵を返すと町役場に向かっていった。

中年の戸籍係の職員は炳鎬の話を聞き終えるなり、いかにも知っていそうな口ぶりでいう。

「この間、亡くなった人のことですよね。以前はこっちに住んでたんですが」

「遺族の方がこちらのどこかに住んでいると聞いたもんですから……」

「ええ、そのとおりです。この道に沿ってずっと上手にいきますと、孝堂里《ヒョダンリ》に出るんですが、そこで尋ねてみられたらいい。すぐにわかりますよ」

「こちらではわからないんですね」

「あの人たちは勤めがよく変わるし、もともとこの辺の人だったわけじゃないんで、くわしいことはわかりません。あたしらみたいに子どもの頃からいる者だったらよくわかるんですが」

「でしょうね。梁さんの戸籍はこちらになっていたんでしょうか？」

「そうです」

「見たいですね」

「待っててください」

戸籍係の職員は隣の部屋に入っていき、戸籍簿を持って戻ってきた。

「これがそうです。家族関係がよくわかりますから、ごらんなさい」

職員は戸籍簿のなかほどを広げてみせた。

炳鎬はそのページを食い入るように見ながら、梁達秀の家族について手帳に記していった。梁達秀は一九一五年生まれで五十八歳。遺族としては本妻李福順《イボクスン》のほかに宗泰《チョンテ》、宗植《チョンシク》、宗浩《チョンホ》という名の三兄弟がいた。この息子たちはみな三十歳を超えている。それ以外に目を惹いたのは愛人との間に生まれた杏蓮《ミョリョン》を入籍していることだ。

「梁さんの遺族は、みなさんいっしょに住んでいるのですか?」

戸籍簿を返しながら、炳鎬が訊いた。その職員はそばにいる別の職員に低声《こごえ》で訊いてからこたえる。

「本妻はいま長男と住んでいるらしいです。あとのふたりは、仕事の都合で別のところにいるようですね」

「お手間を取らせました。ありがとうございます」

「いやあ、これぐらいのこと……」

職員は腰を浮かせると、孝堂里への道をもう一度くわしく教えてくれるのだった。

役場を出た炳鎬は、表通りの長い坂道をのぼりはじめた。道々炳鎬は梁達秀の本妻李福順がどんな人物なのか想像しようとするのだが、どうしてもいいイメージが浮かんでこない。

夫に捨てられたままひっそりと老いていった女だとしたら、どうみたって正常な感覚を持ちつづけることは難しいだろう。たとえ意識していなかったとしても、恨みつらみが骨の髄までしみこんでいるにちがいない。心の整理はつけていただろうが、おだやかではいられなかったろう。夫が死んだと聞くと、ただちに汝昌の愛人の家に駆けつけて乱暴な振る舞いに及び、財産まで取り上げてしまったことからしてもわかる。

通りがかりの店で尋ねると、梁宗泰の家はすぐに見つかった。瓦屋根の大きな家で、ひと目見ただけで暮らし向きの豊かさがうかがえる。

黄色い飼い犬が吠えると若い嫁が姿を現し、どなたですか、と訊いてきた。警察の者であることを告げると女は家のなかに戻り、入れ替わりに韓服をまとった男がやってきた。

「梁宗泰さんですか?」

「ええ、そうですが……」

男はつりあげた目をぎょろつかせながら、頭の天辺から足の爪先まで舐めるように炳鎬を見た。

「お母様の李福順さんもこちらにいらっしゃるんですね?」

相手の視線を押し返しながら炳鎬が訊いた。

「ええ、具合がわるくって、横になってますが、なんの用なんです?」

「ともかくなかへ入りましょうか」

炳鎬は家のほうに顎をしゃくって強く出ると、男はびくつきながら先に立った。げっそりと痩せ、ぼっこり目の落ちくぼんだ婦人が温突の床で横になっていたが、さして驚いたふうでもなくおもむろに身を起こし、炳鎬と対面した。

梁宗泰は母親のそばにひかえるように腰を下ろした。

「不意の出来事で衝撃を受けられたでしょうね」

「前《さき》の世で、なにかよくないことをしでかしたとでも……」

梁達秀の本妻はひとしきり呟きこんだ。が、その間にもするどい目でちらちら相手を盗み見ていた。

炳鎬はいまだ事件解決に至らないことに対し、警察として申し訳ない、と詫びた。

「迷宮入りの状態でして……」

「警察といったって信じられんですな」

不満をあらわにして梁宗泰がいう。炳鎬はすかさず本題に入った。

「ですから、まずもって梁達秀氏の過去と家族のことから、徹底して調べをやり直そうと思っているんです」

ふたりとも、すぐには返事をしなかった。ありがたくもない訪問客に好意を示したくなかったのだろう。ややあって息子のほうが、「でしたら、なにが知りたいんです?」と訊いた。えらく事務的な口ぶりである。

「李福順さんはもともとこちらの出なんですか?」

「そうですよ。生まれも育ちも」

炳鎬が煙草をすすめると梁宗泰はことわった。

「どんなふうに暮らしを立ててこられたんでしょう?」

「農家ですよ、うちは」

「暮らし向きはよかったわけですね?」

「食ってはいけましたが」

こたえるのはもっぱら梁宗泰のほうで、母親は口をつぐんだまま、ようすをうかがっている。

「お父さんはいつここを発って、汶昌へ行ったんです?」

「そうですな……もう二十年あまり前のことになりますか。わたしがまだ二十歳になってなかったですから」

「ぶしつけなことを訊くようですが、梁達秀さん……つまりそのぉ、お父さんはなぜよその土地へ行ってしまわれたんです？　家族を残したまま」

そういわれると梁宗泰はきまりわるげな色を見せた。が、炳鎬は目をそらさなかった。どうしてもその理由を確かめておきたかったのである。そのとき李福順がこらえきれなくなったのか、口をひらいた。

「ふん、女子《おなご》に狂っちまったのさ。自分の娘みたいな女子にだよ……そんな男に天寿がまっとうできるもんですか」

夫人の言葉があまりにも激烈だったので、炳鎬としてもすぐには口がきけなかった。

「かあさんはだまっててください。わしがいいますから」

「なぜあたしがだまってなきゃならないんかね？　いまのいままでだれを育ててひとり苦労してきたんだい、そんなあたしにだまってろって？　思い出すだけでも腹が立つ。あたしは不幸じゃないのかい、刺し殺された親父のほうがかわいそうだとでも？　ああ、悔やしくって……」

李福順は痩せた手で自分の胸をかきむしった。炳鎬はむしろ都合のいいなりゆきだと思う。感情が激してくると、隠そうとしていたことが意に反して吐露されるかもしれないからだ。

「かあさんはだまってて。わしが話すっていったじゃないですか」

梁宗泰は腹が立ってきたのか顔を真っ赤にしながらじろりと母親をにらんだ。その気勢に気圧され、母親はしぶしぶ口をつぐんだ。

「もうわかってしまったようなもんですが……わたしが十七歳のときでしたか、親父が別居しはじめたんです」

「親父なんて呼ぶんじゃない」

と夫人が吐き捨てるようにいった。梁宗泰と炳鎬は彼女を無視したまま話を続けた。

「お父さんが移っていかれてからはどうだったんでしょう？　おたがいに連絡を取り合ったりはしなかったんでしょうか？」

「ときどき金を送ってはくれましたけど、ここにはきませんでしたね。一度もこなかったんじゃないですか。結局、死んじまいましたが」

「あんなにひどい人なんているもんかい。息子が三人もいるっていうのにさ、二十年もの間にいっぺんだってきやしないんだから、人でなしじゃないか」

とうとう李福順の目から涙がこぼれはじめた。それを見た息子は舌打ちをした。母親のことをひどく嫌っているものとみえる。

炳鎬は問いつづける。

「たんに女ひとりのために二十年もの間、戻ってこなかったわけですか？　もしやなにかやむをえない別の事情があったんじゃ？」

梁宗泰は重々しくかぶりを振った。

「さあ、わたしの知るかぎりじゃそういうことだったですが。その頃なんだが急に生活がゆたかになって余裕もあったからでもあるんでしょうが」

「急に生活がゆたかになったって？　その頃なら、戦争でだれもが苦しい暮らしをしてたでしょうに……なにかいいことでもあったわけですか?」

「はっきりしたことは知りませんですが」

まごついたような目になった。

炳鎬は夫人に視線を移したが、自分はなにも知らない、というようにそっぽを向いてしまった。なにかいいたくないことがあるのにちがいない。

「おかあさんもご苦労されたでしょうね」

「そりゃあもちろん。三人もの息子を育てたわけですから」

息子は母親を横目に見た。夫人は手ぬぐいでずるっと洟をかむと、手の甲で涙をぬぐう。にわかに控えめになっていく。

「親父さんが以前こちらに住んでおられたときに、だれかに恨まれていたとかいったようなことはなかったでしょうか? ささいなことでもかまいませんが」

「ほんとうのところはよくわからんです」

「うむ、でしょうね」

これ以上腰をすえてみたところで、役に立ちそうな情報は得られそうになかった。遺族の側からしても炳鎬には不快な印象しか残さなかったとみえる。それにしても、このまま腰を上げるには気がかりな点がなくもなかった。

「事件を解決するのに、なにか参考になりそうなことはないですか?」

つまらない問いかけであることは承知していながらも訊かないわけにはいかなかった。

案の定、梁宗泰は首を左右に振った。

「とくに思いつくことはありませんな」

「お父さんの遺品を見せてもらえませんか」

「遺品といったって、捨ててしまったものもあるし、たいしたものは残っていやしませんが」

「どんなものでもかまわないですから、見せてください」

「そんなにおっしゃるならどうぞ」

早く刑事を引き取らせるためにはしかたがない、とでもいうような顔で梁宗泰はすっと腰を浮かせると簞笥《たんす》のなかから風呂敷包みを取り出した。

包みを解くと煙管、眼鏡、小刀、万年筆、時計、手帳、写真帖などが出てきた。

「いっしょに埋めなかったのはなにかわけでも?」

「そんなことを考える余裕がなかっただけですよ」

炳鎬は遺品の一つひとつをじっくりと観察していった。手帳を手にしたときには一枚一枚ページをめくって目を通した。出納関係を記したものとみえる数字がやたら目につく。胡麻粒みたいな小さな字だ。それ以外には掛売り顧客の名前、それに知人とおぼしき名前が記されていたのだが、最後のページにぽつんと記されていた文字に彼の目が釘づけになった。ボールペンで〈金弁護士・(三二〇)二二三六〉と書かれていたからである。金弁護士がだれのことなのか、苗字からだけで特定するには無理があろう。ただ、電話番号からみて金弁護士なる人物はソウルに在住しているものと思えた。

「もしかしてお父さんはなにか訴訟をかかえていたんじゃないですか?」

「いっしょに住んでたわけじゃなし、そんなことまでわかるわけがないじゃないですか」

憤懣を隠そうともせず、梁宗泰がいった。

「この手帳を預からせてもらってもかまいませんか?」

ふたりは首を縦にも横にも振らず、無言のまま炳鎬を見やるばかりだ。彼はすばやくポケットに手帳をしまうと、アルバムのページを繰った。

梁達秀ひとりだけが写った写真と他人と一緒に収まったものばかりで、家族とともに写したものは一枚もなかった。おそらく愛人の写真はすべて本妻がはがしてしまったのだろう。

梁達秀が最近写したものと思える、肉がついて目尻のつり上がった写真をしばらくの間じっと見ていた。細くてするどい目は絶えずなにかを渇望しているような色を帯び、あたかも欲望の塊を見るかのようだ。

戦慄を振り払いながら、別の写真に目を転じた。それは黄ばんでいて梁達秀が比較的若い頃に写したものと思えるもので、いまの長男の姿にそっくりである。左右に幾人もの青年をしたがえている。彼がリーダー格なのだろう、真ん中でひとりだけ椅子に腰かけてひときわ目立っていた。周りの青年は手に手に竹槍や木刀を握っている。

「いつの写真ですか、これは?」

「朝鮮戦争のとき親父は青年団長をやってまして、その頃のものです」

炳鎬はやおら腰を上げた。

「お父さん、こっちにいたときから酒をつくっていたんですか?」

「いえ。汶昌へ行ってからでしょう」

「ご協力ありがとうございました。またくるようなことがあるかもしれませんが」

その家を出たとたん、炳鎬の頭がずきずき痛んだ。

欠伸を繰り返しながら、村の近くを流れる川で顔を洗った。通りすがりの村人たちは、そんな彼の姿をいぶかるように眺めていた。

事件は次第に広がりを持ち、深淵をのぞかせてきたかのようだ。と同時に、こんなやり方で解明につながるのか、はなはだ疑問に思われてもきた。とはいえ、ほかに手立てはないではないか。どのみち、なんの手がかりもないまま始めた捜査なのだから。

しかしながら、炳鎬はわれ知らず広くて深い沼に足を突っこんだような気分から抜け出ることができなかった。巨大な磁石みたいな力で引きずりこまれているかのようだ。その見えない力がなんなのか見当もつかない。明らかにするにはあまりにも真相から遠いところにいた。

「行けるところまで行くしかない。たとえ徒労に終わろうとも……」

そうつぶやくと、見るともなしに川面に映った自分の姿を眺めるのだった。

最近とみに頰がこけ、馬面みたいにみえる。目はとろんとして鼻梁《びりょう》は相変わらずとがっている。目尻まで垂れ下がった髪をかきあげると炳鎬は立ち上がった。そしてぐるりと見渡した。どちらを向いても貧しさを絵に描いたような田舎の風景が続く。村人たちはきまって粗末な身装《なり》をしており、草葺屋根の家はいまにもつぶれてしまいそうなほど頼りなげだ。

こんなところまでやってきた以上、梁達秀についてもう少し調べてみたかった。それにはどうしても家族以外の者から聞く必要がある。友人なり、彼の過去を客観的に語れる人物がいるなら会えないものか。

炳鎬はのっそりと、村役場に向かって歩を運んでいく。

ちょうどそのとき、役場には里長が姿を見せていた。で、里長に尋ねようと思ったものの、まだ五十にはとどかない年齢にみえたので思いとどまった。ただ、村の老人がよく集まる場所はどこか、と訊いた。

里長はいぶかるような目で炳鎬を見やっていたものの、相手がどこのだれかがわかると、うなずきながら人をつけてまで老人たちが好んで集まる場所を教えてくれるのだった。

まず万屋に立ち寄って酒を二本とつまみを買った。

その家はいかにもどの村にもありそうな瓦屋根の大きな家だった。裕福なその家の老人が同世代の友人たちに客間をいつでも使えるようにしているのだ。

室内では将棋盤を囲んで数人の老人が坐っていて、炳鎬が顔をのぞかせてもべつだん警戒もせず、入ってこい、と首をたてに振るのだった。彼が腰を下ろすと風采のよい老人が駒でかちかち将棋盤を叩きながら、「どこからきなさった?」と訊いた。

炳鎬は人に会うたびに警察からきたと身元を明かすことがいやでたまらなかった。それで、彼は
「汶昌からきたんです」とあいまいにこたえた。

「なんか用かね? だれか捜しているんかね?」

こんどは老眼鏡をはめた老人が訊く。

「いえ。お年寄りの方に昔の話を聞かせていただこうと思いまして」

酒まで買いこんで話を聞こうとやってきた男にただならぬものを感じたのか、ややあって老人たちは将棋盤を片づけた。

「申し訳ありません。将棋の最中におじゃましまして」

「なあに、かまうもんですか。して、どちらさんですかな？」

風采のよい老人が白い鬚をなでながら訊いた。

「ごあいさつが遅れました。呉炳鎬といいます」

あわてて炳鎬がこたえた。

「ほほう……呉氏なんだね……わしは朴《パク》じゃよ。いったいなんの話が聞きたくてこんなところまでやってきたのかね？」

口ぶりから察して、朴老人はこの家の主人なのだろう。炳鎬が酒の瓶を差し出すと、その老人は礼をいいながら廊下に向かって声を張り上げた。嫁とおぼしき年恰好の女がやってくるなり、酒膳の準備をいいつけた。

室内は暖かで、壁紙や温突《オンドル》の床には染みひとつなく、人間の心の温もりがおのずと伝わってくる。と同時に、友人のために気づかいを見せる朴老人の姿を見ているうちに、ふと故郷のことが思い浮かんだ。

「昔の話って、なんのことだね？」

老眼鏡をかけた老人が眼鏡を押し上げ、催促するように訊いた。

「じつはですね、梁達秀さんのことをくわしく聞かせていただこうと思いまして」

「梁達秀だって？　死んだ男のことかね？」

「ええ、その……」

「あの男となにかあったんじゃ？」

眼鏡の老人がかさねて訊くと朴老人は煙草に火をつけながら、「警察からおこしのようじゃな」

とつぶやくようにいった。

「はっ、汶昌警察の者です」

「なるほど」

にわかに室内がざわついていった。そのときだれかが大声で訊く。

「まだ犯人はつかまっとらんのかね？」

と、朴老人が代わっていう。

「つかまってたら、きやせんよ」

彼の思考はほかの人たちよりも一歩先んじているのだろう。

「まだだって、警察はいったいなにをやってるんかね？」

「だからこうやって足を運んでるんじゃないんかな。警察だって楽じゃないさ。相手のほうからつかまえてくれ、といってくれりゃあ世話はないが、息をひそめて隠れている者を捜そうとするんだから、そうかんたんにはいかんじゃろ」

老人たちがいい合っている間、炳鎬は部屋の隅に置かれてある屏風を眺めていた。竹を描いた屏風の一方に次の文字がたてに書かれている。〈俯天地無愧於心〉。炳鎬にはそれが〈天に対しても地に対しても恥じることはない〉という意味だとわかった。

「その梁達秀っていう御仁じゃが……もともとはこっちに住んでたけども、ずいぶん前に移っちまった」

炳鎬は耳をすまして聴いた。

「なぜ移っていったのでしょう？」

「ふむ、もとは無骨な男なんじゃが、女には弱かった。ひとかどの人物になろうとするなら酒色をつつしめっていう諺《ことわざ》が昔からあろうが。死んだ男のことをわるくいいたくはないが、わしのほうが年長だからかまわんだろ。愛人をつくっちまったのが一番の理由じゃよ。だから……」

眼鏡をかけた老人が皆までいう前に朴老人が口をはさんだ。

「女のこともあろうが、わしのみるところじゃ、あの頃小金を摑んだんで……出ていきおったんじゃないか……」

「むろんそれもあるけれども、やはり女じゃよ。こっちで女を囲うわけにもゆかんからのう……それに上の息子と愛人の歳が近いんだから出ていくしかあるまいて」

「だとしても、一度も戻ってこなかったのはどうしてなんでしょうね？」

「そりゃあ、だれにだって合わせる顔があるまい」

「さっき小金を摑んだとおっしゃいましたけれども、なにかあったんですか？」

炳鎬は朴老人に視線を移して訊いた。

「息子がよく知ってるはずじゃ……女房のほうだって」

「じつはおふたりに会ってきたんですが、よく知らないようでした」

「かもしれん……ずいぶん昔のことじゃから……」

「話せば長い」

老人たちはそんな話をしてもいいものか、思案しているのだろう、しばし沈黙が続く。

「たしかなことは知らないがね。噂を耳にしたんじゃよ」

眼鏡をかけた老人がそういうと、朴老人も言葉をつけたした。

「はっきりしたことじゃない。そんな話を聞いただけじゃ。くわしいことを知るにゃ、何人かに会ってみないと」

「お知りになる範囲で聞かせてくださいませんか」

真剣な眼差しで炳鎬が頼むと、居合わせたそれぞれの口から梁達秀の話がぼそりぼそりと出はじめた。ちょうどそのとき酒膳が運ばれてきた。膳の上には炳鎬が買ってきたつまみ以外にも肉料理などが添えられていた。

膳を囲むようにして坐り直す面々は、にわかに活気づいていく。そのほとんどがみすぼらしい身装《みなり》の彼らは、じつのところ一杯の酒を飲むのもままならぬ貧しい人々だったのである。したがって彼らの暮らしに思いを寄せると、その心のありさまが理解できるような気がした。

炳鎬は一杯だけは杯を受け、そのあとはことわった。杯のやり取りが進んでいくにつれ、老人たちの舌は軽くなっていった。

「たしかに、あの御仁があれからいっぺんも帰らずによその土地で亡くなったのにゃあ、なにかわけがある。二十年もの間、女房や子どもを放ったらかしにしたまま、影すら見せなかったのはなぜなんじゃ。いくら合わせる顔がないといったって……」

「そうそう、その点じゃよ。なにか人目をはばかるようなことがあるんじゃないか」

「だからなぜそんな噂が流れたかってことだ。この人だってそのわけが知りたいんじゃろ」

「といったところで、わしらみたいなものなんかに調べようもあるまい」

「はっきりしたことは、なにもわかっとらんわけだ」

「長く生きてると、奇妙なことにでくわすもんさ」

「いずれにしたって結果的にみりゃあ、梁達秀は不幸なやつだったというしかあるまい」

朴老人が結論を下したようにそういうと、だれもがうなずいた。

「寿命をまっとうしたって心残りがあるもんじゃが、よその土地で、しかも他人の手にかかって死んだんだからな、……ちっ」

老人たちは舌打ちをし、しばし真顔になった。

「そうさな……わしが知っているのは……」

朴老人は酒には手を出さずに言葉を継ごうと、おもむろに膝をかかえて顎を引く。

「死んだ者のことをとやかくいいたくはないが、朝鮮戦争の頃、つまり梁達秀が青年団長をしていた頃のことじゃが……かなりまとまった金を手に入れたらしい。だから女を連れてよそで暮らしはじめたんだな」

「まとまった金を手に入れたっていうのは？」

さりげなく炳鎬が訊いた。

「あの頃の青年団長といやたいした威勢だったからね。銭だっておのずからころがりこんでくるっていう寸法じゃなかったのかな？」

「でしょうね、おおよそのことはわかるような気がするんですが、もう少し具体的に教えていただけないでしょうか」

朴老人は何度か空咳をした。だれもが彼の口に視線を注いでいる。いまや話は朴老人ひとりにまかされた恰好だ。

「ふむ、間違いなくそうだったとは言い切れやせんが……。ともかく、ついでだから話してみよう。朝鮮戦争のとき、みんな知ってることだが、智異山《チリサン》には共匪がうようよしてたじゃろ。そのころ梁達秀が共匪を十三人つかまえたんじゃ」

「いや。十一人だろ。黄岩《ファンバウ》と韓東周《ハンドンジュ》は共匪じゃなかった」

眼鏡の老人が訂正すると朴老人は、「あ、そうだったな」とうなずき、言葉を継いだ。

「当時、共匪を一人つかまえるか殺すかすりゃあ、けっこうな褒賞金が出たんじゃ。それが十一人もつかまえたんだから、相当な額になったんじゃないかな？」

「それでまとまった金を手に入れたんですね？」

「そうじゃ。わしが知ってるかぎりでは。ほかの連中もたいていはそう思っとる。じゃが、あとできくところによると褒賞金なんてたかが知れてる、ともいう。いろんな噂があるにはあった。といったって、ときもときだし、相手が青年団長なんで事《こと》の真偽をただすわけにもゆくまい」

「ともかく、そんなことがあってから梁氏はよそに移ったわけですね？」

「そういうことになる」

「梁達秀氏の二人目の夫人はここの人なんですか？　歳の差がかなりはなれているそうですね……」

「その女のことなんじゃ……なんとも数奇な人生というか。世にあれほど曲折を経た女子はおらんじゃろ。まだこれからだという歳なのに……達秀さえ死んでしまうとは……」

朴老人の話が進んでいくにつれ、座中の面々は息を殺して耳をそばだてた。

「もともとあの女は梁達秀がつかまえた共匪のなかにいたんじゃ」

「えっ？」

炳鎬はとっさにはその意味が呑みこめなかった。

「共匪のひとりだった。そのときわしもこの目で見たんじゃが、まだ十八、九の子どもっぽい女子じゃないか。いくら共匪といったってそんな姿を目にすりゃ、胸が締めつけられるような気がするもんさ。で……」

朴老人は煙管に煙草の粉をつめて火をつけると、すぱすぱ音を立てて煙草を喫った。緊張しているものとみえる。

「あの女子は釈放されるとすぐ、黄岩とかいうやつと住んでたんだ。ところが、しばらくたってその同居の男が懲役刑を受けることになると、こんどは梁達秀がなにくれとなく面倒をみるようになったんだが、情がかよい合ったんだろうて。だから一緒に暮らすことになったんだろ、くわしいことまでは知らんが」

炳鎬はくらくらするような感覚を覚えていた。平静さを装いつづけるのは困難だった。それほど話に惹きこまれていたのである。

ひと呼吸おいてから炳鎬が訊く。

「黄岩とかいう人はそれからどうなったんです？　釈放されたんですか？」

「とんでもない。無期懲役を宣告されたんだから、恩赦でも受けるなら別だが、でなけりゃ生きてるうちは出られんじゃろ。そんな相手を待つわけにもゆくまいて、だから梁達秀と一緒に暮らすようになったんじゃないかな、みんなそう思ってるはず」

「いったいどんな罪を犯したんです、その人？」

「殺人だってな。直接見たわけじゃないからよくはわからんが、調べを進めた結果そうなったみたいだ」

朴老人は煙草のけむりを思いっ切り吐き出した。

どうやらこの点に関しては確信がないものとみえる。というよりもふれたくないことのようだ。

「さっきのお話では黄岩も共匪と行動をともにしていたようなんですが、どう理解すればいいんでしょう？　共感してたわけなんでしょうか？」

「いんや。あの男は共産党がなんなのかも知らない、ろくに教育も受けとらんただの農夫に過ぎん。が、この村に共匪がやってきたときに、丈夫そうな男手を無理やり連れていったんだ。そんななかでもそいつは人一倍とろいやつなんで逃げ出すこともできず引っぱりまわされ、挙句の果てにつかまっちまったというわけじゃ。これはわしらの推測だが、あの共匪の女とは山にひそんでおるときに親しくなったんだろう。あの当時、歳は四十を超えていたけども独り者だった。あんなばかみたいでうぶな男が、いくら共匪だといったって娘みたいな女を嫁にするなんてどうなっているのか。常識では考えられんね。それにその女というのはじゃね、とびきりの美人だときてる」

眼鏡の老人が口をはさむと
「へへえ、こいつ、じろじろ見てたってわけだな」

と、横の老人がからかうようにいった。

「そりゃそうと、黄岩のやつ、あっちのほうはいけてたんだろうかのう？」

だれかがそう訊くと眼鏡の老人がいう。

「野暮なことをいいなさんな。種《たね》もないのに息子が生まれるのかね？　いくらとろいといったって……」

「ほう、そりゃあどうだかね。あの女子はつかまったときにはもう孕《はら》んでたんだからね」

「そんな！」

だれもがいっせいに朴老人を見つめた。ほとんど知られていなかった事実なのだろう。

「といったって、山にいる間に黄岩の種を受けたのかもしれないじゃないか」

眼鏡の老人が負けずにいいはった。

「ありえんよ、そんなこと。共匪につかまり、荷物を背負わされて引っぱりまわされていた者が、あの女子と関係を持てるかね？　常識で考えりゃ、とんでもないことだ」

「ならだれの子なんだね？」

「だれの子なんてわかるもんか。黄岩の子でないことだけははっきりしてる」

たちまち炳鎬の脳裡をかすめるものがあった。梁達秀の娘杳蓮《ミョリョン》のことを思い出したのである。

「その息子さんはどこにいるんでしょう？」

「わからんね。黄岩が刑務所に入ったあとに、その女は赤ん坊を連れて梁達秀についていったんだから」

「生まれて一年か二年かぐらいしてからのことなんでしょうか？」

「生まれて間なしのころじゃった」

「男の子であることは間違いないんですね？」

「それはたしかなんだがしかし、汶昌に行ってきた者の話によると、梁達秀の家には男の子はいなくて娘ひとりだけがいたというんじゃよ。その娘というのは梁達秀とその女の間にできた子どものことなんだろうが」

なにやら話が妙なことになってきた。その息子はどこへいったというのか。生きてはいないのか？　それすらわからないのだ。

と、朴老人が低声でつぶやいた。

「どう考えたって黄岩がかわいそうでならんわい。あの人のよい、のっそりとした男があんなことになって……」

「黄岩っていう人の家族関係は？」

「身寄りのない独り者じゃよ。尚原《サンウォン》だったかに姉さんが住んでると聞いたことはあるけれど、まだ生きておられるのかどうか。あの男……もう六十歳は超えているじゃろうの。ほんとうの名前は黄岩《ファンアム》なんだが、呼びやすいんで岩《バウ》で通ってた」

示し合わせたようにみなが口をつぐみ、しばし物思いにしずんだ。それぞれになにかふくむところがあるようだったが、それ以上参考になりそうな話は聴けなかった。

これまでの話を聴いたかぎりでは、なにがなんだかわからない。ただ、思いもよらなかった人物のことを耳にしたのは収穫といえた。しかしながら、その人物が梁達秀の死にどう関わってくるのか、いやそもそも関連しているのかどうかさえわからないのである。

炳鎬の頭のなかは混乱していた。のがれるためには今日聴いた話を無視してしまうか、でなければ話の中身をくわしく調べ、事実関係を明らかにする必要があった。

そこまで考えを整理したところで、どういう事実が現れようとも徹底的に調べてみたくなった。むろんそのためにはより正確なことを知る人物に会わねばなるまい。当時警察官だったり青年団員だったりした者、いやそれよりも共匪だった者からなら、よりなまなましい事実が明かされるはずだ。

「その当時、梁達秀につかまった共匪の面々はどうなったんです?」と炳鎬は朴老人に訊いた。

朴老人は煙管で灰皿の縁をこつこつと叩く。

「ほとんど死んでる。黄岩と韓東周は民間人だから別にするとと、さっき話した女ともうひとりをのぞいてみな死んじまった」

「だったら九人がみな死んだのですか?」

「そうなんじゃ」

「死刑?」

「いや。あのばかどもが投降するようにいわれても投降せずに歯向かうもんだから、皆殺しの目に遭ったんだ。いわれるとおりにしていれば死なずにすんだものを。女ともうひとりの男は生きておろう」

「そのもうひとりの男はどこにいるんです?」

「さて、その後はとんと噂も聞いとらんが。知りたいのかね?」

「その人の名前は?」

「だれだったか……ずいぶん前のことなんでのう……」

朴老人が座中を見まわすと、縮れ毛の老人が「姜晩浩《カンマンホ》じゃよ」という。

「親しかった人とか、親戚関係の人はいないのですか?」

両掌をこすり合わせながら炳鎬が訊いた。

酒膳はすでに空いており、老人たちも話しに興味を失くしたものとみえる。

「まてよ、思い出したぞ、ひとり。梁達秀が共匪をつかまえるのに仲立ちをした者がいたんだが、もしかしてその人なら姜晩浩のその後のことも知っているやもしれん。なんでもふたりは友達同士だったそうじゃから……」

「だれのことなんです?」

身を乗り出すようにして炳鎬が訊いた。

「えーと、曺益鉉《チョイッキョン》といって……町で中学校の先生をやってる。たしか校長だったか」

「あー、あの人なら知ってる」

眼鏡の老人がこくりとうなずいた。

「どこの中学校なんでしょう?」

「中学校といったって町には一つしかないんだから、訊けばすぐにわかるさ」

炳鎬は腰を浮かせた。長く坐りつづけていたために、足がしびれていうことをきかない。老人たちはだれもが満足そうな笑みを浮かべて炳鎬を見やっていた。押しとどめたにもかかわらず、朴老人は大門の外まで見送りに出た。

「いつだってかまわんから、晩飯のころにまたきてくだされ。役に立つかどうかはわからんが、話しておこうと思うことがあるんでな」

朴老人は低声でいった。きっと寄らせていただきます、と約束する炳鎬。こっそりと話しかけてくるからには、なにか混み入った事情があるのだろう。

すでに日はとっぷりと昏れていた。いつしか雲は遠ざかり、空には星がきらめいている。

車が使えないので、町の中心部に向かって夜道を徒歩で行った。ゆっくりと歩いたにもかかわらず二時間あまりも動きつづけたからだろう、額と背中に汗がにじんだ。

炳鎬は簡単に夕食をすませると、その日の捜査結果をくわしく手帳に記した。そして旅館に入るなりたちまち眠りこけてしまった。疲れ切っていたのだろう、鼾までかきながら。

翌日、朝寝坊をした炳鎬は、昼飯時分になってから再び仕事に取りかかった。

中学校は町の中心部から少し離れたところにぽつんと建っていた。校舎は赤煉瓦でつくられていて、田舎ではまれな立派な建物である。広々とした運動場の周りに、まっすぐに伸びたポプラの木がすこぶる印象的だ。

校庭はがらんとしており、まるっきり人気がなかった。生徒の声ひとつ聞こえてはこない。炳鎬は日曜日であることを忘れていたのである。

引き返そうとしたところ、ふとかすかなオルガンの音が聞こえてきた。校舎のなかにだれかいるものとみえる。

その音は職員室からのものだった。相手をわずらわせたくはなかったので、ノックもせずに戸をあけた。

首を垂れたような恰好でひとしきりオルガンに熱中していた女性教師が、頰を赤らめながらついと立ち上がった。紅い唇の女性教師は落ち着きを取り戻そうとするかのようにまじまじと相手を見つめ、「なにか御用ですの?」と訊いた。晴れやかで心地のよい声。

「靑益鉉先生にお目にかかろうと思いまして……」

相手を驚かせたことを申し訳なく思いながらも、つっかえつっかえ炳鎬がいった。いつでもこうなのだが、彼は女性を前にすると話し方がぎこちなくなってしまうのだ。

大学を卒業してまだ日の浅そうな彼女は相手の不自然な態度をみてとると、女性教師特有の手練をみせようする。

「今日は日曜日ですのに。どんなご用件なのかしら？　ご父兄の方なんですの？」

「え、そうなんです。息子のことでちょっとお会いしたくて……」

そういうなり、彼女は改めてじっと相手を見つめた。しぜん炳鎬も真正面から相手と向かい合う恰好となる。こんな田舎にはそぐわない短いスカートを穿いていて、その下からあらわになった白くすべすべした太腿が炳鎬の目を刺激した。

「何年何組の生徒さんなんですか？　お名前は？」

「そこまでいわないといけませんか？」

女性教師は胸を押さえるようにして組み合わせていた腕を解いた。白いブラウスの下で弾かれたように乳房が揺れる。

「当直に当たっていますのでね、わたくし、日誌につけないといけないんです。訪問者の名前はもちろんですし、なにをしにこられたかも……」

「だったらおいとましますよ。校長先生もいらっしゃらないようですし……」

炳鎬が体を動かすよりも早く彼女がいう。

「どうしても会わなきゃならないのでしたら、会えるようにいたしますわ」

「せわしくしてますもんでね。校長先生がこちらにいらっしゃらないんなら、住まいの場所を教えてくれないですか」

とたんに彼女はくすっと笑った。まごつく炳鎬。

「父兄の方じゃないんでしょ？」

彼が黙ったままでいるとさらに彼女がいう。

「日曜日になんか父兄の方にどんな用事がありますかしら。それに担任の先生じゃなく、校長先生を訪ねてくるだなんて……」

きらりと光る女性教師の目を見ると、顔には出さないまでも炳鎬は腹立ちを覚えていた。

「ならいいましょう。警察ですがね、早く校長先生にお目にかかりたくてきたんです」

炳鎬は煙草を一服つけると思いっ切り吐き出した。彼女は居ずまいを正し、紙と鉛筆を持ってきた。家までの略図を描いてくれている間、炳鎬は白くつやのある彼女の手に視線をとどめていた。

「すぐにわかりますわ。薬屋の隣ですから」

略図を手渡しながら彼女がいった。

「ありがとう」

いよいよ炳鎬が出ようとすると、珈琲でも一杯いかがです、と彼女が引き止めた。照れくさい気がしたが、彼は向き直って椅子に腰を下ろすのだった。

たまたま湯を沸かしてあったのか、すぐに珈琲を淹れてくれてこんなことをいう。

「ひとりで飲んでてもおいしくないですから。遠慮はいりませんわ」

「じゃあ、いただくとしますか」

「家から持ってきたんです。ほかの先生方は、さ湯を飲みますのよ。あら、おいしそうにお飲みになりますわね」

炳鎬は額に強烈な視線を感じ、顔を上げた。

「じつにいい……こんなに珈琲がうまいもんだとは知らなかったです」

彼女は笑みを洩らした。

「あのう、うちの校長先生になにかいけないことでもあるのでしょうか?」

「いえいえ」

「じゃあ、なんのためなんですの?」

「ちょっと尋ねてみたいことがあるんです」

「だいじなことなんですか?」

「そうなんです」

「今日は行ってもむりですわ」

「どうしてですか?」

「用事があって光州へ行ってますの。明日かあさってには帰ってきますでしょ」

彼女は相手から目をそらさずに、さも身内のことでも話しているかのようにいった。

「えっ、ほんとに?」

「そうよ」

「そりゃ困るな」

こんちくしょう、ついてない。炳鎬は顔には出さないまでも残念でならなかった。彼女にからかわれているような気がした。訪ねていけるものなら距離などいとわないが、坐して待つのはいまの彼にとっては苦痛でしかない。いらいらがつのる。晴れやかで歌うような声が見送りのことばを伝えたが、聞こえているのかいないのか、彼はそそくさと職員室をあとにした。

「最近の若い女性ときたら、まともな言葉づかいもできとらん」

運動場を斜めに横切りながら炳鎬はそうつぶやき、足元の小石を蹴飛ばした。そのとき再び背後からオルガンの音色が風に乗って聞こえてくるのだった。

「満足に弾けないくせして」

さらにぶつくさこぼしながら炳鎬は歩を早めた。

町で遅い昼飯を摂りながら、校長と会うまでの手持ちぶさたの時間を効果的に過ごす方法について思いをめぐらせてみた。朴老人の姿が浮かぶ。が、日が暮れてからきてほしい、とのことだったし、また遠い道のりを歩くことを思えば、たちまちその考えは失せてしまった。

それで彼は旅館に入り、ごろんと横になったのもつかの間、疲れが充分に取れていなかったのだろう、たちまち眠りについた。夜になると、こんどは目が冴えて眠ろうとしても眠られず寝返りを繰り返すのだった。

と、なんたることか、さきほどの女性教師の顔が浮かんできたのである。正面から見るよりも横顔のほうが魅力的だったかもしれない。珈琲を注いでくれるときの、前屈みになった姿も無意識のうちに記憶に刻まれていたようだ。そのときの彼女の身ごなしはすこぶる優雅だった。が、ひとたび目が合えば、ひとなつっこそうな笑みを広げるのだった。炳鎬は女の残像を振り払うかのように手を振って寝返りをうった。

(口紅を真赤に塗って化粧をしていたが、見かけよりは若いだろう。教師だから少々お高くとまっているようなところもあるにせよ、おれの目からみりゃまだ子どもじゃないか。言葉づかいもなっちゃいないし……)

そうつぶやきながら、いつしか眠りに落ちていった。

翌日の午後、炳鎬は目を覚ました。まず学校に電話をかけて校長が不在であることを確かめると、校長の家を訪ねることにした。

曺校長の家は教えてもらったとおり、薬屋の隣だったのですぐにわかった。開け放たれた大門から顔だけのぞかせて声をかける。

「どちらさまです?」

ほどなく、明るく澄んだ女性の声がすると同時に玄関の戸がひらく。現れたのはなんと昨日の女性教師だった。

彼女は朗らかな笑みを湛えながら大門のそばにやってきた。炳鎬はぽかんとした顔で相手を見やるばかりであった。

「またお会いしましたね」

「世間はせまいようですな。どういうわけなんです、いったい?」

「ここってあたしの家なんですのよ」

「なら校長先生は?」

「あたしの叔父さまですわ」

炳鎬は歯嚙みをした。からかわれているのではなかろうか。

「戻られているんですか?」

かろうじて気持ちを落ち着け、炳鎬が訊いた。彼女はかぶりを振った。その弾みでかろやかに髪が揺れる。甘酸っぱい香水の匂いが彼の鼻先をかすめていく。

「驚かせてごめんなさい。その代わりわたしが珈琲をおごらせていただくわ」

「そんな……」

炳鎬は態度を決めかねていた。

「こんな田舎じゃ、若い娘が珈琲をおごるのって勇気がいりますのよ」

彼女は相手のこたえも待たずにすたすた先を歩いていく。ズボンを穿いているせいか、そのさまがさっそうとしていて、炳鎬は思わず見とれてしまう。彼は黙ってあとについていった。

喫茶店にはほかに客がいなかった。古めかしい蓄音機から流れてくるのは、ずいぶん前にはやったしゃがれ声の歌手の唄だった。

「学校はお休みされたんですか?」

椅子に腰を下ろしながら炳鎬が訊いた。

「授業は午前中だけでしたの」

彼女はよどみなくこたえると店内を見まわした。と、にわかに口が軽くなっていく。

「こんな唄が好きなのよね。ふるさとを去ったその日暮らしの女の哀切さがじんわりとにじみ出ていて……。こんな田舎の喫茶店だって好き。客もほとんどいなくって、椅子には黴《かび》のにおいがこびりついていて、ぶらぶらしているような人がたむろしていたり、化粧の濃い女主人がいたりして……」

「ソウルでの生活に疲れた人が鬱憤をはらすように、そんなことをいうことがありますよね」

炳鎬はそういうとマッチを擦った。

「あら、どうしてそんな……わたしがソウルからきたことをご存じでしたの?」

「におうんですよ」

「どんなにおい？　シェパードみたいに嗅覚がするどいのね。あなたのほうこそソウルで暮らしたことあるんじゃないんですの？」

「嗅覚のするどさにかけてはあなただってひけはとりませんな。だけどもともとは全羅道の出なんです」

「わたしの父と一緒なんですね」

ふたりはふーふー吐息で冷ましながら、ゆっくりと珈琲を飲んだ。

「最初お目にかかったときはびっくりしましたわ」

「どうして？」

「あやしげな恰好でしたので、もしや強盗ではないかと」

「学校なんかでなにを盗るんです？」

「あら、わたしがさらわれるかと……」

女性教師は途中で言葉を切って頬を赤らめた。思わず口に出してしまったのだろう。炳鎬は声を立てて笑った。まだ名前も知らない女性とこんなに気安く冗談を言い合っているのが、なんとも愉快だったのである。年中憂鬱で意に染まぬことばかりにかかずらわっている彼にとって、こうした気分転換が必要だったのに、そんな機会はなかった。今の気分をたとえていうなら、炎天下の真夏に冷水を口に含んだときの感じに似ていよう。

この女は周りにいる者の気持ちを心地よくさせてくれる、生まれついての素質があるのかもしれない、炳鎬はそう思った。

「こちらへはいつから……」

「この春からですわ。大学を卒業してからすぐに」

「なぜソウルで教職につかずにこんな田舎へ？」

「ソウルが嫌いだから。ちょうど叔父さんがここの学校で校長先生をやってたこともあって」

「なにを教えているんです？」

「もともとは美術なんだけど、先生が足りないので音楽も教えてますの」

「そりゃたいへんですね」

「想像以上にね。ほんとうは音楽が苦手なので、笑われないようにするためには死ぬほど練習しないといけないんです」

「そうなんですか。でたらめを教えるわけにもいかないでしょうからね」

ふたりは声に出して笑った。彼女の並びのよい白い歯と血色のよい唇が、清潔さを際立たせている。

笑いをおさめたふたりは、示し合わせたように互いの姓名を名乗った。彼女の名前は曺海玉《チョヘオク》という。

「呉刑事さんは、なにか重要な事件の捜査に取り組んでおられるんじゃないですか？」

「いまのところはなんとも。漠然と追いかけてる段階ですから」

炳鎬は自分が汶昌警察署に勤務していること、そしてある殺人事件を追ってここまでやってきたことなどを手短に話した。と同時に、職業柄つまらないことばかり覚えることもつけ足した。

思いのほか曺海玉は、「おもしろそう。一度でいいからそんなスリルを味わってみたい」という。

「スリルなんてものじゃない……がまんづよくないとやってられませんよ」

「どんな事件ですの？　難解なミステリーなのかしら？」

「そのようでもあるし、そうでないようでもあるし……」

「そんなこたえ方ってないわ」

海玉《ヘオク》は目をとがらせた。

「といったって、まだなんともいえないものをどうこたえたら？　だから校長先生に会いにきたんじゃありませんか」

「まあ、こわい。校長先生が殺人事件に関係しているとでも？」

彼女の目が大きく見開かれていく。恐怖に彩られた目だ。

「とんでもない。会わなきゃいけない人がいるんですが、校長先生ならその人の居場所をご存じかもしれないんできただけなんです」

「なら安心ですわ」

ほっとしたように顎の下に手をあてがうと、子どもみたいなことをいう。

「もっとくわしく聴かせてくださらない、退屈なのよね。その事件についてもっと知りたい」

唐突な要求に炳鎬はとまどった。

「捜査内容を部外の者に話すわけにはいかんのです」

「それはそうなんでしょうけれども、なにも国家機密というわけじゃなし、たんなる事件なんでしょ。それにその事件にわたしが関係してたら別だけど……ちがいますかしら？」

「うむ、困ったな……」

「ぜひ聴きたいわ。話してくださらない？」

「うむ……」

炳鎬は何度か口を開け閉めしていたものの、結局ぽつぽつと口をひらきはじめた。

話を聴いている間、彼女はひと言ものがすまい、とでもいうように前屈みになり、しきりに嘆声を洩らした。聴き手があまりにも熱心だったためか、炳鎬の話しぶりにも次第に熱がこもっていく。

「どうしてそんなことが」

炳鎬自身もまだくわしい中身のわからない話をしてやったのだが、彼女は相当に興味をかき立てられたものとみえる。

「でもなんだか、話が途中で二手に分かれていくみたいじゃない？　そう思いません？」

海玉の問いかけはするどい指摘を含んでいた。惹きこまれるように炳鎬がこたえる。

「たしかにそうだね。二手に分かれたものがあとになって一つに合わさってこそ事件が解決されるんだろうが、果たしてそうなるのかどうかは、もう少しようすをみてからでないと……」

炳鎬は話したことを後悔してはいなかった。むしろ相手が興奮するさまを目の当たりにして気分が晴れてきたぐらいだ。

「それって、予測がつかないわね。追っかけていけばいくほど、わからなくなりませんこと？」

「だろうね」

「その後の結果が知りたいわ」

「そんなことを聴いてどうすんの？」

「そんなんじゃない。ただ知っておきたい気がするの。この世で起こっていることをみんな知りたいわ。ひとつ残らず」

わかった、というように炳鎬はうなずいた。

「犯人についてなにか心当たりがあるんですの?」

「いやなにも」

「世の中ってどれほど複雑なのか、呉刑事さんの話を聴いててわかったわ」

「いざ捜査を進めていくと、いくら単純にみえていた事件でも、えらく混み入った事情のあることが、わかってきたりするものなんですね」

海玉はしばしテーブルに目を落としていたが、はっとわれに返ったみたいに訊く。

「刑事さんはどんな勉強をされてきたんですの?」

「そんなもの、ありませんよ」

「うそおっしゃい……学校でならったものがあるじゃないですか」

「数学科にいたことはいましたけど、なにも身についちゃいませんから」

「数学を勉強されたのに、どうして警察官なんかに?」

彼女の目は好奇の色に輝いていた。

「初めの一年は教員をやってはみたんですけど、うっとうしくてやめちまった」

「えっ、そうでしたの。でしたら警察に入ってから何年ぐらいになりまして?」

「十年ってとこですか」

「でも警察の人らしくないわね」

「ならなんにみえます?」

「そうね。最初は無政府主義者にみえましたわ。わたしの兄が自称アナーキストなんです。父とは正反対ですのよ」

真面目な顔をして海玉がいった。

炳鎬は笑いをこらえながら、予測のつかない彼女の話に耳をかたむけた。

「だからなのかしら、兄さんのことがとても好きなんです。いまはちょっと困ったことになってますが……」

「どうして困るんです？」

「精神病院に入院してるんです」

こともなげに相手がいうので、炳鎬のほうが面食らった。

「心配なことでしょう」

「ずいぶん前からのことですから、とくにどうってことは」

海玉はしばし間をおいてから口をひらく。

「つまらないことをいっちゃって……わたしっておかしいのかしら？」

「とんでもない」

じっさい炳鎬は、つゆほどもおかしいとは思わなかった。

「ならよかったわ。人をみる目がわたしにもあったということね。ほんとうをいうとだれかに話したかったんだけど、そんな相手がいなかったのね」

海玉はうつむきかげんになり、コップの水を飲んだ。相手に気詰まりな気分を覚えさせないために炳鎬はわざと視線をそらせた。

「兄さんと父の関係はあまりよくなかったの。兄さんが父をひどく嫌ってたのね」

「なにか理由でも？」

「父は法を執行する側の人だったんです。だから兄さんみたいな無政府主義者が父のことを好ましく思うはずがないでしょ。結局父のほうだって息子を嫌うようになったの。公然と法に触れるようなことをしてまわるのですから、そんな息子を好ましく思う親はいないでしょう。それに父の場合は直接関係してくることでもあって、兄さんがもめごとを起こすたびに相当な苦労があったみたい」

「でしょうね。法の執行っていうと……裁判官のことですか？」

「最高裁判所なんです」

「最高裁……」

炳鎬はうめくようにいう。

「家柄を自慢しようと思ってるんじゃないですけど」

炳鎬は返事ができないでいた。最高裁判所の判事といや、権力者中の権力者じゃないか。それに較べると一介の刑事なんて蠅みたいなもの。

とはいえ、いままでそんなことを気にかけたことはない。だれにだってそれなりの生活のやり方や考えがあるわけで、ある特定の社会的地位と見較べて自分のことを卑下する必要もなかったからだ。

しかしながら、たったいま若い女性を目の前にして巨大な実体と並べてみると、自分の地位がどれほどちっぽけなものであったのかを改めて思い知らされたのである。

自分のみすぼらしい姿を脳裡に描いてみた。古びたトレンチコート、手入れのゆきとどかぬ髪、伸び放題の髭、細長い顔、おどおどしたような目……見る人によっては、こうした恰好は現実を否定する意思表示として見られかねず、つまるところ彼女がいうように無力なアナーキストに見られてしまったのではないか。そんなことを思い、いささか憂鬱な気分を味わっていた。いわば弱者が強者に対して感じる一種の反発なのだろう。

炳鎬は自分の心の動きが相手にさとられてはいないかと、ちらりと海玉を見た。そして、「立派なお父様がおられていいですね」といった。

恥ずかしいのか彼女は顔を赤らめながら、目を合わせようとはしなかった。そんな仕種もつかの間、やにわに話の穂先を転じた。

「刑事さんの奥さんてどんな人なのかしら、一度会ってみたい」

返事がないのでさらに彼女が訊く。

「きれいな方なんでしょうね?」

「海玉さんみたいにね」

「おじょうずですこと。わたしのこと、きれいだなんていった人はいないわ」

「事実をいったまでです」

炳鎬は最後の一本となった煙草に火をつけた。

「お子さんは何人いらっしゃるの?」

「息子がひとりいたんだけれど、わずらわしいんで孤児院に預けてる」

聞き終えるとすぐ、彼女は手を叩きながらげらげら笑った。

「ひどいわね。やっぱりわたしがみたとおりだわ」

炳鎬はちらりと時計に目をやり、ほぼ二時間もの間、時が経つのも知らずに坐りつづけていたことに気づく。本心はいつまでもこうしていたかったのだが、そんなわけにもいかず、彼は腰を浮かせた。海玉の目はどこか物足りなそうだった。

別れ際彼女は捜査の進展具合についてまた聴かせてほしい、と強くせがんだ。

「機会がありましたらね。校長先生が戻られたら、家にいてもらってください。明日の夜にうかがいますから。学校が退けるのは何時でしょう?」

「五時までよ」

その足で炳鎬は孝堂里の朴老人を訪ねることにした。頃合のバス便はなく、だからといって高い料金を払ってまでタクシーに乗る気にもなれず、そのまま歩を進めていく。空は晴れていたが、秋の深まった山間の地ではときおり吹き過ぎる風に早くも冷気が感じられた。

その家にたどり着く頃、陽はすっかり落ちていた。客間から駒音が聞こえてくる。例によって老人たちが集まり将棋に興じているのだろう。朴老人は待ってでもいたかのようにひとりで姿を見せ、自室へ案内した。

温突の床には敷物が敷かれ、小さな書見台には漢籍が開かれたままになっている。老人は家人に酒膳を用意させると、炳鎬の杯に酒を注ぎながら重苦しい口調でいう。

「一度寄ってくれっていったのは梁達秀の連れ合い、孫夫人の前夫黄岩について話しておきたいことがあったからなんじゃ。梁達秀が死んだこととは関係がないのかもしれないが、わしの良心がうずいてならん、知ってるかぎりのことを打ち明けようと思う。いつかはだれかに話しておかなければと思っておったところ、ちょうどいい機会と思われたんで呼んだわけだ。それはそうと、曺先生とは会えたのかね?」

「まだなんです。光州へ行かれていて留守でしたので」

「うーむ、まだだったのか……さあ、まあ一杯」

ふたりは同時に杯を飲み干した。

朴老人はもう一杯炳鎬に酒をすすめたあとで語りはじめた。

「黄岩というのはどんな男かというと……がきの頃から作男だった、それはそれは純朴なやつなんじゃ。少々とろいところがあるにはあるが、あれほどおとなしくて悪事に縁のない者はあるまいて。法律などあるにしろないにしろ、そんなもので生き方が変わるようなやつじゃない。そんな人間が人を殺して無期懲役になったなんて、いくら考えたって納得がゆかん。わしだけじゃなく、やつを知ってる者はみんなそう思っとる。とはいったって、ずいぶん年月が経ってしまっているし、事件が事件だけにだれもが知らぬふりをしているだけなんじゃ。前にもいったが、あの男は共産党だの民主主義だのといったってなにもわかっちゃいまい。だのに殺人罪に加えてアカとみなされ無期懲役を食らっているんだから、こんな奇妙な話はない」

老人は話しているうちに憤りを感じてきたものとみえる。炳鎬の目には老人の白い鬚が逆立っているかのように映った。

「わしの家でも作男をやっていたことがあるんでよくわかるんじゃ。絶対にそんなだいそれたことをしでかすやつじゃない」

「お言葉ですが、わたしの経験では、罪なんて犯しそうにない人が罪を犯すことが少なくないんですよね」

「それはそうじゃが」

老人は鬚をなでながら、歯がゆいようなそぶりをみせる。

「すすんで罪を犯すというのではなくってですね、やむにやまれずやってしまうことだってあるんです。それに類することってあるじゃないですか」

「ならわかる。そんなことがなかったとはいえん。だれが好きこのんで罪を犯すだろう。だとしてもこれはちとおかしい。最初から話をすると、黄岩が共匪のやつらにつかまっていったとき、韓東周という男も一緒に連れていかれたのよ。村の上手の冷谷《ネンゴル》に住んでたやつのことだ。結局韓東周は死に、黄岩だけが共匪と一緒につかまったんだね。そこで……だれが韓東周を殺したかというと、黄岩がやったというのじゃ。ほんとうのことはともかく、黄岩は共匪のいうことをよく聞いたんだそうな。で、そのことがばれるのがこわくてつかまる前に韓東周をナイフで刺したというわけなんだ。しかもそのことはあとになってだれかの告げ口によってわかったらしい。村中で大騒ぎになったもんさ。そんなやつとは思いもしなかった、と。じゃが、本人の人柄を知ってる者はだれもそんな話を信じちゃいまい」

「殺人の証拠みたいなものは、なにかあったわけですか?」

「わしらは現場に居合わせたわけじゃないから、よくはわからんが。ともかくおどろおどろしい話じゃ。黄岩の家族といったって十八歳の夫人ひとりだけなんだから、手の尽くしようもなかったろう。それにその女は共匪だったんで堂々と弁護するわけにもいかんし……」

「だれかほかに……弁護してくれる人はいなかったんです?」

「そうなんじゃ。天涯孤独で作男をやってきただけの男なんか、だれが真剣に弁護しようとするかね。人を殺しただけでなく、共匪をたすけたアカの烙印を押されてもいるんだから。わしにしたところで、助けてやりたい気がなかったわけじゃないんじゃが、そんな勇気はなかった。当時の雰囲気を考えりゃ……」

「つまり黄岩が人を殺したというのは、一方的に決められたことだったわけなのですね?」

「そのとおり。ともかくそんな恰好で裁判があって、黄岩は最初は死刑を宣告されたんじゃが、どうにか命だけはすくわれて、いまも無期懲役で服役しておる」

朴老人は部屋が暗くなったことに気づくと、電灯をつけ、きっぱりという。

「じゃが、じつに奇怪なことがあるもんだ。黄岩が殺したというその韓東周が生きているのを見たという者がおるんじゃよ。幽霊を見たんじゃないかといったんだが、近い位置からはっきりと見たんだそうな」

炳鎬はがつんと頭を殴られたような気がした。飲もうとした杯を元へ戻し、食い入るように相手の目を見た。

「それがほんとうなら、驚くべきことですよね」

「驚くなんていうもんじゃない。あってはならんことだろ。ほんとうだとしたら、黄岩はいままで罪もないのに悶々と獄中生活を送ってきたことになるんじゃないのかね? こんな莫迦な話がどこにあろう」

「いまのお話……ほかにはだれも知らないことなんですね?」

「だと思う。わしが直接見たわけでなく、韓東周を捜すことなんてできそうにないんで、いままでだれにも話さなかった。たとえ事実だとしても、この歳でなにができようか。自分に関係のあることでもなく、なにしろ二十年も前のできごとなんじゃ」

朴老人は憂鬱な目で天井に視線をさまよわせていた。炳鎬は神妙な面持ちで訊く。

「死んだはずの人を見たというのは、だれのことなんですか?」

「わしの甥っ子なんだ。来いといえば、すぐにでもやってくるさ」

そういうなり、外に向かって声を張り上げた。と、その甥に当たるらしい人物は隣に住んでいるのか、すぐにやってきた。

四十過ぎとおぼしきその男は、ひと目見ただけでも行商人だと思わせるような風体をしていた。名前は朴容載《パクヨンジェ》。朴老人の甥にしては落ち着きがないようで、たえず目玉をきょろきょろさせている。

「この方は汶昌警察からこられた呉刑事さんだ。あの死んだはずの韓東周を光州で見たといってたな? この方にその話をしてあげなさい」

そういわれた朴容載はあまりしゃべりたくないようなそぶりだった。

「といわれたって、あのときちらっと見ただけで……ずいぶん前のことでもあるんで」

「なにをいいだすんだ。あのとき、はっきり見たといったじゃないか。いまごろそうじゃなかった、なんていったって通らんよ。男がひとたび口にしたら、最後まで責任を取らにゃあならん」

「見るには見たですけど、いまになってじっくり思い返してみると、見間違いのような気もするし……よくわかんねえです」

「なにをいってる、ちっ……」

なさけない、といった顔つきで朴老人は舌打ちをした。

「人を見ただの、見なかっただの……どういうこった？　にえ切らんやつだ」

落ち着きをなくした朴容載の姿を見守っていた炳鎬が訊く。

「その相手のほうもあなたを見たんですか？」

「そりゃあもちろん。目が合いましたから、死んだ人間の顔だったたんでびっくりしたのなんの。なんだかこわいような気がしてとっさに目をそらせちまった。して目を戻してみるともういなかったんでやす。駅前だったんで人も多かったし……」

「あのときって……いつのことなんです？」

「おととしの夏でしたか」

炳鎬は考えこんでしまった。

二十年あまりの昔に死んだはずの者が生きているとしたら、仰天すべき出来事だ。それが事実なら黄岩は罪もないのに獄中生活を続けていることになろう。

それにしても、見間違いかもしれない、などと朴容載の歯切れがわるいのはどうしたことだろう。確かにたんなる思い過ごしであるのかもしれない。だとしても、よりによってなぜ人混みのなかで死んでいるはずのその人物の顔が浮かんだのか？　なんとも妙な話に思えてならない。

「世の中にゃあ、いろいろと奇妙きてれつなことがあるもんじゃが」

朴老人は不満そうな目で、甥に目をくれながらまた舌打ちをした。

朴容載はしばらく目をきょろきょろさせながらふたりの顔色をうかがっていたものの、そろりと出ていってしまった。

「もともとやつは口がかるいほうなんだが……あれじゃまるでしゃべるとまずいことでもあるみ

たいじゃないか……」

朴老人はまた一杯炳鎬に酒を注ぐ。濃い酒なのでたちまち酔いがまわっていくが、炳鎬はこばまなかった。酒を飲む間ぐらいはゆったりとした気分にひたっていたかったからだ。が、ひどい風邪にかかったみたいに頭が重く、ずきずきする。

すぐにでも朴容載をしぼりあげて楽になりたいとも思う。しかしながら、あせらずに待とうという気持ちのほうがまさっていた。というよりも自分自身が当惑していたのである。

その家を辞去したのはかなり夜が更けてからだった。朴老人は見送りに出ながらも泊まっていくことをすすめてくれたが、炳鎬はどうにかことわった。

ときおり足をふらつかせながら、星明かりをたよりに夜道を歩いていった。往来に人影はなく、ときおり遠くで犬の鳴き声がした。闇に向かって小石を投げつけながら歩を進めていく。気持ちが鬱屈しているときは、なにかを壊したくなるものらしい。その日はどうやって帰り、眠りについたのか、とんと記憶がなかった。朝、目を覚ましてみると、衣服が土でひどく汚れていたのである。

いい加減に食事をすませると炳鎬はまた横になり眠ってしまった。日が翳《かげ》る頃に起き、曺校長の家を訪ねた。

待ちかまえていたものか、話は聴いたよ、といいながら曺校長は炳鎬に席をすすめた。半白の髪が印象的で物腰はいたっておだやかである。

案内された部屋は書斎なのだろう、四方の壁際には天井までびっしりと本が並んでいる。ざっと見渡したところ歴史関係の書物がとくに目についた。相当に学識のある人なのだろう。

ふたりは梁達秀の死について、当たりさわりのない言葉を交わしたあと本論に入っていった。出された茶をすすり、まず炳鎬が口をひらく。

「ほかでもありません、姜晩浩さんにお会いしたいと思いまして。当時の共匪のうちで、その方だけがいまも生きておられるそうなので、そのときの状況を尋ねてみたいんです」

曺校長は返事をせずにじっと壁に目を向けている。で、炳鎬は言葉を継いだ。

「そのころ梁達秀さんが共匪をつかまえるにあたって、先生の協力が大きかったんだと聞いています」

曺校長は壁から目を離すと、ぼんやりと炳鎬を見た。

「姜晩浩か……ここ何年か連絡がとぎれてましてね。それまでは毎年のように連絡を取り合ってたんですけれど。ひょっとしたら亡くなったんじゃないかな、とも……」

「ご家族の方はいらっしゃらないんでしょうか？」

「いますよ。黄山《ファンサン》のどこでしたか……」

手帳のページをめくり返して住所を書き出してくれるのだった。

「変わっているかもしれません。訪ねてみていないようでしたら、その町の郵便局へ行って姜賛世《カンチャンセ》という人の居所を尋ねてみられるといい。彼の息子なんです。何年か前にはそこで勤務していましたから」

「ありがとうございます。で……当時共匪をつかまえるのに先生はどんなふうに協力されたのか、一部始終を話していただけないでしょうか。姜晩浩さんとは親しかったとも聞いていますが……」

そのときのことを思い出すのがつらいのか、深々と煙草のけむりを吸いこむと放心したかのようにけむりを吐き出すのだった。ややあって曺校長の口がひらく。

「そんな話が、梁達秀が死んだこととなにか関係でもあるんですかな?」

「確かなことはわからないです。梁さんの過去を調べていてここまでたどり着いたようなわけでして、まず話を聴かせてください」

深刻な顔で相手の問いに耳を傾けていた曺校長は、喫いさしの煙草を揉み消すと、新しい煙草に火をつけた。

「あのときわしは体の具合がよくなくて、孝堂里にひとりで療養してたんだが……ある夏の夜に姜晩浩が訪ねてきたんだ。一九五二年の夏のことだったろうか。あいつは黄山出身なんで同郷じゃないんだけど、わしとは日本の早稲田大学で同学年だったんで古くからの友だちだった。わしは史学の専攻であいつは経済学をやってたんです。だが、あの男は学生時代から社会主義に心酔し、解放後は左翼運動にのめりこんでいきおったんだね。南労党全羅南道支部の幹部の中心として働き、麗順反乱事件でも背後で暗躍していたし、六・二五のときはいうまでもないがね。そうこうしているうちに越北できなくなってしまって、仲間と一緒に智異山で共匪として活動するようになったみたいだ。北へ渡ったものとばかり思ってたんだがね……」

「ぶしつけなことをお尋ねしますが、思想的な面では先生と姜晩浩さんとは近いのですか?」

口調はおだやかでありながらも、炳鎬は緊張の度を高めていった。

「親しい間柄とはいえ、思想的な面では立場は違ってました。その点では言い争いもしてきたぐらいですけれど、たがいの立場がはっきりしてましたんで、どうにもなりやしませんがね。共産主義というやつはどうにも肌が合いませんでな。殺伐とした印象を受けるんです。いくら無産階級の解放だの革命だのといったって、わしの目には民衆に自己犠牲を強いる生存方式に思えてならん、そういう面が気に入らないんでしょうな。晩浩はことあるごとに説得しようとしてきおったが、聞き流すだけだった。もともとわしはひとに干渉されるのがきらいな性質《たち》なもんで、晩浩に対しても最初から傍観者の立場でしたから。ただ戦争で大勢の人が死んでいき、国土が破壊されていくのを見ていくにつれ、あいつに対するわしの感情が爆発しましてね。それまでは思想信条の違いはあっても友人だという気持ちはあったんですが、その頃からにわかに憎悪心が芽生えてきたんです。たがいに会うことはできなかったわけですが、あいつのことは考えるのもいやでした。一方的に絶縁してしまったんですな。もう破壊者としか目に映らなかったですから」

ゆっくりとした曺校長の口ぶりは話が具体化していくにつれ、次第になめらかになっていった。眼鏡の奥の目がきらりと光る。

「そんな頃のことでした。ある夏の夜、ふいに姜晩浩がやってきたんです。雨の日でした。痩せて、みすぼらしい身装《なり》をしていたんで驚いたもんです。当時智異山にいた共匪は追われに追われてほぼ壊滅状態でした。とうに記憶から消し去った人物でしたけど、本人を目の当たりにすると、なんだかかわいそうな気がしてきましてね。なにか助かる方法はないだろうかと訊いてきたんです。投降するつもりだったんでしょ。女もふくめて共匪十一人と民間人二人、合わせて十三人が玉泉小学校の教室の床下に隠れていて、投降したくとも殺されそうなのでできない、というんです。だからわしは当時青年団長だった梁達秀に会ってさぐりを入れてやったんだ。その頃の青年団長といや、生殺与奪の権力を握っているといえるほどの威勢があったからね」

曺校長は一度おおきく息を吸ってから言葉を継ぐ。

「梁達秀とは子どもの頃小学校も一緒に通ったぐらいで、昔からよく知ってるやつだった。かといって取り立てて気安い間柄というわけじゃないんだけども……。ともかくも責任を持って命は保証するから投降するように、と梁達秀がいったんだ。だからわしは姜晩浩と梁達秀のふたりを対面させてやった。そこで合意ができ、結局共匪は一網打尽になったわけなんだが」

「聞くところによりますと、共匪のうち九人は殺されたということなんですが、どうしてそんなことになったんでしょう?」

「くわしい内情は知らないけれども、おそらく最後の最後で抵抗したんだろうな。隊長の姜晩浩の説得を聞き入れずに」

「投降することは事前に聞かされてなかったんでしょうか?」

「おそらく。いくら隊長とはいえ、投降しようとは切り出しにくかったろう。共匪の連中にそんな言葉が通じるとは思えない。姜晩浩としたら、包囲されてしまいさえすれば部下たちも投降に応じると考えたんだろうな。ところが、あの莫迦なやつらが抵抗をあきらめないんで……そんなことになったもんで姜晩浩はのちのち相当に悩んだみたいだ」

「てことは、そのとき生き残った者は姜晩浩さんと女性の共匪、それに民間人が二人の四人なんですね」

「そう。で、その民間人のひとりがあとになって死んだというんだな。投降する直前に黄岩という男にナイフで刺され、そのときの傷が悪化して死んだそうな。それ以上のことはわからない」

「そのときのことで、梁達秀さんはかなりな額の褒賞金を手にしたとか?」

「多いとはいえないにしても、もらいはしたろう」

「先生も受け取られたんですよね?」

「わしはことわった。関わりをさけたかったんだな。そんな悲劇の最中《さなか》で褒美なんてもらいたくはなかったからね」

「梁達秀氏はどうだったんでしょう？」

「ていうと……人柄のことですかな？」

「ええ、そんな面ではどんな……」

「子どもの頃のことはよくわからんですが、おとなになってみると、いたって現実的で生活力の強い人間になってましたな。すでに世を去った人のことをとやかくいうのは礼儀に反しているかもしれんけれど、わしのみたかぎりではそんな印象だった」

「生活力が強いというのは……利己的だとも取れますが？」

「そういう見方もできるでしょうな」

いとまを告げながら、炳鎬は曺校長に対して澄んだ印象を覚えていた。

炳鎬が路地を抜けようとしたとき、後ろからとんと肩を叩く者がいた。振り返ると曺海玉だった。

外灯に照らされた彼女の姿はことのほか美しい。炳鎬にはそう映った。

「どうでしたの？」

通りへついて出ながら彼女が訊いた。

うまくいったようだ、と炳鎬はこたえる。と、その後の展開について話を聴かせてほしい、と彼女がせがんだ。そこで炳鎬は喫茶店のある方向へ行こうとしたところ、後ろから引き留められるのだった。

「喫茶店とかじゃなく、川へ行きましょ。もう行かれたかしら？　鮎《アユ》が飛び跳ねているみたい。

月明かりがあると……」

「じゃあ、行ってみましょうか」

ふたりは川岸へと通じる道を歩いていった。吹き過ぎる風は肌寒いぐらいだったが、彼らにとってはいっこうに気にならないものとみえる。

海玉はすたすたと歩を進める炳鎬の足に合わせてついていく。文句もいわずに相手に合わせていこうとする、そんな女だった。彼女の背丈は炳鎬よりも十センチほど低い。

「背が高いですね」

と海玉がいった。

「縮んでいくような気がしてますが」

「背丈も気分に合わせて伸びたり縮んだりするんですね？」

「そのようですな」

家並みを過ぎると草原に出た。彼女はすっと炳鎬に寄りそった。

「今日は何日だったかしら？　明るいわね」

「昨日が十五夜でしょ」

そびえ立つ松林を過ぎると砂地が広がり、傾斜になった道を少し下ったところが川岸だった。

さらさらとした砂を踏んでいく足の感触はすこぶる心地よい。

ふたりはしばし立ち止まったまま、蟾津江《ソムジンガン》の流れを眺めていた。

月光が川面に金の粉をふりまいているかのようだ。彼女の言葉さながら数千、数百匹の鮎がいっせいに飛び跳ねているかにみえる。夜の静寂のなかで川の流れの音だけがひびく。

川向こうにも草原があり、ひときわ高くそびえる山もある。山際の川面は月光がさえぎられていて暗い。

ふたりは上流に向かってゆっくりと歩を運んでいく。

炳鎬は靴の隙間から入りこんだ砂に足の裏をくすぐられるような感触を楽しみながら、𦾔校長との話を聴かせてやった。

話を聴き終えた海玉は、「世の中がいやになっちゃった」といった。炳鎬も相槌を打った。

「なんだか自分の任されている事件とは違った、とんでもない方向に向かっているような気がします。梁達秀が死んだこととは次元の違ったなにか想像を絶するような世界とでもいいますか。あるいは表面的にわれわれが知ってる世の中とは異質の世界といってもいいでしょう。ふつうじゃ、うかがい知れないもう一つの歴史、じつは根底のところでいまの世の中ともつながっているのではないか、そんな気がするんです」

炳鎬は靴を脱いで砂を払った。

「このごろどうも頭がしゃきっとしませんでね。眠っていても、泥沼に落ちこんでいくような気分がしてまして」

彼女は炳鎬の言葉に聴き入っていた。

「どんな方向にむかうのかとんと見当もつかない。知らなかったことにしてうっちゃってしまうには、すでに入りこんでいるような気もするし、かといってあてもなく深入りするわけにもいかないし……。姜晩浩という人物に会ってみれば、方向が定まるんじゃないかと……」

「ならすぐにも、発たなきゃならないのね?」

「明日には行かなけりゃ」

「うまくいきますわ、きっと」

寒いのか海玉は肩をすぼめていた。炳鎬はコートを脱いで彼女の肩にかけてやる。

「奥様のお話をもう少し聴かせてくださらない」

肩を預けるようにしながら彼女がいった。

「女の人とデートするのも久しぶりだな」

ぽつんとつぶやく炳鎬。

海玉は足を止め、つかの間相手を見つめていたが、再び歩きはじめる。

上流方向に進むにつれ水深が浅くなるのか、流れのさざめきが次第に大きくなっていく。

「じつは……去年……交通事故で亡くなっちまった。思い出すとつらくって……わかってくれるよね？」

こたえるかわりに彼女は一歩離れると駆け出していった。

炳鎬が近づいていくと彼女は激しく息をあえがせていた。ふたりはもう、なにもいわなかった。

対岸の山が迫ってきて行く手が暗がりを増していく。ふたりは踵を返し、もときた道を戻っていった。

炳鎬は川沿いの道をあとにするとき、月光のなかで青くそびえる智異山をしばらく眺めていた。見れば見るほど神秘的な姿である。

民家の建ち並ぶところまで戻ってきても灯はほとんど消えていて、死のような静けさに包まれている。炳鎬は家の前まで海玉を送っていった。彼女は手を振りながら路地に入っていったかと思うとまた引き返してきていう。

「あのう、今日辞表を出したの、わたし。はやく帰ってきて嫁にいけっていうもんだから、しかたなく……叔父さんがむりやり辞表を書かせたの。でもソウルになんか帰りたくない」

そして彼女は相手のこたえを待つこともなく、路地に駆け戻っていった。

「気をつけなよ」

追いかけるように声をかける炳鎬。泣いていても、たちまち笑える女。なんとさっぱりした性格なのか。ほどなく彼は彼女の面影を振り払おうとするかのように頭を振った。女に心をよせる余裕などないし、そんなつもりがあるわけでもなかった。

その夜、炳鎬は三、四時間程度眠っただけだったろう。が、翌朝は早く目が覚めた。市の立つ日なのか、朝からにぎやかに人々が行き来していた。炳鎬は市場で解酲汁《ヘジャンクッ》（牛骨を煮込んだ豆モヤシ入りのスープ。二日酔いに効く）を食べると、駅へ行き、黄山へ向かう列車に乗った。

黄山はその名のとおり山も平野も黄土色なのである。

炳鎬はまず駅近くの喫茶店に入り、珈琲を飲んだ。よその土地にきて地元の店で最初に喉をうるおすときの気分は、なんとも格別なものがある。それが彼の唯一の趣味でもあった。

ややあって喫茶店を出た炳鎬は通りがかりの人に道を教えてもらいながら郵便局を訪ねていった。まだ時間が早いせいか利用者はだれもいない。

窓口の女性局員に姜賛世なる人のことを尋ねると、事務所の奥でスタンプを押している人を呼んでくれた。

炳鎬は自らの身分を明かし、訊いてみたいことがある、と低声でいう。色白のその青年はびくりとした顔で左右に目を配った。

炳鎬は喫茶店にでも行こうとしていたものの、あまり相手を緊張させてはいけないと思い、隅に置かれてあった長椅子で話すことにした。幸い彼らを気にかける者はだれもいない。

相手が坐るのを待って、まず炳鎬はわずらわせて申し訳ない、とあやまった。

「い、いえ。そんなこと」

姜賛世は警察を恐れるあまり、どんな用件できたのか、尋ねようともしない。わけもなく警察を恐れる人と接するとき、炳鎬は心苦しく思うのだった。

「姜晩浩さんは、あなたのお父さんなんですね?」

「ええ、そのとおりですが」

「姜晩浩さんに会って尋ねたいことがあるんですが、会えるようにはからっていただけないでしょうか?」

できるだけやさしい口調で炳鎬が訊いた。すると、まだ三十にはなっていないものとみえる姜賛世は消え入るような声でいう。

「お、親父に会うんですか? いるにはいるんですが……数年前から中風で寝たきりになってまして……」

「あ、そうなんですか。ひどいのですか?」

「自分じゃ動けないんです。しゃべったりとか、もの覚えのほうはまだしっかりしていますけど……」

「でしたら話はできますね。直接訪ねてみます。同居されてるのですか?」

「ええ、子どもはわたしひとりしかいないもんで……」

「そうなんですか。親父さんがどうのこうのというわけじゃなく、話を聴くだけですからご心配なく」

家までの詳細な略図を書いてもらってから、炳鎬は郵便局を出た。

「よろしくお願いします」

なにを頼もうというのか、はっきりしたことはなにもいわずに姜賛世はお願いしますと連呼した。姜晩浩の居所が苦もなく捜せたのはついていた。万一、会えずに終わっていたのなら、すべては霧のなかに埋もれてしまったかもしれない。

そこは町はずれにあるトタン屋根のちっぽけな家だった。

炳鎬は位置を確認すると、近くの商店で食べる物を買い求めてから、その家の玄関の戸を叩いた。ややあって戸がひらき、現れたのは若い婦人。ひと目で姜賛世の夫人であると知れた。結婚してまだ日も浅いのだろう、全身からみずみずしさがただよっている。炳鎬の言葉に耳を傾けると心の揺れを面《おもて》に表さず、訪問客を座敷に請じ入れた。

戸がひらくなり暗い部屋から奇異な臭いがただよい、「ああ」とうめくような声が聞こえてきた。目を凝らしてみると、温突の床に死んだように横たわる人影が見える。炳鎬の足がはたと止まってしまったが、目を大きくしばたたくと身をすべらせていった。

まず若い嫁が床に伏した人の耳許で、「おとうさま、お客さまですよ」というと、姜晩浩はかろうじて目をあけた。なにかいおうとしているのか、唇が震えている。

「起こしましょうか?」

嫁が訊くと炳鎬はかるくうなずいた。炳鎬も手を貸し、壁に背をもたれさせて坐らせた。晩浩は半身を起こすなりはげしく咳きこみ、体を震わせていた。皮ばかりで骸骨さながらの容貌、目はぽっこりと落ちくぼみ、目が合うたびに鳥肌が立つ。

訪ねてきた理由をあらまし述べると、目の合図で嫁に座をはずさせた。そして、幾度かうなずきながら煙草をもとめた。

「咳が出るからといって息子のやつが喫わせてくれないもんでのう……」

「ひかえるほうがいいでしょうね」

「先は長くないんだ、そんなもの、がまんしたからといってどうなるもんでもあるまい」

そういいながらうまそうに煙草を喫うと、炳鎬のすすめた果物にかぶりついた。

「梁達秀は死んだんだな。具合がわるくて寝こんじまったんでなにも知らなかった。とどのつまりが殺されちまったんだな……」

晩浩はしばし何事か、もの思いに沈む。

「じつをいうと、わしが死ぬ前にだれかに話をしようと思っていたところだった……ともかくちょうどいい。自分ひとりの胸のうちにしまっておくにはあまりにも負担が大き過ぎるのでな……」

体はがりがりに痩せ、神経質な顔をしているにもかかわらず、落ち着きのあるしゃがれ声だった。

お体の具合がよくないようでしたら明日にでも出直しますが、と炳鎬が訊いた。すると、引き留めるように晩浩がいった。

「体は見てのとおりだが、頭のほうはしゃっきりしてる。しゃべるほうならかまわんから坐ってくだされ。遠方からこられたところからみて急ぎの事情があるんじゃろ……。当時のわしがなぜ投降するようになったのか、その動機も知りたかろうが、わしと梁達秀の関係をくわしく聴きたいのじゃないのかね?」

「まさしくおっしゃるとおりです。おふたりの関係についてだけでなく、梁達秀という人物の過去についてもくわしく知りたいのですが……。捜査を進めるにつれ、なによりも被害者自身のことを知らなくては事件の解決はおぼつかなく思われまして調査を進めようとしています。ただ調べれば調べるほど、気になることが出てくるものですから」

晩浩はしばし閉じた目をあけ、炳鎬を見つめた。

「さもあろう。あの男はちょいと変わっているからな」

なにか嫌なことを思い出したのか、にわかに顔を曇らせた。

「変わったところといいますと?」

「そりゃあ……つまり……わしらの常識からみると生き方が違うってことさ。目的を達成するためには手段をえらばんからね」

なにか途方もないことを仕出かす前に深呼吸をする人のように、晩浩は壁にもたれたまま息を切らせていた。

ひところ智異山の共匪として死線をさまよっていたこの男を、炳鎬は刑事の目で観察した。だが、いくらみたとて死が間近に迫った平凡な人物にしか思えない。

曺校長と同年輩だとしたらまだ六十にはなっていないだろうに、どうみても六十は超えているようにしかみえないのだ。たぶん、若い頃に辛酸を嘗めたからなのだろう。

「知ってのとおり、わしはとうに死んでいなけりゃならん身なんじゃが、二十年過ぎてもいまだに生きておる。余分に生きておるわけだ。だとすりゃ……なにか甲斐のあることをせにゃならんのだがそれもできず、お恥ずかしいかぎりだな」

「なにをおっしゃいます……。つつがなく暮らしてこられたのなら、それが甲斐あることではないでしょうか」

「いや、わしはそんなんじゃない。わしは……」

晩浩は手を振りながらはげしく咳こんだ。しばらくの間、頭をがくんと垂れ、肩を震わせながら咳きこむ姿を見ているのが心苦しかった。

「横になられたほうが」

炳鎬が手を貸そうとすると、晩浩は強くかぶりを振った。

「いや、いいんだ。いつものことなんだから……」

部屋の隅に置かれた壜を取り上げると、蓋をあけてごくごくと水を飲んだ。

「ふう、生きていくのがこんなにつらいことだなんて……。たしかにわしは共匪だった。わしのために何人が死んだと思う？　自分でもわからんぐらいだ。心が安まらんわけさ。なんらかのかたちでつぐなわなきゃならんのだが……それはさておき、あのときのことから始めよう。これまでだれにもいってこなかった。が、どうしても死ぬまでにだれかに話しておきたかったことなんだ。こんなかたちで、来ていただけたんだからちょうどいい」

あたかも牛が反芻《はんすう》するかのように晩浩はゆっくりと語りはじめた。

その内容はあらまし次のようなものだった。

最初の聴取

一九五二年に入ると智異山《チリサン》に根城を置く共匪《パルチザン》に対して討伐作戦が本格化していった。

それでなくても日増しに後退を余儀なくされていた共匪の残党は、討伐作戦が本格化するに及び、それまで維持してきた連隊体制を失ったまま、数人ずつ組をなし、散り散りになっていくしかなかった。つまり討伐軍に対して、ゲリラ的に攻撃するしかなかったわけだ。

そうはいっても、国軍が戦闘師団規模で正式に討伐作戦に投入されてからは、そんな共匪のゲリラ作戦などなんの役にも立ちはしなかった。彼らはただ命をながらえるために、智異山を中心とした包囲網のなかで、栗鼠《リス》がふるいの縁の上をぐるぐるまわるように昼となく夜となく逃げつづけなければならなくなり、声高に口にしていた闘争意欲は泡のごとくに消え去って投降する者たちが続出した。

しかしながら、共匪の投降は、こっそりと一人ひとりが命がけで敢行しないと成功しなかった。投降したところで銃殺されるという認識が脳裡にこびりついているため、何人かが意思をまとめて行動するのはほとんど不可能であり、そのうえ互いの動向に目を光らせていて投降の意思表示をしただけでも、ただちに反動と決めつけられ、即座に処刑されてしまうのだから、投降するといってもたやすいことではなかったからだ。

にもかかわらず、そんな困難な局面にあっても、投降する共匪は日ごと増えていくばかりだった。一方で徹底した討伐作戦が進められ、射殺される共匪の数も急激に増えていったのである。

春が過ぎ、夏が来ると、共匪の数は指折り数えられるほどにも少なくなっていった。したがって討伐軍は、ほとんど抵抗を受けることなく存分に作戦を遂行できたのだった。

姜晩浩《カンマンホ》が率いる、いわゆる智異山第十五地区人民遊撃隊は春の戦闘で壊滅状態となり、かろうじて少数の隊員だけが生き残った。

晩浩《マンホ》は部下十人と民間人二人をつれ、孝堂里《ヒョダンリ》にほど近い共同墓地まで下りてきて墓地のなかで洞穴を掘り、何日間か隠れもした。討伐軍が山岳の奥深くまで入りこんできたため、もはや山中も安全ではなくなってきたからだ。

夏の洞穴は暑いうえに、十三人の体臭が混ざり合い、むかつくような臭いが漂っていた。にもかかわらず暑さの増す日中はひそんでいなければならなかったのである。彼らが外出できるのは真夜中だけだった。とはいえ、村の青年たちが竹槍を持ってひそかに警戒していることがあるため、それとて用心をおこたるわけにはいかなかった。

共匪たちはなによりも飢えに悩まされていたために、村から遠く離れた畑まで行き、サツマイモやジャガイモあるいは豆類などを盗ってくるのだった。十三人もの飢えをしのごうとすれば、たちまちその畑は荒地に様変わりしてしまう。

雨が降って地面がぬかるむと足跡が残るために補給闘争(食料を調達することをそう呼んでいた)ができなくなるし、見つかる危険があって何日も外出できなくなったり、隠れ家が見つかり追われたりすることもあろう。そんな場合のために非常食を備蓄しておくことも忘れなかった。

補給闘争に出ていくとき、彼らは武器を携行しているためでもあるが、できるだけ体力の消耗を抑えるために、武器以外の荷物は民間人の二人に運ばせた。

春に孝堂里と冷谷《ネンゴル》を襲った際、力のありそうな民間人二人をとらえ、重い荷物を持たせていたのである。うち冷谷出身の韓東周《ハンドンジュ》という三十代の男はもともと左翼支持の家だったため、始めから共匪と行動をともにできることを誇りに思うほどの人物だった。共匪以上にすすんで任に当たり、残酷な任務は単独で引き受けることすらあったぐらいだ。それゆえ彼らは韓東周を同志として扱い、ついには重要な問題の協議の場に加わったりするまでになっていった。

それに較べて黄岩《ファンバウ》という四十代の男は事情が違った。孝堂里出身のこの男は無知であるばかりか、とびきりの愚か者であり、いつなにをしでかすかわからなかったのだ。

当初彼らの間では不安因子を取り除くためにも、黄岩を殺してしまおうという声すら上がったのである。だが、力が強いので荷物を運ぶときには大いに役立つし、この辺りの地理にもくわしいことが考慮され、結局そのまま連れてまわることに決まったのだった。

それで内部の問題すべてが解決したわけではなかった。その間、口に出さないまでも、もう一つの問題に悩まされていたのである。

たったひとりだけ仲間にいる女性隊員についての問題だった。彼女は彼らと行動をともにしているうちに同化してしまっただけだったろうか、とても共匪とは思えないような女なのである。

孫芝惠《ソンジヘ》の歳は十八、まだ少女っぽさの取れない女だった。そうはいっても、共産主義を学び、闘争心を育てていたのなら、なにかの役には立っていたろう、というのが共匪仲間の一致した意見だった。

闘争が激しかったころ、女性の共匪もかなりいて、そのほとんどが男性以上に闘争意欲が旺盛で残忍でもあった。そんな女性闘士ばかりを見てきた彼らの目には、孫芝恵みたいな、なよなよとした女性は使い道のないわずらわしい存在でしかない。

そのうえ、だれのものとも知れぬ子どもを孕んだ彼女は、一日中口をつぐんだまま横になっていて、体はつねに熱を帯びていた。したがって、補給闘争や隊員ならやるべき任務もなにひとつできなかった。

そしてなによりも、みなが飢えに悩まされているこのとき、なんの役にも立たない彼女のために、たとえわずかでも貴重な食料が減っていくことは耐えられないことだった。

結局共匪の面々は、その時点で女を追い出したりすれば自分らの居場所をさとられる危険があったために、彼女を殺してしまうのが上策だ、との結論に達した。すでに何人もの人間を殺してきた彼らにとって、女ひとりをあやめるぐらいわけもない。首を絞めて窒息させ、地中に埋めてしまえばおしまいだ。

かといって、反対する者の存在を考慮しないわけにはいかなかった。なにもいいはしないものの、芝恵《チヘ》が頼りにしている黄岩が黙って見過ごしはしないだろう。

無知で愚かな者でも、ひとたび激高すると、予想外の事態が起こるかもしれない。黄岩の場合、命をかけて芝恵を守ろうとする可能性は充分にあった。

ともあれ、もっとも強硬に反対したのは指揮官である姜晩浩だった。

部下の連中とは違い、日本で大学まで出た彼はことのほか血を見るのを嫌った。そのことに関して部下はみな、革命を遂行する者が血を避けようとするのは反動の血が流れているからだ、と考えていた。そして彼らは晩浩のいないところで密談を交わし、遠からず内部組織に変化をもたらさなくては、と確認し合っていたのである。

部下のそんな動きに晩浩が気づいていないわけではなかった。一致団結して戦ったとしても死ぬか生きるかの瀬戸際に立たされているのに、内部分裂まで起こり、芝恵と一緒に自分の命まで狙うとは、なにが起こってもおかしくないほど事態は危機に瀕していた。

なにか手はないものかと思いはすれど、なかなか妙案は浮かばない。もし自らすすんで芝恵を殺してしまったなら、悩みの種がなくなるのだし、自分に対する不満も消えるだろう。が、そんなことができるはずもなかった。いくら自分と隊員みなの命が危機に直面しているからといって残忍に彼女を殺すわけにはいかない。いくら状況が切迫していたとしても、罪もない人間を殺そうという行為自体が認められなかったのだ。それよりもなによりも、彼は芝恵に対して保護者の立場にいたのだった。

芝恵の父孫石鎮《ソンソッチン》は晩浩とは同郷の士で、三歳年上の先輩に当たっていた。日本留学時代、彼は東京帝大の哲学科にかよっていたのだったが、晩浩とはことに親しい間柄で、晩浩が共産主義思想に染まりはじめたのも石鎮の影響を受けたからにほかならなかったのである。

石鎮はとびきりの秀才であるばかりか顔立ちも整い、弁論もたくみであったため、朝鮮からの留学生ばかりか日本人学生の間でも人気があった。のちに彼は朝鮮思想研究会という組織をつくり、表向き学問研究をうたいながらも、裏面では村上貞雄という日本人の教授を指導者において、本格的に共産主義の研究に入っていった。石鎮にしたがう晩浩はもちろんのこと、多くの朝鮮の学生や日本人でも反政府的な学生がこの研究会に加入した。

しかしながら、のちに研究会の性格が外部に漏れて会員のすべてが逮捕され、村上教授と石鎮が最も重い懲役二年、晩浩を含む他の会員は六か月前後の刑を宣告され、福岡刑務所に収監された。そんなある日、石鎮の妻は故郷で娘ひとりを残したまま亡くなってしまう。

六か月服役した後、刑務所を出た晩浩は高等係の刑事の監視が厳しかったこともあるが、すべてのことに興味を失い、大学を退学し朝鮮に戻っていった。孫石鎮が服役を終え、晩浩の前に現れたのはそれから二年後のことだ。

体は痩せ細り、以前の容貌は見る影もなかったが、その眼光はいっそう凄みを増していた。笑みの消えた顔は憎悪で醜くゆがみ、ぞっとするほどだったのである。

妻の墓参りで郷里に戻ってきていたある日、石鎮は晩浩に中国へ行かないかと誘った。晩浩はとうていそんな気になれず、ためらわずにことわった。

石鎮のいうことに反対したのは初めてのことだ。すると、彼は「日本人のやつらの下で犬ころみたいに生きるつもりなのか」と薄笑いを浮かべて去っていった。

そのまま石鎮は、老母に娘を預けたまま大陸へ行ってしまったのだ。

一方晩浩は至って平凡な生活をおくる。だが、石鎮のことを思い出すたびに、すべてをなげうって中国大陸の石鎮のもとへ駆けつけたい衝動にとらわれたのも事実だった。おもむくままに行動できる石鎮がうらやましくてならなかった。さらに噂によれば石鎮は中国共産党に入り八路軍に混じってゲリラ訓練まで受けているともいい、故国が盛り返す日々を待ち焦がれているのだという。こうした消息を耳にするたびに晩浩は劣等感にさいなまれるのだった。

その一方、円満で幸せな家庭生活はすべてのことを忘れさせてくれ、人生というものは平凡に生きることが最良なのだ、と思いもした。

そんなとき、解放となり、とうとう孫石鎮が晩浩の前に姿を現した。中国の黄土のなかで戦ってきたからなのか、かつての面影とは一変して血色もよく精悍な顔つきだった。晩浩の手を力強く握りながら、ともに戦おう、そういう石鎮はその後何か月か、せわしげに南北を往来した。そんな彼の姿を見守りながら晩浩は、いまの生活をそのまま続けていくわけにはいかない、そう思った。

そうして結局、晩浩は石鎮の指示にしたがい、南朝鮮労働党の結成に関わっていく。いつしか学生時代の共産主義者へと返っていったのである。ところが、その後南労働党は不法団体とみなされ、弾圧の嵐が吹き荒れると晩浩はまごついた。しかたなく彼は石鎮とともに地下に潜伏した。

石鎮は中国にいたときすでにゲリラ活動において輝かしい戦績を残していたため、その方面での重要な役割をになっていた。したがって南へ派遣された武装共匪と南朝鮮で組織された共匪のほとんどは、彼の指揮下で破壊活動に従事していたのである。済州島四・三蜂起（一九四八年四月三日、済州島で南の単独政府樹立に反対して起こった武装蜂起）や麗順反乱事件（一九四八年十月、済州島での反乱を鎮圧すべく全羅南道麗水に駐屯中の韓国軍に出動命令が出されたが、南朝鮮労働党を支持していた連隊将校らが命令を拒否して反乱した）など大事件が起こるたびに、背後には決まって孫石鎮の名が出てくるほどだ。

当然のことながら、共産党地下活動のなかで孫石鎮の名声は日増しに高まっていった。そして朝鮮戦争となり、いまの韓国全域が共産党支配化におさまると彼の名は地下だけにとどまらず、広く知れわたるようになっていく。

だが、戦況が変わり、共産軍が後退を始めると再び地下にもぐった。石鎮は北へは行かずそのまま南にとどまり、ゲリラ活動を指揮しつづけた。晩浩もやはり石鎮について山に入ったことはいうまでもない。

石鎮が唯一血のつながった娘をパルチザン本部へ連れてきたのは、この頃のことだった。ことのほか娘思いの彼は老母が亡くなると、ほかに安心して娘を預けられるところがなく、それにそうするのがいやだったこともあり、たとえお荷物になったとしても、しばらく連れまわることにしたのである。当時その娘芝恵は女学校に在学中で、とびぬけてきれいな少女だった。

ところで、徹底した共産主義者である石鎮がそれまで娘に資本主義教育を受けさせてきたのは、すぐには納得できることではない。が、よくよく考えてみれば必ずしも矛盾した行動とはいえなかった。

それまでの彼は娘に対していちいち手をかける間がなかっただけでなく、うかつに接近すれば自分が逮捕される危険が大きかったため、娘の教育問題を放置しておいたのだ。

それ以外に彼が考慮していた問題がある。娘には少なくともイデオロギー闘争の激戦地から離すことにしようとは思っていた。だが、年齢を経るにしたがい、そしていつ死ぬかもしれない危険のなかに身を置くようになるに至り、あたかも故郷を訪ねていくかのように、かわいい娘をそばに置いておきたくなったにちがいない。さらに娘がアカの子どもだという理由で蔑視されることも嫌った結果でもあろう。それには遠からず赤化統一がなされ、パルチザン生活もさほど長くはない、との確信があったために娘を深い山中にまでつれていったりできたのだろう。

そんな彼が不運にみまわれたのは一月のことだった。

その冬はことのほか雪が降り、智異山の共匪は動くことすらできないありさまだった。やむを得ず彼らは洞窟のなかで雪が溶けるまで待つこととし、ほとんど活動もできないまま一日一食で食いつないでいたのである。

そんな最中、平壌から命令が下った。智異山を取りまく四つの郡を同時に総攻撃し、赤化せよ、との内容だ。武器と食料が足りないばかりか、腰の高さ以上に雪が積もっているような状況で作戦を展開するのは自殺行為にほかならない。たまらず石鎮は怒りをぶちまけた。

「平壌じゃ、わしらが犬死するのを待つような反動野郎どもがのさばっているのかね？　補給も絶たれた状態でどうしろというんだ」

結局、石鎮は命令を黙殺したまま山中での待機を続けた。そのとき、そうした彼の不平と命令不服従がそのまま平壌に報告されていたのだ。それでなくても石鎮の名声に不安を覚えていた軍首脳部はこの機会をのがさず、彼を粛清することに合意した。

激しく雪が降りそそぐ未明、智異山パルチザン本部に設置された三つの無線機がピピッとするどく信号音をはなつ。三人の共匪が包《くる》まった毛布のなかから匍い出て、無線機片手に信号を書き取ってみると、三つの電文はどれも同じものだった。

〈孫石鎮の司令官職を解任し、副司令官許植《ホシク》を司令官に任命する。許植司令官はただちに孫石鎮を銃殺しろ〉

ひそかにその地位をねらっていた許植は、すかさず孫石鎮を逮捕した。部下の面々に知られると動揺が予想されるため、みなが寝静まっている間に腹心の部下を呼び集めて孫石鎮を雪原へと引き立てていったのである。そして弁明の余裕も与えず、棍棒で殴り殺した。銃を使わなかったのは、銃弾が惜しいことと、銃の音を立てたくなかったからだ。

白い雪の上に鮮血を流しながら倒れた孫石鎮を、その息の根が止まるまで滅多打ちに殴った。共産主義に心酔して青春を燃焼させた孫石鎮は、つまるところ仲間によって無残に殺されてしまったのだ。

姜晩浩はそのとき、木陰に隠れて惨劇の一部始終を覗き見ていたのである。飛び出そうとする衝動をやっとのことで抑えながら、全身をわなわな震わせるほかなかった。石鎮はすでに不吉な予感があったのか、ある日夜中に晩浩を外に呼び出した。で、しばし星を眺めてから、こういったのだ。

「虫の知らせというのか、遠からずくたばるんじゃないか、そんな気がする。こんなことをいえば笑うかもしれんが、さっきおかしな夢をみた。久しぶりに亡くなった家内がやってきて早く逃げろというんだ。家内は血まみれの姿で叫んでいた。びっくりして目を覚ましたんだが……夢とは思えなかった。万一のこともあろう……娘を頼む。おぬししか頼めるやつがおらん。で、知ってのとおり、わしには親が遺してくれたかなりの財産がある。ひとつところに暮らすわけにはいかない身の上だから、数年前にこっそりと人に頼んで、その財産を処分していたんだ。で、その金で宝石を買ってだれにも知られないように地中に埋めておいたのさ。ここにその場所を書いてあるから、先々、世の中が落ち着いてきたら娘に渡してもらいたい。なんにも知らない子どもだから、しっかり面倒をみてやってくれ。それに……おぬしは家族がいるんだから、なんとしてでも生き残るんだぞ。こんな状態を続けていたんじゃ犬死してしまう。これまで革命の遂行を信じてきたんだが、こんなありさまじゃ難しい。過信していたんだろうな。世の中はそんなに単純なものじゃなかったんだな……あらゆる人間の考えを一つにくくろうとしたわしの思想が間違っていたようだ。わしの場合はいまさらどっちを向いたって歓迎されることはないからどうしようもないが、おぬしはなにかいい方法を考えてみろ」

石鎮は紙切れを一枚晩浩に握らせるなり、そそくさと姿を消してしまった。紙切れを受け取った晩浩は、あまりのことに呆然とその場に立ち尽くした。石鎮みたいな根っからの共産主義者が私有財産保全のために宝石を隠しておくなんて、いったいどう解釈すればいいのか。そのうえさらに、脱けられるなら脱けろ、とまで。石鎮は当初の思想的確信が揺らぎ、懐疑にとらわれだしたのだろう。だが、そんな石鎮に対して晩浩は嫌悪ではなく、共感を覚えるのだった。

ともあれ無惨に死んでいった石鎮に、もしものときのことを託されていた晩浩は、そのとき以来、石鎮の娘を自分のそばにおくようにした。

反動分子の娘になってしまった孫芝惠は悲しみにくれる間もなく監視の目にさらされるようになり、そうした女の保護者をつとめる晩浩の立場は、いきおい不安なものになっていく。

そのうえ、彼の保護にもかかわらず、芝惠はいつしかだれの子ともしれぬ子種を宿していて、生命の危険すらあった。

やけになった共匪は必ずしも指揮官の言にしたがわず、いざとなったら人肉でも食べかねない状況だ。

晩浩は袋小路に入りこんだような気がして、日増しに不安がつのっていく。どんな手を使ってでも芝惠を死なせてはならないし、自身も生きのびねばならなかった。かといって、芝惠を生かしておく名分がなかなか思い浮かんではこない。

そんなある日、共匪のひとりが妊娠中の芝惠を陵辱するという事件が起こった。体の具合がわるいという理由で、その日補給闘争に出なかった者が、ぐったりとして横たわる彼女におそいかかったのだ。食べるのもままならないこんな状況下で、栄養不足のために皮膚のむくんだ男が女に欲情を覚えるとは、なんとも驚くべきことである。

それでも秩序がたもたれているときには、同僚に対するこうした行為は厳格に禁じられていた。だが、秩序などないも同然の状況下では、なんら問題とはならなかった。そればかりか、すぐにでも殺してしまってかまわない娘が性のはけ口になるという事実は、死を目前にひかえた殺伐とした男たちに欲望を呼びさまさせ、そんなことがあってから彼らは俄然活気を帯びはじめたのである。

こうした事態に直面した晩浩は、驚愕と憤怒でぶるぶる身を震わせはしたものの、手をこまねいて見ているほかなかった。やつらをみんな殺してしまおうかとも思ったが、それには危険が多過ぎた。煮えくりかえる怒りを抑えながら、この最悪の状態から逃れる手立てを考えてみた。がりがりに痩せ、女なのか男なのか判別できないぐらいに変貌してしまった芝恵を生き残らせる方法は、結局彼女自身を餌にするほかにないようだ。

それまで彼女を始末すべきだと言い張っていた者どもも、いまや思うさま女をもてあそべる可能性が出てきたため、それまで押しやっていた性欲を徐々に目覚めさせながら、彼女を手ごめにする機会をねらいはじめた。その結果、彼女を殺そうという主張はみるみるしぼんでいった。こんなふうにして、孫芝恵に迫っていた生命の危険はひとたび回避されたのだ。

芝恵の体が蹂躙されたことについては歯ぎしりするほど悔しかったが、その一方では一時しのぎに過ぎぬにしても、危険な状態を脱したことからほっとする気持ちもあった。かといって、こんな状態がいつまでもつのか楽観はゆるされない。彼女に対して倦《あ》きがきてしまえば、再び殺そうといいだすのにちがいなかった。いや、そんなことよりも果たして子どもを孕んだ芝恵自身が久しく性に飢えていた男たちの体を受け入れることができるのかどうか、はなはだ疑問だった。晩浩には彼らに倦きがくるまえに芝恵の体がつぶれてしまいそうにみえる。すでに死人みたいにいつも臥したままでいる女が、一人ではなく韓東周も含めて十人もの男を受け入れるのは、どうみても無理があったのだ。

芝恵が蹂躙された翌日、夜になると雲が厚くたれこめ、いまにも雨が降りそうな空模様だった。一寸先も見分けられないその夜、晩浩はアジトを移すことを提案した。

「きのうのことだが、このそばを若いやつらが通り過ぎていくのが見えた。これ以上ここにとどまっているのはどうにも危険に思えてならん。今夜は月も出ていないことだし、移ろうじゃないか」

と、隊員の一人が暗闇のなかで訊く。

「上官どの、どこへいくんです？　また山へ戻るんですかい？」

「山へ戻ってみたところで、補給があるわけじゃなし、生きてなんかいけるもんか。いまや敵のやつらがうじゃうじゃして、しらみつぶしにわしらを捜しておろう。死ににいくなら話は別だが、山なんかは絶対にだめだ」

「ならいったいどこへ？」

「こんなときにはむしろ村へしのびこむほうが安全だろう。やつらもまさかわしらが村にいるとは思いもつかんだろうからな」

すると隊員たちが口々にものをいいはじめた。

「そんな……、上官どの、本気でいってるんですか？　自ら虎穴に入っていこうって？　どこに隠れるんです？　たとえそんな場所があったとしても、どれだけ持ちこたえられますか？」

「うん。そのとおり。そんなことをすりゃ、たちまちつかまって殺されちまう」

みながみな声をそろえて反対した。石の隙間から風が入ってくるだけだったので、地中は息がつまるほど蒸し暑い。だれもがたらたら汗を流し、蚊がたかってくるためにじっとしていることができず、たえず体をもぞもぞさせるほかない。晩浩は汗疹《あせも》だらけでほとんど皮膚の皮がむけた首をこすった。ひりひりと痛む。

「きみたちのいうことはもっともだ。けど、現実的に考えてみようじゃないか。ここが安全でなくなった以上、とどまるわけにもいかんだろ。だからといって山に戻るわけにもいかんわけだから、やはり村へ向かうほうが安全だし、可能性があろう。ひとつわしが物色しておいた隠れ家がある。村の入り口にある小学校だが、広くていい。こんなところでじっとしてたら、殺されなくたって飢えて死んじまう」

「上官どの、気でも違ったんですか。がきどもがうじゃうじゃしてる学校なんかのどこに隠れるところがあるんです？　がきにならなら見られたってへいちゃらだとでも？」

「よく考えもせずにあっさり結論を出されたんじゃ困るな。孝堂里の小学校は木造なので教室の床と地面との間がけっこう空《あ》いていて、坐っていられるぐらいもある。教室のひとつさえ確保できりゃ、両足を思いっきりのばして楽に過ごせるだろ」

隊員たちの耳がぴくりと動く。

「でもそんなところへ、どうやって入りこむんです？　夜にはやっぱり補給闘争に行かなきゃならんでしょうに！」

「その点は心配しなくたっていい。わしが調べてみたところ、どの教室も床の隅がひらくようになっているからな。掃除道具なんかを入れておくためなんだろうが、おとなひとりぐらいは十分に出入りできる。あと少しで夏休みに入るから、しばらくそこで待機しておれば存分に活動できるだろう」

もう反対する者はいなかった。

「もう山に戻れない以上、その逆をいくしかあるまい。どういうことかっていうと、人がかたまって住んでいるところへいくのさ。こんな田舎じゃだれもがたがいに顔見知りだからそうもいくまいが、都市部へさえ出られたら身元を知られずに生きていける。遠からず解放軍が再度総攻勢に出るだろうから、そのときまで生きのびさえすりゃあ、みんな英雄になれるんだ。わしが人里まで下りようっていうのはそんなふくみがあったものだからな。まず近くの村へ入りこんでから、おりをみて都市へ行くのさ。村のなかにいりゃ、補給闘争も簡単だし、いろいろとつごうのいいこともある」

晩浩の言葉には説得力があった。

その日の夜、彼らは小学校に潜入した。迅速かつ正確に。まず晩浩が芝恵を連れて先に立ち、黄岩を先頭に立たせた共匪の面々が慎重な足どりであとに続いた。孝堂里は黄岩が住んでいた村だったので、黄岩が逃げないように目を光らせてもいた。が、牛のように愚鈍でこざかしい策を弄することのできない黄岩は、何か月ぶりかで自分の村を通り過ぎながらもなんの感慨もわかないのか、ただもくもくと荷物を背負って歩いていくのだった。

彼らは村を囲むようにして流れる川に沿って足を早め、道のない丘を越えて学校へ入りこんだのである。が、いざ校舎へ近づいてみると、無造作に入ることがためらわれ、しばし身構えたまま運動場の端に立つ。

横並びに建てられた二棟の校舎は、どの教室からも漏れる灯りはなく、闇に包まれている。校舎の背後に少し離れた小さな建物があり、そこからは灯りが漏れていた。

「ありゃなんだい？」

「宿直室じゃないか」

晩浩が先頭に立って進むと、一行は恐る恐るあとに続いた。校舎の前まできたとき、晩浩が低声で注意を与えた。

「床に足跡を残すわけにはいかんから、みんな靴を脱いでくれ、早く！」

共匪たちはみな指示にしたがって靴を脱ぎ、廊下に上がった。で、校舎の入り口に近い教室へしのびこみ、隅に向かう。どの教室も同じつくりになっているらしい床の板を引き上げると、床下から冷んやりとした風とともに黴の臭いがただよってくる。

晩浩は掃除道具をわきに寄せると、その穴のなかにみなを入らせた。そして掃除道具をもとの位置に戻したあと床板を閉めた。彼らは匍うような姿勢で、入り口の穴から離れて身をひそめることにしたのである。壁には換気のための穴があいていたため、多少湿気はこもってはいるもののたえられないほどではない。少々地面を掘れば背中を伸ばして坐ることもできた。隊員たちは晩浩の判断を賞賛し、満足気だった。両手両足を伸ばして眠れるのも久しぶりのことだったのである。

翌朝、子どもたちがつぎつぎと教室に入ってきた。床下にいる共匪たちは息をひそめて耳をそば立てる。こうした事態は予想していたことだったが、いざ現実のものとなるとまごついた。床がぎしぎしきしむたびに心臓がどくんと波打ち、いまにも見つかるのではないか、そんな気がしてならないのだ。ところが、いったん子どもたちの喧騒がおさまり、先生の声だけが聞こえるようになると、さらに緊張は高まっていくのだった。子どもたちでざわついているときには咳のひとつぐらいはできたものの、にわかに教室内が静まってみれば、呼吸の音すら立てられなくなったからだ。声からみて先生は女性で、子どもたちは三年生ぐらいだったろうか。

一時間目は国語だったのだろう、先生が教室のなかを行ったり来たりしながら教科書を音読した。魅力のある声だった。緊張を強いられながらも共匪のだれもが思わず聴きほれるほどに。彼らの渇いて殺伐とした心に、いつしか懐かしい人々に向けられた郷愁の念が波濤のように押し寄せてくる。晩浩のかたわらで横になった芝恵は声を噛み殺して泣いていた。

三時間目は音楽の時間であり、歌に耳を傾けながらだれもが涙をにじませた。先生がオルガンを弾きながらうたいはじめると、子どもたちがそれに和した。

わたしの住んでた　ふるさとは　花咲く山里
桃に　杏《あんず》に　あかちゃん躑躅《つつじ》
色とりどりの花やしき
そんなところで　あそんでいた日が　なつかしい

子どもたちは三番までうたうと、さらに感情をこめて四番をうたった。共匪たちはみなそれ以上聴いていることができず、顔を覆ってしまう。姜晩浩は渇いた唾を呑みこみながら、なんとしてでも生きのびなければ、と奥歯を噛みしめた。その瞬間、胸のなかを冷たい風がさっと吹き過ぎていく。彼が投降することを決めたのは、まさにこの瞬間だった。

それは袋小路に追いこまれた結果による覚悟というよりは、過去から脱皮しようとする新たな胎動とでも呼ぶべきものだった。子どもたちの歌声を聴いているうちに、それまでどれだけ虚構に満ちた世界をさまよっていたのかをさとったのだ。

心も体もくたくたになり、すぐにでもここから脱出して家族のいるところへ駆けていきたかった。知らないうちに息子も大きくなっているだろうし、家内も皺を刻んだことだろう。晩浩は家内と息子に謝罪をし、受け入れてくれるのなら平穏に余生を送りたかった。孫石鎮が死ぬ前に語った言葉も、こんな意味だったのだろう。彼もまた、新しい世界を渇望しながら死んでいったのではなかったか？

その日をさかいに、晩浩は投降するための計画を綿密に練りはじめた。最低限、芝恵だけは連れ出して投降しなければ、と考えていたのである。部下の隊員たちへ事前に耳打ちし、全員がいっせいに投降すればそれにこしたことはないのだが、あまりにも危険が多過ぎた。なぜならば、こんな切迫した状況のもとではだれひとり、投降の意思をほのめかすことすらありえなかったからだ。共匪の間では、万一だれかが投降のそぶりを見せたり、投降をすすめたりする場合、その相手がだれであれ射殺してしまってもかまわないという内規があった。それゆえ、彼らはつねに互いを監視し合っており、投降しようという気持ちがあったとしても単独行動をえらび、ほかのだれかにすすめたり、そんなそぶりを見せたりしようとはしなかった。

晩浩は共匪として活動するなかで投降に失敗し、処分される隊員たちを数多く目撃してきたため、この問題は慎重に検討しないわけにはいかなかった。結局、芝恵ひとりだけをつれて投降するほかはない、との結論に達した。しかしながら、もうひとつ問題があった。投降したとして生命の保証はしてもらえるのかどうか、という点だ。ビラや放送では投降すれば命は助けてやるとはいうものの、共匪はみな投降したとて死はまぬがれない、といった教育を受けてきたため、そんな誘い文句がにわかには信じられないのだ。晩浩とて例外ではない。が、ことがここまできた以上、そこのところをはっきりと確認する必要を感じていた。

連日厚い雲がたれこめ、今にも雨が降りそうな空模様が続く。雨になれば、外に出ることは一切禁止するほかはない。足跡が残る恐れがあるし、足についた泥で教室の床を汚す危険があるからだ。

雨でなくてもある日の朝、早く登校した子どもたちが、「床が汚れている」と言い合っているのを聞いてもいた。共匪たちにとって最もひやひやさせられるのは掃除当番の子どもたちが残って掃除をするときだ。掃除道具を取り出すために蓋をあけるとき、そして小さな手が下へ伸びてくるとき、息をつめ、目をむくようにして穴を凝視していたのである。なにかの拍子に鉛筆かアクセサリーみたいなものが落っこちてきて、それを拾うために子どもが床下まで下りてきたときなどは地面にぴったり身を伏せて目を閉じてしまうのだった。

万一見つかった場合、たとえ相手が子どもであれ殺してしまわざるをえなかったろう。が、幸い床下は薄暗かったためにそうした事態には至らなかった。

何日か過ごすうちに生徒の日課がわかるようになり、何時頃にぎやかになって静かになるのはどの時間帯なのか、好きな科目とか嫌いな科目まで見当がつくようにさえなったのである。

初めは緊張の連続だったが、次第にそんな生活にも慣れ、子どもたちが歌をうたうときなどは小さな声で一緒にうたったりもした。ときにはひとり低声で鼻歌をうたったりも。昼間は息をひそめて隠れていなければならない彼らにとって、恰好の退屈しのぎでもあった。

昼間はおとなしく過ごしていたものの、夜になると校舎の外に出て村にしのびこむのだった。村には人を脅したりしなくても食料は豊富にあった。こちらの存在を知られないように、古くさい手法は採らず、つまり強奪ではなく盗みを働くのである。もっぱら村人の台所にしのんで冷やご飯をちょうだいしたり、米俵ごと運び出したり、鶏をつぶして持ち出したり、畑ではジャガイモ、サツマイモ、スイカ、ウリなどを盗んだりした。できるだけそのまま食べられる物をもとめたが、無理な場合には教室の床下で火を起こして煮炊きもした。が、煙が立たないように気をつけなければならないので、並大抵の苦労ではない。

そんなある日、とうとう晩浩の恐れていたことが起きてしまった。

補給闘争から戻り疲れた体で眠っているとき、異様なうめき声が聞こえてきた。完全には目覚めていなかったものの、その声が芝恵のものであることはわかる。

「この女《あま》、声を出すんじゃない。口をさいてしまうぞ……」

あせったような男の声が闇のなかから聞こえてくる。おどろいた晩浩は上体を起こした。男の息づかいが強さを増していく。暗いのでその姿は見えないまでも、なにが行われているのかは訊くまでもない。一度は銃を摑んではみたものの手放した。苦痛に耐えきれず、洩れるうめきを懸命にこらえようとする少女の姿がありありと浮かび、今度はナイフを手に取った。晩浩はナイフの柄を握りしめ、声のするほうへしのび寄ろうとしたその刹那、だれかに腕を摑まれた。痛いほどの力で。

「上官どの、抑えてくだされ。男が男として用を足してるんですから、じゃましないでくだされ」

その瞬間、晩浩は鼻先にナイフを突きつけられたように感じた。

「こんちくしょう……」

怒鳴り声を呑みこみながら唇を嚙んだ。

ややあって芝恵のむせび泣く声がしたかと思うと、今度はべつの男がことに及んでいるようだ。やつらはまえもって順番を決めているのだろう。一晩で全員の相手をさせられたりすると、妊娠六か月の彼女は死んでしまうだろう。晩浩は苛立ちをつのらせていく。三人目からは男のあえぎ声が聞こえるばかりで、芝恵の声はまったくしなくなっていた。

「あっ、くたばっちまったんじゃ？」

「死んじゃいねえだろ」

共匪の連中がうろたえはじめた。晩浩は声のするほうへ近づき、芝恵の胸に手を当ててみた。栄養不足のため胸のふくらみはほとんどなく、骨が薄い皮膚をとおして感じられるほどだ。

胸にはまだ温もりがあり、心臓は脈打っていた。気を失っているだけなのだろう。晩浩は横にかしこまって坐っている隊員の顔を拳で殴った。

「けだものめ！　貴様それでも人間のつもりか？」

「なんでそんな？　上官どのはわれわれと争うつもりなんですか？　考えてもみてください。この二年もの間、女と寝てないんだ」

「だからだれでもいいってわけか。娘みたいな子どもをふみにじったんだぞ。天罰が下るさ」

「十八歳の乙女がすぐそばで寝息を立てているというのに、いままで何事もなかったことのほうがおかしいぐらいじゃないですか……上官は男じゃないとでも？　いつ死ぬかもしれないのに、ちょいと楽しんだぐらいで……」

「ほざくんじゃない。いっときにやられたんじゃ女のほうこそ死んじまうじゃないか」

晩浩は感情を押し殺しながら、かたくなにならないように骨折った。いい合った挙句、芝恵を殺してしまおうという話になったりすれば元も子もなくなってしまうからだ。したがって芝恵といっしょに無事脱出できる日まで、連中を説得するしかなかった。

「女ひとり死のうが生きようが、わしらにはどっちだっていい」

果たしてだれかがやけくそになっていった。晩浩は語調を変えておだやかにいう。

「わしがいいたいのはだな、どうせならみんなで生きていこうってことなんだ。ひとりひとりが少しずつでもゆずりあえば、長く楽しめるんじゃないか。いっときにつぎつぎと相手をさせられたんじゃ、どんな女だってくたばっちまう。ましてや飯も食えず、妊娠までしてるんだから……。いまは暗くてよくは見えないだろうが、この娘の下半身は血まみれになってるにちがいない」

晩浩はこう言い終えると、芝恵の腿に手を当ててみた。果たして、ねばねばしたものが手に触れる。水で湿らせた手ぬぐいで彼女の顔をぬぐってやった。ややあって、彼女の口からかすかなうめきが洩れる。

それまで口をつぐんでいた共匪もほっとしたようなそぶりを見せ、そのうちのひとりが「死んでいなくてよかった」といった。そしてさらに「つまり上官がおっしゃるのは、女が死なないようにやれってことなんですね?」ともいう。

「そうさ。だから明日からはひとりずつ……。それぐらいならあの娘も持ちこたえられるだろう」

「そりゃ、あんまりじゃないですかい。十人を超える男がいるんですから、一日一人なら少なくとも十日は経たないと、まわってこないじゃないですか?」

「わしと黄岩は除外していいから、おぬしたちだけでやればいい」

「それでも十人ですぞ。一日に二人ずつでいきましょうや。いつ死ぬか知れやしないのに、十日も待てるもんですかい?」

ひとりがそう言い張ると、ほかの者も同調した。それ以上反対したとて聞き入れてくれそうもなく、彼らの提案を受け入れないわけにはいかなかった。一日に二人ずつの約束を厳格に守ることを条件に。それぐらいならしばらくの間なら持ちこたえてくれるだろう。いくら苦痛でしかないことだとしても、習慣になると抵抗力がついてこよう。どの隊員も栄養失調で体力が弱っており、旺盛な精力でことに及ぶわけでもないわけだから、おのずと身を引く者も出てくるにちがいない。

ともあれ芝恵を死なせないためにも、ここ数日の間にことを運ばなくてはなるまい。だいいち次第に彼女のお腹がふくらんできていた。

そんな思いにとらわれているとき、

「上官は不能者なんじゃろか?」

そんな声が聞こえてきた。

と同時にあざけるようなうす笑いも。晩浩はこたえておく必要があると感じた。

「不能というわけじゃないんだが、そんなことにエネルギーを使いたくないのさ。日増しに体が弱っていくというのに……がまんすることだ。これから先、なにが起こるかわからんのだから、力をたくわえておかなくちゃ」

「本気なら表彰もんですな」

彼らは下卑た笑いを洩らすのだった。

翌朝、うす灯りなかで芝恵は黄岩の懐に抱かれて眠っていた。そんな姿に晩浩は少なからず驚いた。よもや黄岩までもが……、そう思うと、にわかにやつを殴り殺したくなったのである。が、よくよく観察してみるとそういうわけではなさそうだ。目を覚ました芝恵はおびえの色を浮かべてきょろきょろ見まわすと、黄岩の胸に顔をうずめ声を殺して泣くのだった。と、黄岩はあたかも愛しい娘を抱くようにして、大きな手で芝恵の背中をさすってやるのである。晩浩の胸にじんとひびいてくるものがあった。いま芝恵は最も信頼のおける者として黄岩をえらんだことを意味しているのだ。その瞬間、晩浩は羞恥と疎外感を覚えないわけにはいかなかった。石鎮から娘のことを頼まれているのに彼女を守ってやれない自身がいっそう面目なく、申し訳なくてならない。もしも石鎮が地下からこの光景を見たとしたら、どれほど憤慨するだろうか。愚直な黄岩にこそ深く感謝するだろう。

そんな思いとは別に、晩浩は黄岩の勇気に感動してもいた。共匪のだれもが注視するなか、さながら母牛が眠った仔牛を抱きかかえるように、黄岩はしっかりと彼女を抱いてやっていたのである。黄岩が殺されはしないか、ふとそんな思いが晩浩の脳裡をよぎった。夜でも芝恵を保護するような姿勢を見せたりすると連中がだまっているはずがない。性欲でぎらついた彼らの目が見過ごす可能性は皆無だった。

晩浩はその夜補給闘争に出かけたとき、黄岩と歩調を合わせながら注意を与えた。

「黄岩よ、腹が立つだろうがこらえてくれ。あまりあの娘をかばいすぎるとおまえの命があぶない。わしがいうとおりにしておけ。娘の世話をするのはいいが、やつらのいうことも聞いてやるんだ。あと何日かのしんぼうなんだから」

「お嬢さんが死んじまったらどうするだね?」

気づかわしげに黄岩がいう。

「死にやせん。ゆうべみたいに何人もの相手をするわけじゃない。ふたりずつなんだから持ちこたえてくれるさ。本人にも、もう少しのしんぼうだといっておいたから、そのつもりでいてくれ。さもないとおまえばかりか芝恵も危険だし、わしだって殺されるかもしれん。わかってくれるな」

そんな晩浩の言葉に黄岩は思いもよらなかった、といった顔をしてみせた。が、晩浩が黄岩の手をぎゅっと握って振ると、わかったというように黄岩はうなずくのだった。こうやって内部の危険を一時的に回避させたのである。

補給闘争は幾人もがうちそろってやると見つかる恐れがあるために、二、三人ずつが組みになった。そして成果が上がれば、示し合わせた場所で落ち合って戻っていく。

その夜は晩浩がわざと黄岩とふたりだけで組んだため、気兼ねなく話ができたのだ。ふたりは川辺にやってくると顔を洗うためにしばしとどまった。晩浩は先に水を飲んでから顔を洗った。

午前零時を過ぎた村では、ときおり吠える犬の声と見張番所にいる青年が異常の有無を告げる声が聞こえてくるばかりで、しんと静まりかえっている。

晩浩は黄岩をうながし川岸の木立の間へ身をひそめるようにして休んだ。

「黄岩よ、くたびれたろ?」

「しようがねえでやす」

なにかにつけ自分の意志で行動する能力がとぼしいのだろう。主人の下で命じられるがままにやってきた者の無力感が見てとれた。泰平の世でないと生きぬくことは難しい、そんな男なのだ。晩浩は黄岩の運命がありありと浮かんできて心を痛めていた。

パルチザンとして必死で生きてきた晩浩は、ひとりの人間の運命に思いをはせたことはなかった。

革命の観念に酔いしれるあまり、人の死を悼んだことも。しかしていま、久かたぶりにひとりの男の運命に思いをめぐらせていたのである。にわかに一個の人間の命が大切なものと思われてきて、これまで軽視してきた生命の価値に気づいたのだ。

晩浩自身、自らの変化に驚きを禁じ得なかった。もしかして弱音を吐こうとしているのか、とも思わないでもなかったが、そんな表面的な心の動きではなかったろう。自分を救い、他人をも救おうとしていたのである。そして黄岩をも。

「逃げようと思えば逃げられたのに、なぜおまえさんは逃げなかった?」

「行くあてがねえですから。住む家だってねえんでやす。警察につかまったりすりゃあ、たちまち撃ち殺されちまう。どっちにしたって死んじまうんですからね……。なんにしたって、娘っ子が、おらをたよりにしてるのに、ほったらかしにして行くわけにはいかんです」

晩浩は目頭が熱くなるのをやっとのことでこらえながら、黄岩の手を握った。

「歳はいくつになる?」

「四十三になりやす」

重い口調で黄岩がこたえた。

「かみさんも、子どももいないんだって?」

「へい、だれも」

「どうして?」

「作男をやってるうちに歳をくっちまった。作男のところにきてくれる嫁なんているもんですかい。そろそろおらもたとえわずかでも田んぼを手に入れて気ままにやっていこうとしていたやさき、戦争になってこんなことに」

晩浩は恥ずかしく思った。

ふだんは気にも留めていなかったこの男に心惹かれるのはどうしたことだろう。真に救済が必要な人間に出会ったからだろうか。

「そう気落ちしなさんな。希望を持たないと。なにかわしが手立てを考えてみるから、いましばらくがまんしてくれ。このことはだれにもいわんでくれ」

「いいませんよ、ぜったいに。どうかあのお嬢さんこそたすけてあげてくだされ。おらなんかはいい歳なんでどうでもかまわんですけど、あの子が不憫《ふびん》でならねえ」

「わしだってそう思ってるから、任せておいてくれないか」

ふたりは腰を上げて川を渡っていった。

「ずっとこの村に住んでたんなら、たいていの人ならわかるだろ？」

「ええ、だいたいは」

ややあって晩浩が声を低めていう。

「もしや青益鉉《チョイッキョン》って人を知ってるか？」

「チョイッキョン？」

「日本の学校を出てから、学校の先生をやってたはずだが。いまはなにをやっているのだか……」

「あ、千石さんの家のことですな」

「せんごくさんの家って？」

つと晩浩が立ち止まったのにつれ、黄岩も足を止めた。

「その昔、千石の米が穫《と》れたというんでそう呼んでるんでやす。千石さんなら大金持ちですな。その家《うち》でも作男をやってましたもんで……あんときゃ、よかった」

「あ、あの千石か。そりゃ、たいしたもんだろうな」

ふたりは再び歩を運びはじめた。

「なら青益鉉っていう人のこともよく知ってるわけだな？」

「次男坊のことでしょうな。おらはよく知らんです。作男になったのはその若さまが結婚してよそへ行かれたあとだったもんで、へえ。ですがご主人が亡くなられちまってからは家もさびしくなりやした。息子さんたちはみんな立派におなりですが……。とくにソウルにいらっしゃる長男はたいそう出世なさったそうです」

「して青益鉉はいまどこに？」

「このところ体の具合がよろしくないらしくて、ひとりで村に帰ってこられてましたけど」

「ほんとうかい？　いま家に帰ってるって？」

うれしさのあまり、晩浩はあやうく声を落とすのも忘れるところだった。

「ほんとですとも。おらが山へ連れていかれる前にも見かけやしたから。体をやすめに帰ってきたのに、ゲリラのやつらのために古里もそうぞうしくなった、ともいってましたです」

「この孝堂里の村にいるってわけなんだね？」

「といっても、まだいるかどうかまではわかりませんが。あんながらんとした家にひとりでいるにゃあ……」

ふたりは丘を越え、松林に足を踏み入れていった。松林を抜け、坂道を少し下ると民家が見えてくる。こちら側は山に面しているために警備が手薄だった。晩浩は松に寄りかかって汗をぬぐった。

「なぜ次男坊のことをご存じなんです?」

「同級生だったもんでな。日本の学校へ通っているときに友だち同士だった。もうずいぶん会ってないんだけど……」

数奇な運命だと思えてならない。曺益鉉のいる村に共匪として現れることになろうとは。

この村が益鉉の故郷であることは、とうから気づいていた。懐かしく思う一方で、心苦しくて恥ずかしい気持ちもあったのである。

晩浩が共産主義運動にのめりこむにつれ、益鉉はそんなものにはまるで関心がない、といったそぶりをみせ、そのせいで親しかったふたりの間柄は気まずくなっていくのだった。で、いつしか消息が途切れてしまう。晩浩は益鉉のことをブルジョワの滓《かす》だと軽蔑したことなどを思い出していた。出身階級からみて救いがたいと判断したのであり、しまいには憎悪心さえ起こり、朝鮮半島の南半分も解放されるときがきたら、まっさきにそんなやつらから処分すべきだと考えていたのではなかったか。

だが、いまや立場は逆転したというべきか、晩浩が益鉉を訪ねないわけにはいかなくなったのだ。会ってどう切り出したらいいのだろう。ともあれ、会ってみれば生きのびられる方法を考えてくれるかもしれない。昔、親しかった頃のことを思えば見殺しにはすまい。

だがしかし、臆面もなくこんな豹変ぶりを見せつけるなどということは、恥ずべきことではなかろうか。

晩浩は両手で顔を覆い、自身の恰好を思い浮かべてみた。すでに人間の姿は失って久しいはずだ。

いまだに自尊心にとらわれる自分に対して、にわかに吐き気をもよおしてくる。

「その家に行ってみよう」

晩浩は黄岩の肩をとんと叩いた。

「どうするつもりなんです？　あの娘をほったらかしにしておいて投降するつもりなんじゃ？」

「まさか。家を見ておこうと思ってな。どこのどんな家か知っておいてこそ、あとで会えるというもんさ。会えばなにかいい方法が見つかるだろう」

ふたりは松林を抜け、用心しながら坂道を下っていった。晩浩は拳銃を手にしていた。ゲリラ活動を長く続けた結果なのだろう、驚くほど敏捷でありながらも静かな足の運びだ。

土地鑑のある黄岩は村に入ると、道を歩くのではなく、人の通らない裏庭や畑を横切っていく。周りのどの家よりも木が多い瓦屋根の大きな家の前までくると歩みを止めた。薄闇のなかでも昔は富裕さを誇っていた家らしく雄大に見える。

彼らは大門わきの塀際で背をかがめた。さして高い塀ではなく、だれかの手を借りなくても乗り越えるのは簡単とみえる。晩浩は塀によじのぼってなかの様子をうかがった。夜がかなり更けているからだろう、部屋の灯りはすべて消えていて闇に包まれていた。

「昔益鉉以外にだれかいるのか？」

「めしの仕度をしてくれるおばさんがひとりいるでしょうな」

「よし。行こう」

その家を出て、ほかの家に入っていった。たいてい家には垣根があり、門がついていたが、そのほとんどがかたちばかりのたよりないもので、入るのになんの造作もいらない。

ふたりはとある草葺民家の庭に入ってぐるりと見まわしたあと、台所にしのびこんでいった。思いのほか茶碗二杯ほどの飯が残っていて、それ以外にもゆでたジャガイモがざるに入っていた。

彼らは台所の床に腰を下ろして半分の飯を分けあって食べ、残りの食料を袋につめこんでから出た。

「キムチも入れたのか?」

荷物を背負って前を行く黄岩に晩浩が訊いた。

「へい、たっぷりと入れましたです。あんまりうまそうだったもんで」

食料が予想外にたっぷり手に入ったので気分がよかったのだろう。今夜は存分に食べよう、晩浩はそう思いながら足を早めた。

翌日は朝から雨だった。夜になると雨はいっそう強まり、稲光に続き、雷鳴がとどろいた。

雨が降るといっさい外出ができなくなるため、共匪の面々は床下で寝ころんでいるしかない。

晩浩は絶好の機会とみて、ちょいと出かけてくる、という。すると、予想どおり共匪のひとりが、

「どこに行くんです?」と訊いてきた。

「情勢を観察してくるのさ」

「いまさらなにを?」

なにかしら疑念を抱いたものか、隊員たちが重ねて訊いた。かっとなって晩浩がいう。

「わしが出ていったらなにか都合のわるいことでもあるのか? 指揮官たるこのわしが信用できないんなら、撃ち殺すなりなんなりと好きなようにしな。別々に行動するほうがどれだけ気が楽だかしれん」

「そんなに興奮せんでください。あやまります。こんなに雨がひどいのにひとりでだいじょうぶなんですか？」

「かまわんさ。ここにくる前にもいったろ、一刻でも早くここを出てこそ生きのびられるんだ。そのためにはこの辺りの警備がどの程度のものなのか調べておく必要があろう。そんなことも知らずにむやみに出ていったりしたら、一網打尽になってしまう。わしひとりだけならことは簡単だが、責任者としてそうもいかん。だから一日でも早く情勢を観察して対策を立てなきゃならないんじゃないか。いまや仲間のほとんどが戦死したり、散り散りになったりしてるのに、わしらだけがこうして一緒にいられるのは、ありがたいことじゃないか。もしもたがいに相手を疑ったり、ねたんだりするようなことになったりすると生きてなんかいけるもんか。万が一、ひとりでもそんなやからがいるのなら、反動分子として処分してやる」

晩浩が激高していったためか、だれもが口をつぐんでしまった。もっともらしく聞こえたこともあって、彼らの疑いをやわらげたからでもあった。

沛然《はいぜん》と雨が降る闇のなかを晩浩は肩をすくめたなりで足早に通り過ぎていく。いくらも進まないうちに体はずぶ濡れ。一足踏み出すたびにバスケットシューズから水しぶきが弾ける。

耳を覆うほど伸びた髪を伝って雨水が額に落ちる。

拳銃が濡れないように懐のなかに深く差しこんだ。昨晩通った道を進むと、ほどなく川に行きついた。川は水かさを増し、恐ろしい勢いで流れていた。

晩浩は踵を返すと、村人が通る道に向かう。腰に差したナイフを抜いた。万一だれかと出くわしたときには、ためらいなく刺し殺すほかはない。

が、こんなひどい雨のなかを通る者などなく、よもやだれかとすれちがうようなことがあったとしても、警察か軍人でないかぎり、つかまえて問いつめたりはしないだろう。ましてやものの見分けがつかないほどに暗かった。思ったとおり二、三人の村人に行きあったものの、だれもが雨をさけるようにして早足で通り過ぎていくのだった。

この村の警備の薄さからして、共匪残党の脅威はなくなったものとみえる。つまり智異山の共匪はほぼ討伐されたことを意味してもいた。だからこそ夜道を歩む人々に警戒のそぶりが見られないのだろう。

晝益鉉の家の前までくると、晩浩は家の周りをぐるっとまわってから塀の低い箇所をえらんで手をかけた。よじのぼりながら、なぜこんなあわれな姿になったのか、そんな思いがふとよぎる。塀を越えるなり雑念を振り払い、灯りのともった部屋に近づいていく。そして戸の前でしばし動きを止めていたが、部屋のなかから物音ひとつ聞こえてはこない。

晩浩は腰に差したナイフを握りしめながら、辺りを見まわした。が、家は広いし、ほかの部屋はみな暗くて、どこがどこだか見当もつかない。

室内から音が聞こえてくるのを立ったまま待った。もしも女の声でも聞こえてこようものなら、そのまま戻るつもりだったのである。依然として雨は強く、雷鳴のひびきはあたかも智異山を揺るがすかのごとく思われた。そんな雷鳴の間隙にこほんと咳の音がした。晩浩は縁側に身を乗り出すようにしてじっと耳をそばだてた。

二度三度と聞こえてきたその音は、男のものにちがいない。戸の隙間から室内を覗き見た。正面に小さな机があり、その前でだれかが足を組んだまま寝ころがっているものとみえる。灯りが弱いため上体まで確認はできないものの、韓服の下衣のかたちからみて男にちがいなかった。

晩浩はつま先でかるく戸を押してみた。するとかたかた音がした。

「だれじゃ?」となかから声がしたのと、室内に晩浩が飛びこんだのとほぼ同時だった。

「しー、しずかに!」

立ち上がりかけて腰を落とした男の顔面をナイフの切っ先が狙っていた。

「いったい、だ、だれなんだ?」

男はひどくうろたえていたが、懸命に冷静になろうとするさまがうかがえた。数年の間に見間違えそうなほど痩せて憔悴《しょうすい》しきっていたが、面長の顔に眼鏡をかけた姿はまぎれもなく曺益鉉だった。

彼の目にはナイフしか見えていないのだろう。もっともそうでなかったにしても、野獣みたいに変貌してしまった晩浩の姿を見て判別するのは難しかったろう。そのうえ部屋の灯りの弱さからして険悪な面相に映ったにちがいない。

益鉉《イッキョン》は手にしていた書物をぽとりと落とし、そろりと立ち上がると、「山からきなすったんかね?」と低い声で訊く。やはりだれだか見当もつかないのだろう。晩浩は雨に濡れた前髪をかき上げた。

「益鉉! わしだよ、ほら! わからんか?」

絞り出したような声が室内にひびく。益鉉はびくりとして一歩しりぞいた。

「まさか、あんたもしや……晩浩……」

「そう、姜晩浩さ。こんな身装《なり》をしてるのによくわかってくれたな」

しばしふたりは言葉も忘れ、まじまじとたがいに見つめ合った。晩浩はいぜんナイフを握ったたままであり、それに目を移した益鉉の顔はしだいに醜くゆがんでいく。

「……そいつでこのわしを刺そうというのか？」

その声は憤怒のあまり語尾が震えていた。が、晩浩はすぐにはナイフを収めない。

「しょうがない。見てのとおりだから、こっちが不利な状況になればおぬしだって例外じゃない」

「この恩知らずめが！　わしに手をかけてどうするつもりなんだ！　さあ、好きにしろ！　刺したけりゃ、刺せ！　落ちぶれたもんだ！　何年ぶりかでやってきてそんなことしかいえないのか！　なさけない。なにしにきたんかね？　なにか企んでるのか？」

低いが激情にかられた益鉉の言葉は晩浩の肺腑《はいふ》をえぐった。彼はこたえる言葉を失ったまま落ち着きをなくした目で相手を見やるばかりだ。

「いくら世が変わり、主義主張が違うとしても、なんたるざまなんだね？　なにしにきた？　友人だと思って訪ねてきたんなら帰ってくれ！　もうずいぶん前に忘れちまったし、友人だなんて思いたくもない！　刺したかったら刺したらいいし、でなけりゃとっととうせろ！　腹をすかしてきたんなら、台所でなにか捜して食うんだな」

いっきにしゃべり終えた益鉉はもうそれ以上なにもいいたくないのか、ぷっつり口をつぐんだ。重苦しい沈黙が流れていく。益鉉は壁を見つめたまま身じろぎもしない。たがいに口をきくのがこわいことでもあるかのように。

益鉉の痛罵《つうば》を浴び、晩浩は当惑を覚えていた。一言一句そのとおりだと思いながらも、いたく侮辱されたように聞こえたからだ。しかしながら、いくら侮辱されたのだとしても、もう晩浩には言い争う気力はなかった。たとえ卑屈な態度になっていたとしても生きぬいていかなければ、そんな思いが反抗の意思をそぎ、その場にとどまらせていたのである。

ややあって晩浩はナイフを鞘《さや》に収め、相手に背を向けた。で、初めとはうってかわって哀願するような目で振り返りながら低声で「ゆるしてくれ」といった。が、依然益鉉は相手を見ようともしない。

力のない足取りで晩浩は外へ出た。このまま立ち去りたくはないのだが、相手が対話をこばんでいる以上、立ち去るそぶりだけでも見せないわけにはいかなかったからだ。悲しいかな晩浩は益鉉が引き留めてくれることを期待していたのであり、そう信じてもいた。

その期待と予想は違ってはいなかった。数歩進んだところで益鉉が追いかけてきて晩浩の肩に手をかけていう。

「入れよ」

低くて重みのある益鉉の声音には、いつしか深い情がこめられていた。晩浩は感情の高まりを抑えながらあとについて部屋に戻った。

「すまぬ。負担をかけちまって……」

「こんな状況じゃ、そんな水臭いあいさつはぬきにしようや」

益鉉は部屋の戸を閉めると、晩浩の手を引き、温突の床に坐らせた。が、晩浩はそれをこばんだ。じつのところあまりに汚い恰好をしていたので申し訳なく思ったのである。

「こんなに濡れてたんじゃ、坐るわけにもいくまい。体も臭うし。風呂に長いこと入ってないんで……」

「かまうもんか……そんなことをいってる場合かね、さあ坐れよ」

益鉉は遠慮する晩浩に強くすすめて坐らせた。そしてタオルを貸してやる。

「この部屋にはだれも入ってこないから楽にしろよ。わしの家にいるかぎりは安心してもいい」

「ありがたい。部屋に腰を下ろすなんて何年ぶりのことかしれやしない」

「ずいぶん苦労したんだろうな」

ふたりは最初のざらついた感情をすっかり洗い流していた。とはいえ、晩浩のほうは弱気になろうとする心の動きを懸命に抑えこんでいたのである。

益鉉の差し出す煙草をつまんだ晩浩の指は久しぶりの感触だったためか、それとも感激するあまりなのか、ぶるぶる震えていた。

「顔色がよくないじゃないか。具合がわるいんだって……」

「なあに、わしなんかは運よくこうしていられるが、おぬしこそたいへんな目に遭ったんじゃないか」

「自らえらんだ道なんだからだれにも文句はいえんさ」

晩浩は言い終えるなり卑屈に笑う。が、益鉉はにこりともしなかった。晩浩を見つめるその目はむしろ憂鬱な色をおびてさえいた。

「越北したものと思ってた……。まさか近くにいるなんて……」

「なりゆきさ。いまとなりゃ、行かなくてよかったぐらいだ」

晩浩は落ち着かなげに立てつづけに煙草を喫った。

「ずっと山にいたのか?」

「そうさ。形勢が不利になってからはずっとパルチザン暮らしだった」

「孫石鎮はどうしてる?」

「死んだよ。殺されたんだ。この前の冬に……反動呼ばわりされて……」

「あんなに熱烈だった者が反動だって?」

「やつらの考えは、わしにもわからなくなっちまった」

「惜しいやつをなくしたな。あんなことに足を突っこまないで学業に励んでいたら、ひとかどの人物になっていたろうに……。ちょっと待ってろ。なにか食い物を持ってくるから」

晩浩が止める間もなく益鉉は部屋を出た。ややあって、雨に濡れるのもいとわず食料を捜し、膳に載せて運んできた。

「冷やご飯が一杯分残ってた。心配はいらんよ。飯の世話をしてくれる女がひとりいるけど、いったん寝たら起きないからだいじょうぶだ」

「なさけないこった」

「まあ、食べろや」

晩浩はどうにか涙をこらえながら飯を食べはじめた。最初はゆっくりとだが、ほどなくがつがつと。飯以外にもジャガイモのスープや豆腐鍋、おこげ湯まできれいにたいらげてしまった。煙草を何本も喫ったうえ、腹いっぱい食べたためか、いささか緊張がゆるんでしまった。

「四、五年ぶりになるのかな? おぬしから党への加入をすすめられてから会わなくなったわけだったが」

「おう、そうだった。そのくらいだろ。でもなぜひとり離れて住んでる? 家族はどちらへ……」

「わしが結核にかかったんで別居してるのさ。みんな釜山に避難してるんだが、戦争が終われば故郷へ呼ぼうと思ってる。病気のほうも、もうだいじょうぶなんで」

「やはりブルジョアの病にかかっちまったわけだ」

「ああ、そのとおり。わしのほうは相変わらずってところさ」

彼らはわずかに笑った。しかしながら、どこかしら空虚なひびきがあった。晩浩は自分の家族について訊こうとして思いとどまった。益鉉が知っているはずがなかったからである。

「最近の戦況はどんな具合なんかね？　隠れて過ごしてるんで、かいもく検討もつかん」

「そんなことを訊くためにやってきたのか？」

益鉉の問いのするどさに、晩浩はいささかたじろいだ。

「いや……。それできたんじゃない」

益鉉は二度、三度とうなずいた。

「なにしにきたのかはどうでもいい。戦況がどうなってるのか、正確なところは知らないが、最近の新聞を読むかぎりでは、中部戦線じゃあいかわらず膠着状態が続いているらしい。おぬしがどう考えてるのかはわからんがね、アメリカがこのまま引き下がりはするまいて」

晩浩にも、その言葉が誤っていないものに思えてきた。

何度もためらった末、とうとう晩浩は訪ねてきた用件を切り出した。

「いつまでもこうして腰をすえているわけにもいかんので……要点だけをいわせてもらおう。投降したら命の保証はあるのか？」

「そうだったのか。つまり……」

益鉉は腕組みをしてうつむいた。その拍子に光の加減で彼の長い顎の影が温突の床に異様に長く延びていく。

ふたりの間で話がとぎれ、しばし重い沈黙が流れていった。ややあって、益鉉が首を上げ、ゆっくりと口をひらく。

「くわしいことは知らんのだけど、投降してきた者は殺さない、とのことらしい。保証するとまではいい切れないがね」

「わしもそう聞いてはいたんだが、信じられなかったもんで」

「なぜ急に投降しようなどと？　おぬしみたいな根っからの共産主義者が思想を捨てられるのか？　もしや、投降しておいて世の中が変わるのを待とうというのではないのかな？　でなけりゃほかになにか……」

晩浩は相手を見据えた。

「誤解せんでくれよ。こういう家で療養しているからこそ、あれこれ想像をたくましくできるんだろうけど、こっちにはそんな余裕なんぞあるもんか。この恰好をみりゃあ、いまどんな状況にあるのか察しがつかないか？」

せっぱつまった晩浩の顔は醜くゆがんでいたものの、益鉉の反応は鈍かった。

「わしがここにいることがどうしてわかったんかね？」

「そんな話を小耳にはさんだもんでな。そんなことはどうだっていいじゃないか。塀を乗り越えて入ってきたわけだ。自分でもなにをやっているんか、さっぱりわからんよ。盗人なのか、共産党員なのか、でなけりゃ狂人なのかがね。ともかく生きることだと思ってるだけなのさ」

「まず生きながらえたうえで情勢をみきわめようというのだな。そんな考えでいるのなら投降したところで助かるまい。ひとりの人間に帰ってこそ処刑がまぬがれるのだからね」

「おぬしの前で両手をついて頭を下げろって？」

益鉉は手を左右に振った。

「いや、そんなことはするに及ばんさ。この戦争で死んでいった人たちに対してなら、謝ったっておかしくはないが」

「……」

「ちょいと言い過ぎちまったみたいだな。だけど……いや……やめておくよ。すまなかった」

そういうなり益鉉がはげしく咳きこんだ。

「横になれよ」

晩浩が体をささえようとしてやると、益鉉はかぶりを振った。

「いいんだ。いつものことなんだから。ともかく投降するんならうれしいね。これでまたつき合っていけるわけだ。考えてみりゃあ……こんな悲劇がどこにあろう？」

「すまんこった。生きのびようと、こうしてやってくるなんて、あつかまし過ぎるよな」

「とんでもない、よくきてくれたさ。だれにだって生きる権利はあるんだから。おぬしの行為に対してのちに審判が下されようが、それはまた別の話だろ。で、ひとりでいるのかい？」

「わしを入れて十三人いる。そのなかにはこの村出身の黄岩というやつもいるんだが、共匪じゃなく無理矢理連れられているんだな。おぬしの家で作男をやってたこともあるらしい。女もひとりまじってる。孫石鎮の娘さ」

「まさか……そんなことが」

思いも及ばなかったことを聞かされた益鉉は、ぽかんと口をあけたまま相手を見つめていた。

「全員で投降できればいいんだが、なかなかそうもいかない。たがいに監視し合っているためにうっかり口に出すわけにもいかんのだ」

「ならひとりで投降するつもりなのかい？」

「孫石鎮の娘と黄岩は一緒だ。あとの連中はなんともいえない。名目上はわしが指揮官なんだが、ずいぶん前から指揮系統は乱れちまってる」

益鉉はしばらく考えこんでから、こういった。

「じゃ、こうしよう。自主的に投降した場合、命が保証されるのかどうか探りを入れてみようじゃないか。こっちで青年団長をやってる梁達秀とは同じ小学校だったし、たがいの家同士も知らぬ間柄じゃないから、そいつに訊いてみるとしよう」

「青年団長なんかでわかるんだろうか？」

心配そうに晩浩が訊いた。

「おぬしは知らんだろうが、この村の青年団長といや、支署の主任や面長《めんちょう》（面の責任者の意。「面」とは郡・市の下に置かれた地方行政区分の一つ）なんかよりも発言力は強いし情報通だ。よそからきた討伐軍の軍人どもに、この地方の事情なんざわかるもんかね。だから重要な決定は地元の有力者の声を聞いてから下すのさ。なかでも青年団長の言葉は最も重視されてる。そいつがうんといや、何人もの首がすっ飛ぶっていう寸法さ。だから軍人に顔が利《き》くそいつに会ってみれば、くわしいことがわかるだろ」

「なるほど。そいつの年齢は？」

「まだ四十前だ。わしらといっしょさ」

「青年とはいえんな」

「それはそうなんだが、もともと大きな顔をしてのし歩くタイプの人間だから引き受けているんだろ」

「もし生きられるとして、どのていどなのか訊いてもらえまいか」

「どのていどって？」

「そりゃあ……一生刑務所で暮らすわけにもいかんからな」

にわかに益鉉の顔が翳る。眼鏡をはずすと、レンズをていねいにこすった。そしてまたかけなおしてから晩浩を見据えた。

「もしも刑務所から出られないようなら投降はやめにするつもりなのか？」

「い、いや……そんな意味じゃなく……」

まごついた晩浩は益鉉から目をそらせた。そしてうつむいたまま、力なく言葉を継いだ。

「うまくいかないようならいっそのこと死んじまうほうがいいのかもしれん」

「死んじまうだって……。かるがるしく口にするなよ、そんなこと！」

益鉉の言葉に怒気がこもっていた。

「もうなにもいうな……そんな考えは捨てていったんすべてをわしに任してくれ。こんなときこそきちんと手順を踏まなきゃならんだろ、順序をあやまると命に関わるからな」

「すまない。よろしく頼む。しかし……そんなことを訊いたりすりゃあ、青年団長のその男に感づかれはせんだろうか？」

依然晩浩は不安を振り払うことができないでいた。

「そこはうまく話すさ。だけど結局投降するんなら、そいつを通じてやるのがいい」

「いうとおりにするよ。明日の夜にまたくるからうまく訊いてくれ」

晩浩は言い終えるなり腰を浮かせた。いつしかその顔は雨にかわって汗で濡れている。益鉉もあとを追うように立ち上がると晩浩の袖を掴んだ。

「どこまで行くつもりなんだ？　もうすぐ明け方だぞ。このままいて結果がわかってから行けばいいじゃないか」

「行かないと。隊員たちが待ってる。今夜戻らなかったら疑いを持たれるし、そうなると投降は難しい。じゃあな」

晩浩は益鉉の手を握った。たがいの温もりを感じながら。

「からだを大事にしろや。力の及ぶかぎりいい手立てを考えてみるから心配はいらん。明日の晩は大門をあけておくからそこから入ってくるんだぞ」

隠れ家の場所を訊いてくるものと予想してはいたのだが、益鉉は一切そのことにはふれなかった。やはり人ができていて信頼に足る人物だった。

別れるとき益鉉は門の外まで出て晩浩を送り、食べ物をどっさり入れたリュックまで持たせてくれたのである。

雨脚は少し弱まっていたものの、ずいぶん長く激しく降りつづいたからなのだろう、四方から水の流れる音がする。

晩浩は松林に至ると木の根方にうずくまったまま、しばらくの間、声を殺して泣いた。涙をこらえようとはするものの、そうすればするほどに胸が張り裂けんばかりになってくるのである。なにもかもがむなしく寂寞《せきばく》たる思いがしてならない。泣きに泣いてしまったあとになってみれば、胸のつかえが取れたのも確かだった。

すると、代わって新たな意志がふくらみはじめた。それはいましも直面しようとするどんな困難にも耐え、未来に希望をかけようという最も人間的な意志だといえよう。彼はいま、完全にイデオロギーからはなれ、生の純粋な欲求にかられているのだ。

村のほうから刻《とき》を告げる鶏の声が聞こえてきたため、あわてて腰を浮かせた。

学校へ戻ると共匪の面々は、だれひとりまんじりともせずに晩浩の帰りを待っていたものとみえる。暗闇のなかから飢えた野獣が獲物を前にしたかのような目を向けてきた。晩浩は濡れた服を脱いでから、彼らに食物を分け与えてやる。

「上官殿、今夜の収穫はすごいじゃないですか。果物まであるなんて」

声が弾む。しーっ、晩浩が注意を与えるほどだった。

「声がでかい。ささいなしくじりから取り返しがつかないことになってはかなわんからな。油断するなよ。果物だけじゃない」

じつのところは晩浩自身にもリュックのなかになにが入っているのかわかってはいなかった。益鉉が放りこんでくれるままに持ち帰っただけだったのである。手を突っこんでみると果物以外にも餅、瓜、西瓜、トマトなどがどっさりと入っていた。取り出しやすいものをすべて詰めてくれたのだろう。

「なにかいい情報が摑めたんでしょうか？」

食べるのにいそがしい共匪のひとりが、なにげない口調で訊いた。

「孝堂里をひとまわりしてから少し足をのばしてみたんだが、まだ軍人のやつらは引き上げてはおらん。といっても警備が厳重というわけじゃないところをみれば、一息ついているんだろう。もう少し様子をみてわしの見立てにちがいないようなら、この村からおさらばできる」

軍人のやつらはどの辺りにいるのか、と訊かれるかもしれず、晩浩は緊張の度を高めていたものの、食べるのに夢中でだれひとりそんなことを訊いてくる者などいなかった。食事が終わると深い沈黙が支配したのも長くは続かず、いつものように芝恵のうめきと男の荒い息づかいが聞こえてきた。彼女は順番のきた二人を受け入れ、苦痛にさいなまれていたのである。晩浩は両手で耳を覆った。

ここしばらくは雨が続くのだろう。翌日も降りやむことはなかった。いくぶん弱まりはしたが。

その日の朝、女性の教員が澄んだ声音で生徒たちにこういった。

「みなさん、休みの間はおとうさまおかあさまのいうことをよく聞いて、元気でいてくださいね」

「はーい！」

子どもたちの声が弾んだ。

「宿題を忘れてはいけませんよ」

「はーい！」

「生水を飲むとおなかをこわしますから、わかしてから飲むようにしなさい」

「はーい」

「川の深みに入ってはいけませんよ」

「はーい」

ややあって先生と生徒はたがいに、

「さようなら」

「さようなら」

と別れのあいさつを交わした。

教室の床下に腹這った恰好でその声を聞いていた共匪の面々は、たがいに脇腹を突っつき合った。安心して動けるようになったからである。が、一方でいささかもの淋しい気持ちもあった。夏休みが終わるまで無事にとどまっていられるという保証があるわけでなく、したがって顔も知らない女性教員と子どもたちとの別れがたぶん永遠のものになるかもしれない、そんな思いが殺伐とした男たちの胸をよぎったのだ。

静まり返ったその日、彼らは一日中、口をつぐんだまま過ごした。

夜になると晩浩は黄岩を連れて校外へ出た。梅雨だからといって腹を空かしてじっとしているわけにもいかんだろ、と強く出たところ、補給闘争に行こうとする彼らを疑いの目で見る者はいなかった。

はじめは二人の共匪がついていこうとしたのだが、晩浩が押しとどめたのである。

「こんな日に何人もが出ていったら足跡が目立っていかん、きみたちは待っていてくれ」

できることなら危険な補給闘争には行かずに成果を分けてもらうほうがありがたかったわけで、あえてついていくと言い張る者はいなかった。むしろ生真面目かつ大胆な同志が指揮官でよかった、と思っていたぐらいだったろう。

昨晩濡れた服が乾く間もなく、再び雨に打たれたせいか、晩浩はぶるっとさむけを覚えた。さして強い雨ではなかったものの、雨脚は冷たく、重く体に打ちつけてくる。往来に出たところで振り向くと、黄岩が少し離れたところで立ち止まっていた。

「早くこい！　そっちは増水していて渡るのは無理だ」

うながされて仕方なく黄岩は恐る恐るついてきた。

「暗いからわからんよ。だれかに会っても自然にふるまえばいい。もじもじしたり逃げたりしてはいかん。わしのそばから離れるんじゃない」

ふたりは会話を中断したまま黙々と歩いていった。

途中、通行人と出会ったが、誰何《すいか》されることはなかった。

「ふっ、よく降りやがる。たまらん、たまらん……」

ほっとしたからなのか、黄岩がひとりごとをいうのが聞こえる。

益鉉の家に近づくと、黄岩には前もって話しておいたほうがいいように晩浩は思った。

「ゆうべ冑《チヨ》先生に会ったんだ」

「へっ、そうだったんですか。で、どうなりましたんでやす？　通報でもされたりすりゃあたいへんなことになりやしませんか？」

「わしとは親友の間柄だから、そんなことはやらんさ」

前方からぱたぱた足音が聞こえてきたため晩浩は口をつぐんだ。女二人がおしゃべりしながらかたわらを通り過ぎていく。

「生きていられるのかどうかを聞かせてもらうのさ。訊いてくれるといってたから」

「なんのことだか……？」

「投降したら殺されないですむのかどうかってことさ。あんただってそうしたくても共匪と間違われて殺されはしないかと思ってるんじゃないのかね？」

「へい、そのとおりでやす。ですが……ほんとうに、ほんとうにするつもりなんで？」

「そうとも」

「へえ、おとろしや。うまくいきましょうか？」

「どっちにしたって、そうするしか生き残れる可能性はなかろう」

「お嬢さんも一緒なんでしょうね？」

「むろんだとも」

「でもなんだかこわいですね」

「もっとも……あんたの場合は共匪じゃないんだからわしらとは立場が違う。なんの罪もないんだから危険はあるまい」

「ほんとうに？」

「決まってるさ。だが用心するに越したことはない。ひとりでふらっと警察に行ったりしてはいかん。ものごとには順序というものがある」

「ごもっともでやす。指揮官どののいうとおりにやります」

昨晩益鉉がいったとおり、大門の鍵はあいていた。大門わきの暗がりで待たせておこうかとも思ったが、晩浩は黄岩を連れて入っていった。おどおどしながらも黄岩はついていく。戸の前までくると晩浩は、「いるのかい？　益鉉」と低声で訊いた。

待ちかまえていたようにさっと戸をあけ、晩浩を迎え入れる。

「昨日話していた黄岩だ」

晩浩が黄岩を紹介した。益鉉は黄岩の手を握り、「たいへんな目に遭ったな」と声をかけると、黄岩はうつむき、涙にむせんだ。嗚咽をこらえようとするあまり、いっそう悲しげにみえる。

「うっくっく、どうすりゃあいいんでやす?」

「うまくいくさ。事情は呑みこんでるから。心配はいらん」

「昔大旦那がいらっしゃったときに……やとわれていたことがあるんです」

「うん、そうだったね。あの頃わしは実家を離れてたんで顔を合わせることはなかったが。世間は広いようでせまいのか……。さ、涙をふいてこっちへ坐って」

親切な対応をしめされ黄岩は安心したものとみえる。ふたりが腰を下ろすと益鉉は部屋の隅に用意してあった膳を引き寄せ、部屋の中ほどにおいた。こってりと脂光りのする夕食が準備されていたのである。とたんに黄岩の目はみるみる生気を取り戻していく。

二人分を用意しているところからみて益鉉は食事をせずに待っていてくれたのだろう。だが彼は自分は食事をすませたといい、黄岩に膳をゆずった。

「腹が減ってるだろ。食べくれ。酒から始めるかい?」

「いや、酒はいかん。酒のにおいなんかさせるとたいへんなことになっちまう」

晩浩がゆっくりとかぶりを振った。

「それもそうだ。うっかりしてたよ。めしだけでも食ってくれ。たっぷりと用意してるから好きなだけ食べりゃいい」

鍋には鶏がまるごと一匹ゆでてあった。晩浩が顎でしめすと、黄岩は鶏の足を摑んで二つに引き裂き、目をぎらつかせながら食べはじめた。

益鉉はそんな黄岩の姿をそっと見守っていた。食事が終わるまで話をするのは無理なようすだった。晩浩もやはり食べることしか念頭にないものとみえた。

ややあってすっかり食事をたいらげてみると、晩浩と黄岩はがつがつ食べたことが恥ずかしく思えてきたようだ。そんな気持ちをなだめるように、益鉉は目で黄岩にうなずきかけながら口をひらく。


「話を続けてもかまわんかね?」

「もちろんですとも」

すぐに炳鎬《ビョンホ》がこたえた。


「投降してきた者は殺したりなんかしないそうだ。そいつがそういうだけでなくあちこちで訊いてみたところ、みなそういってる。だから嘘じゃないだろう。共匪の活動をやっていて投降した者のなかには自由な身になって結婚をしたやつまでいるというんだからね。どんなやつなのか会ってみようとはしたんだが、あいにく出かけているとかでそこまではできなかったが」

「無条件で助かるというのかい?　裁判なんかもなしに?」

「とくに条件はないそうだ」

「そんな自信はいったいどこからくるんだ?　大統領命令なのか、戒厳司令官命令なのか?　でなけりゃ、いったいだれがそんなことを?　信じられない」

晩浩はどうにも納得がいかず、ぴりっと張りつめた声でいった。そんな彼の顔色を不安そうな眼差しで黄岩が見つめていた。

「事実そうなんだから、信じるもなにもあるまい。じっさいわしにしたってそれを聞いたとき、にわかには信じられなかった。こんな時期にそんなにあっさりと生かしてやるのか、と。ま、そんなことをいったって事実なんだからしょうがない。ただその場合、いつでもいいわけではなく期間に制限があるらしい。いまはその期間内だというのだ」

「わしだってその宣伝文句は聞いてはいたさ。だけど、どうしてそんなことが信じられよう、デマだと思ってたんだが」

「大事なのはおぬしの決断だ。わしが思うに裁判があるにせよないにせよ、そんなことは問題にすべきじゃない。ともかく生きてさえいられるなら、ある程度の刑罰は受ける覚悟をしたらいい。気分を害するかもしれんが、ある意味ではそういう過程を経るほうがおぬしにもプラスになるかもしれぬ。それに……」

益鉉の言葉にいささかの誤りもなく、晩浩としては返す言葉がなかった。そんな晩浩の顔色を注意深く見定めながら益鉉は言葉を継いだ。

「南じゃ、少なくとも公開の場で約束したことは守るさ。だからほかの手立ては捨てて、いかに投降するかだけを考えりゃいい」

「よくわかった。そうするとも」

「おぬしひとりならいますぐにでも実行に移すことができるんだが、仲間がいるとそうもいかんのだな……」

そのとき黄岩が口をはさんだ。

「若旦那、お嬢さんをたすけてやってくだされ」

黄岩は両手をこすりながら、哀願するかのように益鉉を見た。

「あ、もちろんだとも。心配はいらんよ」

「こちらの意思を伝える相手だが、だれでもというわけにもいかんのだろうな?」と晩浩が訊いた。

「そんなことはないさ。だけど、どうせなら、頼りになる者をつうじてやるほうがいいに決まってる」

「ならやっぱり……あの青年団長なのか?」

「そう。いまわしがすすめたい者はあいつしか思いつかん。もちろんそいつが最終決定権を持ってるわけじゃない。戒厳令が敷かれているんだから、当然のことながら決定は軍が下すんだがね。といったって証人の供述とか参考人の供述なんかが相当にものをいうんじゃないか。そのとき、ほかならぬ青年団長なんかが口添えしてくれたら相当な力になる。おぬしだってよく知ってるはずだが、わしの兄貴は判事をやってるんだ。この方面を直接担当しているわけじゃないけども、軍関係にも知人がいるだろうから兄貴にも頼んでおくよ。だから、ともかく早くことを進めたほうがいい。わしらが聞いたとおり首尾よく解放されたらいうことはないんだけど、若干の食い違いがあったにせよ、さして気に病むほどのことはあるまい。わしができるかぎりのことはやってみるから」

益鉉は非常な熱心さで投降をすすめた。晩浩としてもこれ以上考えるのがいやだった。ここまできたかぎりほかに選択肢があるわけでもなく、あたってみるしかなかったからだ。つねに疑いの目をもって生きてきた彼としては、益鉉の言葉だからといってすなおに信じていたわけではない。しかしながら、この時点でだれかひとりだけでも信じられる者が必要だった。藁をも摑みたい心情だったのである。

「すまないな。じゃ、青年団長とかいうその男に会わせてくれないか」

「どんなふうにして会う?」

真剣な顔で益鉉が訊く。晩浩は腕組みをしながら、しばし思いをめぐらせたあとでこういった。

「こうすればどうだろう。その男とふたりだけで会って何人もが無事に投降できる方法を相談するのがいいんじゃないか。直接確かなことが聞けるわけだし」

「それはいい考えだ」

「だけど会ってくれるだろうか? ふたりだけで会おうというと、こわがるんじゃないのかな? かなりの度胸がないと……」

「会うに決まってるさ。共匪を投降させることなんだから、青年団長がことわるわけがない。功名心の旺盛なやつだから……」

「それもそうだよな。表彰されるかもしれんわけだ」

「それだけなもんか。こんなことをいうのもなんだが、共匪ひとりを投降させるだけでも賞金額は莫迦にならないらしい。それが十人以上ともなりゃあ……金のためだけでもやってくるさ」

「そうなりゃおぬしだっていくらかはもらえるわけだ」

晩浩の言葉にこたえるかわりに、益鉉はにわかに顔をくもらせた。晩浩はつまらないことをいってしまったと思い、すぐさま話題を転じた。

「仮にもし……あくまでも仮の話に過ぎないんだが、青年団長の立場からみてわしらを投降させるよりも逮捕したほうが手柄になるし、利得も多いといったようなことはないんだろうか。だから逮捕をえらぶ、といったことは……」

「まさか、そんな……。わしが間に入っているわけなんだから、わしの顔をつぶすようなまねはせんだろうて。ありえんよ」

益鉉はゆっくりとかぶりを振っていたものの、感情が高ぶってきたのか咳払いをした。晩浩は口にはすまいと思っていたのだったが、いい出したついでに言葉を継いだ。

「万一おかしな方向に話が進んだりすりゃあ、そいつを殺すかもしれんぜ」

「好きにすりゃあいいさ！」

ふたりはにらみ合った。晩浩としては、その点だけははっきりさせておかなければならなかったために、いってみたのである。たんなる脅し文句ではないことを理解してほしくもあった。

孫芝恵のことを思うとゆっくりとはしていられない。

「して、いつ会うことにしよう？　早いほうがいい」

「明日でもかまわんよ」

「なら明日、さっきの手筈で会おう、場所は？」

「ここにしよう。わしが席をはずせばいいだろう」

「わかった。そのかわり、つきそいはなしにしてもらいたい。わしとそいつと丸腰で会うことにしよう。万一、だれかがひそんでいるような気配をかぎ取ったら行くのはやめにする。武器なんか持ってたら、つまるところ血をみることにしかならんからな」

「よし、そういおう」

　もはやふたりの顔からは笑みは失せ、なごやかな気分は消しとんでいた。大事を前にひかえた人々の、あの厳粛で重苦しい雰囲気だけが支配していたのである。

「できれば全員投降するようにやってみろや。なんといったっておぬしの部下じゃないか」

「できるにこしたことはないんだが、妙案が浮かばんのさ。正面切ってそんな話を持ち出すわけにもいかんし……弱ってるんだ」

「いくらむずかしいにせよ、隊員の命はおぬしの腕ひとつにかかっているんだからな」

「それはそうなんだが。ともかく……やってみるよ」

晩浩は煙草を喫いながら苦しげにうつむいた。その拍子に濡れた髪が灯りを反射してきらめいた。

「みな家族がいるんだろ?」

「ほとんどがいるさ」

「北の出身者は何人いる?」

「ふたりだけだ」

「だったら家族会いたさに投降するんじゃ……」

「さあて、そうかもしれん。といっても、やつらはもともとかたよった教育を受けてきているもんだから視野がせまい。石頭みたいな共産分子だから刺したところで血も出やせんよ。かといってだまっているわけにもいかんが」

「ともかく梁達秀に会ったら、なにか方法が見つかるさ」

「話が通じなければ、三人だけで投降し、あとの連中は強制的に逮捕するしかない。わしのことを裏切り者と罵《ののし》るだろうが、そんなことを気にしてはいられんよ。いっしょに死ぬのはごめんだ。とうにあの世界には見切りをつけているんだからな」

青益鉉がどうとるかは知らないが、晩浩としては偽らざる心境を語ったのだ。部下と死をともに迎える気持ちなど、みじんもなかった。

「おぬしの気持ちはよくわかった。で……隠《かく》れ処《が》というのはどこなんだ？」

益鉉はとうとう最も肝腎なことを訊いてきた。晩浩はすでに意を決していたため、ためらいなくいう。

「学校の教室の床下にいる」

「な、なんだって！」

益鉉の眼鏡がきらりと光った。

「学校だって？」

「小学校のことさ」

益鉉は仰天していた。共匪が村のなかにまで入りこんでいるなどとは、だれもが思いもよらないことだったので、愕くのも無理はなかった。

「みなそこに隠れてるんだ。ばれたら袋のなかのネズミさ」

「なんと大胆な」

あまりのことに益鉉はうめくようにつぶやいた。そのとき黄岩が口をあけて膝を進めた。頑丈そうな首が灯りに光って見える。

「あのう……梁達秀って人がいまでも青年団長なんですか？」

「そうだけど、知ってるのかね？」

益鉉に訊かれて黄岩は晩浩の顔色をうかがいながらこたえた。

「おらなんかが口をきけるわけがねえ。ただおんなじ村に住んでましたもんで、会えばあいさつぐらいはさしてもらいましたがね。で、その人のことなんですけど、ずいぶんこわい人だそうですね」

「ほう？」

ついと面をあげる晩浩。その眼光のあまりのするどさに、黄岩はためらうようなそぶりを見せたが、再び言葉を継いだ。

「その人がなにかひとこと命令したりなんかすりゃあ、支署の主任さんでもおどおどするぐらいなんだそうでやす。何人も人を殺してるんでしょ。目がにごってましたね」

晩浩と益鉉はたがいに目を見合わせた。その目に笑みはなく、かといって黄岩のことばを鵜呑みにしているふうでもなかった。が、晩浩が動揺しなかったといえば嘘になろう。

晩浩は感情を包みかくしたまま、たてつづけに煙草を喫ったあと、腰を浮かせた。

その日も益鉉は包みを用意してくれていた。昨日のものよりもさらにたっぷり中身がつまっているものだ。晩浩は黄岩に荷物を背負わせると、そのあとに続いた。

冷たい夜明け前の雨が風に吹かれて面《おもて》を打つ。村を小走りに駆けぬけ、松林に入ったところで一息入れた。晩浩は口をつぐんだまま腰を下ろしていたのだったが、ややあって「黄《ファン》さん」と重苦しい声で呼ぶ。

少し離れて夜空を見上げながらぼんやりと立っていた黄岩は、のっそりと晩浩のかたわらにやってきて腰を下ろした。晩浩は黄岩の手をむんずと摑んだ。

「つらかったろ。あさってには自由の身になれるだろうから、そのつもりでな。わしと一緒に投降すれば、あんたにはなんの罪もないわけだから心配することなんかない。いますぐにでも帰っていけるわけだが、そうなりゃほかのやつらはわしと芝惠を殺して逃げ出してしまうだろうから、もう少しがまんしてくれ」

「そんなこと。指揮官どののいうとおりにするっていったじゃねえですかい。だいいち、おらひとりでどうやって逃げるんです?」

「すまないね。ならこうしよう。きょうのことはだれにもいわんでくれ」

「お嬢さんにもいっちゃだめですか?」

「いわないほうがいい。あとでわかることなんだから」

晩浩はためらった末、黄岩にもわかるようにていねいに計画を話してやった。

「あんたはこれから戻ったら、なにも食べずに体の具合がわるいというんだ」

「どこもわるくはねえですが?」

「嘘でいうのさ」

「どこがわるいといいましょう?」

「腹具合がわるいことにしよう。下痢で苦しんでいるってわけだ。ぜったいに食べてはいかん。あさってか、しあさってには、わしがほかのやつらを連れて補給闘争に出る。腹具合のわるい者まで一緒に連れていこうとはだれも思わんさ。そうなりゃ、あんたと芝惠だけが残ることになろう。そのときは芝惠に話してもかまわんよ。しばらくすりゃあ、外から呼びかける声がするはずだ」

「だれなんでやす。そいつは」

「梁達秀でなけりゃ、その部下のだれかだろ」

「なんてこたえりゃいいんです?」

「こたえる必要なんてない。だまって排気口から残った武器と弾薬を放り出してくれ。そうすりゃ、外から早く出るようにいってくるだろ」

「そのときは出てもいいんですかい?」

「いいとも。芝恵をつれて出てくれ。逃げ出したり、争ったりしようなどとはせずに、おとなしくいわれたとおりにするんだぞ。わかったな?」

この愚鈍な男がなにかおかしなことをしでかさないか、晩浩はいささか心配になった。だがこんなときの黄岩の呑みこみは早かった。

「わかってますとも。みんなが補給闘争に出たあとにお嬢さんとおらだけが残って、外からだれかによばれたら出ていきゃいいんでしょ?」

「そのとおりだ。きっとだぞ」

晩浩は黄岩の肩をとんと叩いてやった。

「万が一、おら以外のだれかがぐあいがわるくなって、出かけられなくなったらどうします?」

恐るべき仮定だが、可能性は否定できない。晩浩はまごついていたものの、「そんなやつはいないだろうが、万一そんなやつが出てきたらあんたが始末しろ。みなが出ていったあとで先手を打って、そいつの首をしめるなり後頭部をなぐるなりしてやっちまえ」といった。が、そうはいうものの、とんでもなく不安定な要素をかかえた計画に思えてならない。黄岩のいうようにだれかほかのひとりが残ることになった場合、はたして黄岩がその相手を始末できるのか、はなはだ疑問だった。力は強いが動作はのろいし、頭の回転の鈍さといったら話しにならない。そんな男に人を害するなんてことができるだろうか。それに度胸があるわけじゃなし、人を始末しろ、といわれただけでもぶるぶる震えているのである。

「そんな、人を殺したりなんかできませんぜ。なんといったって一緒に苦労してきたのに、どうしてなぐり殺したりなんかできますか?」

かっとなって晩浩がいう。

「正気かね? この世に殺したくて人を殺す者がどこにいる。みんな自分が生きるためにそうしてるんじゃないのか? わしらが生き残るためにそうしようといってるんだ。自分は死んでもいいというのなら好きなようにしろや。そのかわりわしら三人とも死んじまうわけだがね。もはや逃げ場はないし、つまるところみんな射殺されてしまうだろうさ。教室の床下なんかに、いつまでも隠れていられるなんて思ってたら大きな間違いだ」

晩浩は脂汗を流した。なにやら予想外のことが起こりそうな気がしてならなかったのである。莫迦なやつめ、いわれたとおりにやろうとせず、なにをつべこべいってる。険しい目を黄岩に向けた。漆黒の闇のなかで雨に打たれているせいか、恐るべき形相である。

「こ、殺しちまわなけりゃならんのですか?」

黄岩の声はおびえるあまり震えをおびていた。

「自分が生きるためには、他人を殺さなきゃならないときもあるってことさ」

「へい、わかりやした」

いまにもくずおれそうに陰鬱な声でこたえた。そこには強い服従の意思が働いているものとみてとれた。そのときふと、晩浩は黄岩の声にも耳をかたむけてみるべきではないかと思った。いくらこちらに身の危険があるからといって、必ず相手を殺してしまわなければならないものかどうかは、いかにも単純な問題ではなかったからだ。しばしもの思いにふけった末にいう。

「どうしても人殺しはやりたくないものとみえるな、ならこうしよう。殺さずに気を失わせる程度になぐりつけて倒してしまえ。そのぐらいまでならできるだろ?」

「だけどほんとうに死んじまったらどうするんでやす?」

「だから相手が死なないように加減をせにゃならん。だからといって、あまり手加減が過ぎると自分のほうがやられちまうんだから、一撃で決めなきゃならん。わかったな?」

厳しい口調で晩浩がいった。

「へい、もちろんですとも。生きるためでやすから、それぐらいのことはやらせてもらいます。して、指揮官どのはどうなさいます?」

「先にあんたが芝惠を連れて抜け出たら、わしがあとの連中を連れて帰ろう」

晩浩は丘にさしかかったところで黄岩に荷物を降ろさせた。そして、食料を半分程度捨てさせたのである。

「食い物がたっぷりあるから補給闘争に行かない、なんてことになるとたいへんだからな」

いま晩浩がもっとも憂慮しているのはこの点だった。じっさい彼らが予定通りに動ごかなかったら計画ははなからつまずいてしまう。

不安を抱えたまま学校へ戻ってみると、予想外の事態となっていた。いつもとはずいぶんようすが違う、うんうんうめく声が芝恵のいる辺りから聞こえてくるのだった。暗くてなにも見えはしないのだが、なにか尋常ならざることが起こっているのにちがいない。

「なにがあったんだ?」

低いがするどい声で晩浩が訊いた。が、だれかが糞を垂れたのかいやな臭いが鼻を衝くばかりで、こたえる者はいない。

「なぜだまってる? なにがあった?」

かさねて訊くと、臭いを放つ張本人とおぼしき者がぽつんと、「この女《あま》が狂っちまったみてえだ」といった。

晩浩はあたふたと芝恵のそばに這い寄り、彼女を抱き起こした。手足は身じろぎもできないように縛られ、口にもタオルを噛まされているではないか。

タオルをはずすと、ほっと息を吐くのと同時に芝恵が金切り声を上げる。と、何人もが当惑したような声を上げた。

「上官どの、気は確かなんですかい?」

「なにをいってる、くたばりかけてる者を放っておけるか?」

「もともと殺しちまうべきだったんだ」

やにわに晩浩は芝恵の口をタオルでふさぐ。

身をよじってのがれようとする芝恵。そうはさせまいとしっかりと抱きしめる晩浩。痩せ細った肩の骨と枯れ枝みたいに浮き出た肋骨が、いまにも折れんばかりに彼の手を圧迫する。ほとんど肉のない女の体が、これほどいじらしいものであるとは。横から黄岩が手を伸ばしてきたので彼に芝惠を任せた。

黄岩はおいおい泣いた。状況が切迫してきているのを感じないわけにはいかない。なおも芝惠があばれるのならいっそ自分の手で殺してしまうほかはない、とも思う。しかしながら、投降を目前にひかえたいま、それはあまりにもつらいことだし、残酷なことだった。したがって、なんとしてでも明日あさってまでは、この状態をたもっていなければならないのである。

「たわごとをいってる場合じゃないでしょ？　そいつのためにわしらが死ぬかもしれないんですよ」

「わかってるさ、そんなことぐらい。おまえたちは自分の欲望をみたしておきながら、いまになって殺そうってわけか？　だれのためにこの女がおかしくなったのか考えてもみろや」

「ブルジョアの滓みたいなもんじゃないか……こんなやつがおかしくなるのも当然の報《むく》いさ」

晩浩は腹立ちを抑えることができない。

「だれの娘だかしらないのか？　おまえたちの指導者だった孫石鎮の娘じゃないか」

「わかってますよ、そんなこと。反動で処刑されたんですよ、あの人は。ふふーん、してみると、上官どのもその口なんですかね」

「なんだと？」

晩浩は銃にかちっと弾をこめた。

「わしはいままで自分の国で革命闘争をやってきたんだ。そんな侮辱はがまんがならん。殺されたいのか、この野郎。なんの根拠があってそんなことをいう！」

「抑えて、抑えて。こんなところで銃をかまえてどうするつもりなんです？」

共匪のひとりが銃を奪おうとした。晩浩はその手を台尻で払う。

「じゃまするな。もはやこうするしかない。指揮官の命令も聞かずに勝手なことをやるんならわしの職権で殺してしまうぞ。どうやらわしを疑っているようだが、そんなことでどうして心をひとつにしてたたかえよう。さっきいい加減なことをぬかしたやつ、出てきな！　聞こえんのか！」

「声が大きいです。落ち着いてください」

晩浩の怒りの激しさに共匪の面々はとまどったのであろう。

「落ち着けだと？　なにいってやがる。こうなった以上、おまえらがわしを殺すか、でなけりゃおまえらをぶっ殺してやる」

「すまなかった。ゆるしてくださいよ。韓同志、上官にあやまれや」

場の空気が静まりかえると、韓東周らしい者が這いよる気配がみてとれた。

「おまえがいったのか。こっちへきな、下司野郎！」

晩浩はところかまわず韓東周を殴った。荷物を運ばせるために拉致されてきたやつが、近頃生意気な口を利くようになってきており、それでなくとも不快感が高まっていたこともあってか、この機会に怒りが爆発したのである。日頃おとなしい人物らしからぬ激しい振る舞いに、韓東周は恐怖に身を震わせ卑屈に頭を下げた。

「ひっ、上官どの、ゆ、ゆるしてください」

「こんちくしょう、てめえみたいな野郎はぶっ殺したっていいんだぜ！」

周りの者から止められなかったら、本当に殺していたかもしれなかった。それほど興奮して自制心を失っていたのである。部下の面々は、晩浩の怒りが静まるまで息を殺して見守っていた。これまで彼をあなどっていた連中も見方を一変させたものとみえる。晩浩は落ち着きを取り戻したあと、語調を変えていう。

「ちょいと聴いてくれないか。いまのこんな状況でだれかが邪魔だからといって殺しちまったりなんかすりゃ、たがいの間に不信感が広がって同志愛もなくなるし、つまるところが仲間うちで殺し合いになっちまう。さっきは切れちまったがな、わしは芝恵を殺そうなんて考えはこれっぽっちもない。正気に返ってくれたらいうことはないが、そうでなくても殺そうなんて思わんさ。ああして口をふさいでおけば声を出す心配はしなくていいだろう。その状態で死んじまったらしようがないけど、横から手出しをするんじゃないぞ。孫石鎮が処刑されたとしても、長らく苦労をともにしてきた同志だったじゃないか。その娘をなぐさみものにしてきたことだって大きな罪だいうのに、いまになって狂ったといって殺しちまったりすりゃ、それでもわしらは人間といえるのかね?」

口ごたえする者はいなかった。いまや晩浩の指示に従おう、といった意思が彼らの目に表れていたのである。

「だいいちこの女《こ》は、きみらのためにこんなふうになっちまったんだ。みなが心をひとつにし、責任をとって看護しなけりゃならん、だのに殺そうなどとするのは、とてつもなく罪つくりなことだ。そんなまねはやめようじゃないか」

「いうとおりにやりますよ。だけどもし、この女が大声を上げたらどうすればいいんです?」

「しっかり監視していればすむことだから、心配しなくたっていい。ましてやいまは夏休みに入っているんだから、さして危険でもあるまい」

「いつまでそんな状態を続けりゃあ?」

「なにも狂ったわけじゃなく、衝撃を受けたためなんだから、気持ちが静まればよくなるさ」

晩浩は芝惠の額に触れてみた。火のように熱い。手の位置をずらせてみてもおなじこと。濡れタオルで顔をぬぐってやる。このまま放っておいては危険なことになりそうだ。そうはいっても非常薬もなく、病院や医者などは想像すらできないことだった。彼女は気を失ったのか、身じろぎひとつしなくなっていた。晩浩は芝惠の頭をなでてやろうと手を伸ばしてみたのだったが、ひさしく洗髪することもなく髪を梳くことすらなかったために、指に髪の毛が引っかかってならない。彼女が窒息しないように手足の縄をほどいてやった。で、黄岩と一緒に彼女のそばに坐り、夜通し看護したのである。彼女は死んだように眠りつづけた。

そして朝、目を覚ました彼女は周りを見まわすと、口を大きくあけて叫び声を上げようとした。驚いた晩浩はとっさに彼女の口をふさぐと、その頬をぴしゃりと叩く。

「芝惠や、しっかりしろや、おい」

声を低めて呼びかけながら、力をこめて芝惠を揺さぶった。目を見開いてしばし見返してきたかとみるや、やにわに黄岩の懐に飛びこみ、涙を流すのだった。彼女が嗚咽にむせぶ間、口をひらく者とてなく、ただ黄岩だけがなぐさめの言葉をかけた。

「声を立てちゃだめだ。そんなことをしたらみんな死んじまう。静かにしなくちゃあ」

黄岩はしっかりと彼女を抱いたまま背中をとんとん叩いてやった。共匪の面々はそうした光景を敵意にみちた眼差しで眺めるのだった。

「正気に返ったみたいだからパニックをおこさないでくれ」

念を押すように晩浩がいうと、いいかえす者はいなかった。

その日は晩浩に指示されたとおり、黄岩は朝からなにも口にしなかった。芝惠のそばに腰を落ち着けたまま、一日中面倒をみてやっていたのである。

夜になっても黄岩が食べるのをこばむと、とうとう周りの者が反応をしめした。

「どうして食わないんだ?」

「食欲がないんでやす。頭がずきずきしやがるんで……」

黄岩は左右に頭を振った。

「どこか具合がわるいんじゃないか」

「こんなところじゃどうしようもない。自分で気をつけないと」

「まさか伝染病じゃ?」

みなが思いつくままにいう。晩浩は機会をのがさず
「これまで力仕事を一手に引き受けてきたんだからわるくもなろう。少し休ませてやれや」

といった。

その言葉にいささかの誇張もなかったわけで、だれもが口をつぐんだ。

夜が更けると晩浩は外出の準備をした。益鉉とは武装せずに青年団長と会う約束を交わしたものの、あまりにも危険であり、いつものように拳銃とナイフを携帯した。

どうやら雨も上がったものとみえる。明日までまる一日降らずにいてくれたらいいのだが。万一、明日の夜、雨が降っていたり、地面がぬかるんでいたりして出られなかったらたいへんなことになる。

晩浩がひとりで出ようとしても、以前のように疑いの目を向けてくる者はいなかった。ただ、

「ひとりだけでいいんですか？」とむしろ気づかってくれさえした。

「いいんだ。何人もが一緒に出るとやたら足跡を残すことになるだけだからわしひとりで行ってくる。飢えたくはないからな」

東の空では雲が晴れ、星がきらめいていた。おかしなことに晩浩はこれまでとは違って自分の行動に自信が感じられるのである。

なれた足取りですたすたと通りを歩いていく。雨があがったせいか、途中幾人もの村人と出会ったものの、不審の目を向けてくる者はいなかった。

曺益鉉の家の前までやってくると壁際に立ち、しばし周囲のようすをうかがった。もしやおかしな気配が感じられたなら、入るのはよそうと思っていたからだ。だが、そんな気配はみじんもなかった。

約束どおり、大門には鍵がかかっていない。晩浩は慎重に足を踏み入れた。益鉉の部屋から灯りが漏れてはいるのだが、益鉉の咳払いが聞こえてくるばかりであった。

まだ梁達秀はきていないのだろう。晩浩は床下に入り、寝ころがった。そして拳銃を抜いたまま待つことにしたのである。大門側からとぼとぼ足音が聞こえてきたのは、それから一時間ぐらい経ってからのことだった。晩浩は体を回転させて腹這いになった。で、耳をそばだてた。足音から判断してひとりにちがいないように思われるのだが、なんのためらいもない大胆な歩きぶり。

ややあって母屋の前で男は足を止めた。頑丈そうな足が晩浩の眼前に見える。

「おじゃまします」

床の上から野太い声が聞こえてきた。と、すぐに戸がひらき、益鉉が請じ入れるのだった。

「上がれよ」

「まだきてないのか？」

「こわくなったんじゃないのか？　はっは」

豪胆に笑いながら男は廊下に上がった。かなり体重があるのだろう、床板がぎしぎしきしむ。がたんと戸が閉まり、声が聞き取りにくくなっていく。

「武器は持ってくるなというから丸腰できたぜ」

「それでいい。ま、一杯どうかね？」

「いや、アカの大将がきてから一緒にやろう。だけどやつはくるんだろうか？」

「くるとも。かたく約束したからな」

「いったいどこに隠れていたって？」

「そいつはわしも聞いとらんね」

益鉉ははっきりといった。晩浩はもう少し待つことにした。

「ひとりものがさずに確保しなきゃならない……。そうなりゃ……しめたもんだが……」

なにか損得計算をしているような口ぶりである。晩浩はにわかに目の前が暗くなるような気がした。が、ここまできて引き下がるわけにもいかなかった。

「命の保証さえしてやればみんな投降するさ」

益鉉の声はいかにも確信ありげだった。

「あ、それならわしが保証するよ。うまくいいさえすりゃ全員が助かるさ。今日軍人はみな村から撤収して町へ行ったんだが、おそらくここ数日のうちに町からも出ていくだろうて。共匪といったってほとんど討伐されちまってるから、もう前みたいに処刑したりはせん。おとなしく投降するやつは調べたうえでとくに問題がなけりゃそのまま無罪放免さ」

晩浩の耳には、無責任なことを好き勝手にしゃべっているように聞こえてならない。

晩浩は床下からそろそろと這い出ていった。そして周囲に目を配ったあと銃とナイフを床下に隠し、こほんと小さく咳をした。とたんに室内での会話がと切れて部屋の戸ががらりとひらく。飛び出るように益鉉が姿を見せ、晩浩の手を引っぱった。

「さ、入れや。待ってたところだ」

晩浩は益鉉のあとについて部屋に足を踏み入れた。室内には国防服姿の男が坐ったままこちらにするどい目を向けてくるのだった。思っていたとおり大柄な体軀で、まるまると肥え太っている。つかの間、両者は目を合わせる恰好となったが、向かい合ったまま晩浩はそろりと腰を下ろした。しばらくは無言のまま見つめ合っていた。梁達秀は薄汚くてぼろをまとったような恰好の晩浩を見て、驚いていたのだろう。

「まずはあいさつから始めようや。この人がこの前話した青年団長の梁達秀氏だ。こちらが姜晩浩氏……。いずれもわしとは友だち同士ってわけだ」

曺益鉉がたがいを紹介したものの、当人同士は言葉も交わさなければ握手もしなかった。ふたりとも、ほとんど本能的ともいうべき敵対感にとらえられていたのである。

晩浩としては現在の立場が不利なために、まず頭を垂れるべきところだったろう。しかしながら、胸の奥から燃えあがる火のような敵対感を抑えることができなかった。両極端の位置に身を置いているうち、知らない間に憎悪と復讐心が体に染みついていたのである。梁達秀とて似たようなものだったろう。

益鉉はふたりの間で所在なさそうに坐っていたが、席をはずそうとして腰を浮かせた。

「さ、話し合っててくれ。わしは部屋から出てるから。酒はあそこに用意してあるから好きにやってくれ」

益鉉がいなくなってからも、ふたりはしばらく口をつぐんだまま向かい合っていた。なにから話せばいいのか、とまどっていたのかもしれない。

夜更けに人里離れた、とある家の薄暗い部屋のなかで、たがいに相手の命を狙い合っていたふたりの男が膝を突き合わせて坐っているところなど、想像もできないぐらいに驚くべきことだった。だからこそ両者の間の緊張は息づまるほどの高まりをみせていたのである。

気短な梁達秀のほうが先に緊張に耐えかねたのか、煙草を取り出し晩浩にすすめた。が、晩浩はかぶりを振った。

「そんなに警戒することもあるまい。酒でも飲みながらゆっくりと話そうや」

気持ちの高ぶりを抑えようとするかのように、そういいながら酒膳を引き寄せた。つまみは特別に用意したのだろう、幾種類もの料理が皿に盛られていて、芳醇な酒の香りが鼻を刺激した。梁達秀が薬罐《やかん》をとって酒を注ごうとすると、晩浩は手を振ってさえぎった。

「わしはやめとくよ」

「どうして？」

「ひとりで飲んでくだされ。こっちは酔って帰るわけにもいかんですからな」

「そうかね？　ならひとりで飲むとするか」

梁達秀はそれ以上すすめようとはせず、ひとり手酌で酒を飲む。まるで水でも飲んでいるようであり、相当に酒好きなのだろう。

「ひとりできたんでしょうな？」

「むろん。あんたは？」

かるく顎をしゃくって晩浩が訊いた。

「もちろんひとりできたさ。ざっと話は聞いてるが、ほんとうに投降するつもりなのかね？」

「そのつもりだ。命の保証さえしてもらえるのなら……」

「そいつはだいじょうぶだ」

「といったって？」

「そんな非常命令が出てるのさ」

「非常命令だって？」

「全羅南道地区の戒厳司令官命令があってな、投降してきた共匪に対しては審査を経たうえで釈放することになってるのさ」

その唇は分厚くてどす黒い色を帯びていた。酒を飲むたびに光を受けて、てかてかと光る。

「だれが審査をするのかね？」

「そりゃ最終審査は戒厳司令部でやるのさ。だがね……」

達秀はちらっと晩浩に目をくれてからいった。

「……わしの意見はたいてい聞いてもらえる。そうするしかないわけだからな」

晩浩はまじまじと相手を見た。

「というと?」

「軍人なんてものは討伐するのが目的でやってきてるだけだから、相手方の身元なんかについては、かいもくわかっちゃいない。だからわしらみたいな地元の人間、なかでも青年団のいうことを重視してくれるのさ。もしもわしらを通さずに軍人だけで決めちまうと、判断を誤る可能性が大きいからね。そんなことになったら危険だろ」

達秀の顔は酒がまわってきたせいか、赤みを帯びていた。

「わしが投降した場合、まずどこに連れていかれるんかね?」

「まず警察で調べを受けてから戒厳司令部へ行くことになるだろう。なーに、心配することなんてあるまい。形式に過ぎんのだから」

みかけとは違って緻密な思考ができるものとみえる。晩浩はふとつまらないことを訊いているのではないか、そんな思いがよぎった。戦時にあって他人に、それも敵とみなしていた相手に自分の命の保証を頼むことからして誤りであるかもしれなかった。じつのところ生死に関わる問題はこんな状況のもとでは誰にも断定できないことなのだ。生きるか死ぬかは直接当事者がぶつかってみなくてはわからないことなのである。いくら投降した共匪は殺さないように、との命令が出ていたとしても、そうした命令は末端の機関ではいくらでも取り消すことができるし、無視されることもあるものだからだ。だからといってだれに訴えればいいのか。ここまで考えが及んだところで心がさわぎはじめた。

ひとたび疑念が生じると、途方もなく飛躍してしまうものなのだ。始末して逃げてしまおうか、とも思う。やめるならまだいまのうちだ。益鉉の立場が困ったことになるかもしれないが、こちらは生きるためにはやむをえないことなのだから。とはいえこの期に及んでどこへ行けばいいのか。指の震えを隠そうとして晩浩は腕組みをして頭を下げた。

そんな相手の心中を見透かしたかのように達秀がいう。

「投降するなら早ければ早いほうがいい。この時期をのがすと困ったことになっちまう。そうなりゃ事情をくんでやったりすることもなく、みんな裁判にかけることになるだろうから……」

「わしらが安全だということを、なんらかのかたちで確約できないだろうか?」

晩浩の言葉に達秀は眉を顰めた。

「判子を押せというのかね、それとも血判書を用意しろとでも? そんなことが確かな保証になるのかね? ただわしの言葉を信じるしかなかろう。こういうことはたがいが信じ合うしかあるまい、疑いだしたらきりがないんじゃないか? わしらはいま、てまえの首をかけて膝を突き合わせているんだから、腹を割って話そうや。あんたたちが逃げようとしたって、もはや行くところもなかろうし、智異山にだって知ってのとおり隠れるところなんてない。すっかり掃討されちまってるから、どうあがいたってどうにもなりゃせんさ。わしのいうように早く手を上げて、生き直せばいいじゃないか」

反駁の余地はなかった。それにしても、すんなりと決心がつかないのはどうしたわけか。晩浩は弱気になっていく心の動きを止めることができなかった。

「わかってるさ。なにもかもうっちゃって平凡に暮らしたいんだが、そんなことができるのか……」

晩浩は下げていた頭をついと起こした。そして、「ともかくあんたを信じるよ」と、ほとんど絶望的な心境でありながらも断固とした口調でいった。

「よし。できるだけのことはさせてもらうよ。さっそくだけど、具体的な話をしようや。いまいるのは何人なんかね?」

達秀は目をぎらつかせて訊いた。その目を避ける晩浩。

「みなで十三人になるが、そのうち二人は民間人だ。そのひとりはこの村の人間であんたもよく知ってるはずだ」

「だれなんだね?」

「黄岩ってやつさ」

「あ、あいつか……春に拉致されたんだったな。よく知ってるよ。してもうひとりは?」

「冷谷に住んでたやつで韓東周という名だ」

晩浩は韓東周が民間人とはいうものの、ゲリラ活動に熱心なことも話そうとしたものの思いとどまった。あえてマイナス面をあげつらい、相手に負担をかけることもあるまいと考えたからだ。

「それにもうひとり、十八歳の娘がいるが、これも共匪とはいえまい」

「なら民間人なんかね?」

「そういってもいいだろう。あんたも知ってるだろうが、孫石鎮の一人娘さ」

「え、あの親玉のことか?」

達秀の目がまるくなった。

「そう」

「つかまえたやつらから孫石鎮のことは何度か聞いてはいるが。死んだというのは、ほんとうなんかね?」

「処刑されたのさ。反動とみなされて……。してそいつは夫人とは早くに死に別れてたから娘を連れて山へ入ってたんだ。虫の知らせでもあったのか、娘の世話をわしに頼んできてたのさ。だからその娘にはなんの罪もあるまい」

「名前は?」

「孫芝惠……」

続けて晩浩は自分も含めた隊員の名前とか出身地などについて、知ってることを話してやった。達秀はその内容を手帳に記していく。

「あんたの地位は?」

「智異山第十五地区人民遊撃隊の隊長だ。ほかの部隊はみんな死んじまって生きているのはわしらだけだろ」

「なぜ共産党にくみしたんかね?」

「その話をすると長くなりそうだから、またの機会にするとして、まずこれからのことを打ち合わせようや」

達秀はいささか不快な色を浮かべたものの同意した。

「そうだな。で、いま隠れてるところは?」

ためらいながらも晩浩はいう。

「学校の床下にいる」

「学校だって？　どこの」

「玉泉《オッチョン》小学校のことさ」

「玉泉小学校だって？」

達秀の目はまるく見開かれ、あんぐりと口をあけたまましばし呆然としていた。

「なんたるこった……」

ゆっくりと首を振った。そして
「気づかなかったとは、ちっ……そんな」

とひとりごとをつぶやいた。

「いったいいつからそこに？」

「一か月ぐらいかな」

達秀ははたと膝を打つ。

「それでか。あんたたちのしわざだったんだな。このごろやけに盗人による被害が増えていたんだが……あれがそうだったんだな。ったく、あきれたぜ」

上体を前後に揺すっていたかと思うと、たまらなくなったのかまた酒をあおった。晩浩は感情をあらわにしはじめた相手の様子を冷静に観察していた。

にわかに達秀は語調を強める。

「ついでだからいわせてもらうと、わしはな、親父が共産党に虐殺されてからアカのやつらを捕まえて殺すことをちかった男だ。親父がどうやって殺されたとおもう？　麗水反乱事件のときにつるはしで殺されたんだぜ。同じ村に住んでるやつらが世の中が変わったとみるなり、目をむいてやってきやがったのさ。親父の犯した罪といったって、日帝時代に巡査をやってたことと、少々田畑を持ってたことだけだった。それが罪だといってつるはしで刺し殺されたんだ。それ以来わしは……悔しくて歯ぎしりしたもんさ。アカのやつらは無条件につかまえて殺してやろうとな。そのとき親父に手をかけたやつらは、北へ逃げていったやつらを除けば、みんなつかまえて恨みを晴らしてやったんじゃ。だが、まだすっきりしたわけじゃない。といったって……きれいに恨みを晴らそうとすりゃきりがないし、親父も地下で目を閉じているだろうから、わしもちょいと休むことにしたのさ。あんたがこんなふうにやってきたのも、親父が寄こしてくれたんだろうて。この前みたいに、むやみなことをせずに温かく対処してやれ、とな。わしだってそのつもりさ。すんじまったことはすんじまったこと、これからのことが問題じゃないかね？　はっは。学校に隠れているのに気づかなかったとは、ほんとにわしも……」

達秀は酔っぱらったものとみえる。とろんとした目を晩浩に向けたかとみると、ひとりでけたけたと笑うのだった。晩浩は不安になり、不快な気分になったが、こらえるほかはなかった。

「お酒はそのぐらいにされたらどうですか。酔われましたな」

「わしが酔ったって？　はっは、そりゃほろ酔い気分にもなるさ。でもな、いくら飲んだってへべれけになることはない」

「ならけっこうだが……」

晩浩は言葉尻を濁した。と、だしぬけに達秀が晩浩の手を握る。

「縁というもんじゃないのかね。同じ民族同士が殺し合う必要がどこにある。以前はとくに考えることもなかったが、このごろとみに思うんだ。なぜわしらは同じ血が流れているのに殺し合わねばならんのか、となｏ そうは思わんかね？　はっは……そりゃあそうと、みんな投降することに話はついてるんかね？」

晩浩はゆっくりとかぶりを振った。

「いや、まだそこまでは。部下には切り出せなくって」

「なぜなんだね？　そいつはいったい？」

居住まいを正して達秀が訊いた。その姿を見てだれも酔っているとは思わないだろう。もしかして酔っているふりをしていただけなのかもしれない。

「わしの身があぶないからなんだ。彼らは投降したら殺されるものと思ってる」

「それは困ったもんだな。武器はみなが持ってるのかね？」

「みんな持ってるさ」

「何かいい手はないもんか？」

「それを相談するためにここまでやってきたわけじゃないですか。黄岩と孫芝恵はわしのいうとおりに動いてくれるんだが、あとの連中が問題だ」

梁達秀はしばし考えた末にこういった。

「しかたあるまい。学校を包囲して投降をすすめる以外には」

「こばめば？」

「射殺するほかあるまい。武器を持ってる以上、つかまえるわけにもいかんだろ」

「そりゃいかん。殺すのはだめだ」

晩浩は頑強に反対した。

なんでもないことのように口にした達秀のひとことに晩浩はいささか当惑を覚えたし、怒りがこみあげてもきた。なにも考えていないのと同じではないか。知らず声を高めていう。

「なんとしてでも殺さないですむ手立てを見つけなきゃいかん……対応を誤ると芝恵はもちろん黄岩の命もあぶない。むろんわしだって……」

「韓東周はどうなんだ?」

思わぬ方向に話がそれていった。

「話す機会がなかったもんでな。いってもきかんだろうが……」

「異なことをおっしゃいますな? 共匪でもないのに手を上げるのがいやだって?」

「わしとは相性がわるいもんで」

それ以上訊いてはこなかった。で、別のことを尋ねた。

「教室の下にひそんでいるといってたよな?」

晩浩は首をたてに振った。

「どこの?」

「正門から入ってすぐ左手の教室だ。二年一組の」

最も重要なことを確認し終えると、投降の具体的な方法の検討へと入っていった。先に意見をのべたのは晩浩だった。

「黄岩にはいいふくめてあることなんだが。明日かあさってには、わしがほかのやつらを連れて出るから、その間に黄岩が芝恵を連れて出ていくことにしてる。あんたかほかのだれかが外から黄岩を呼ぶのを合図にして」

「ならふたりはいいとして。ほかのやつらは?」

「補給闘争から戻ってくるときにわしが一番後ろにつくことにして、教室に入る前にこっそり抜けるつもりだ」

達秀が手帳に学校の図面らしきものを描くと、晩浩が指でしめしながらくわしく話した。

「最後の手段というやつさ、いいやり方だなんて思っちゃいない。わしの抜けたあとが問題だ。もはやわしにはどうすることもできなくなっちまう」

「そいつはわしに任せてくれ。で、あんたはどこへ?」

「宿直室へ行こうかと思ってるが……」

「そうしてくれ。完全に包囲しておくから」

「撃たぬようにいっておいてくれるんだろうな」

「もちろんだとも。うまくやってくれよ」

「あとのやつらはどうするつもりだ?」

この問題について晩浩は幾度も思案を重ねてきたのである。達秀は目をしばたたかせたあとでこういった。

「教室の床下にみんなが入っちまうと、閉じこめたも同然だ。こちらから投降をすすめてみよう。いくらすばしこいやつらでも、どうすることもできまい」

「いうとおりにしなかったら、どうするつもりなんだね?」

「しないわけなんてあるもんか。だろ?」

余裕のある口ぶりだった。

「結論が出るまでに何日ぐらい待つつもりなんだ?」

けわしい目つきで晩造が訊いた。が、達秀は落ち着きはらっていう。

「決まってるさ。もちろん手を上げて出てくるまで待たねばならんだろうて。包囲されているんだから、遠からず腹をすかしただけでも這い出てくるさ。飢え死にしたくはなかろうから」

「そんなにうまくいくかな……」

みじめな恰好で這い出てくるさまを想像してでもいるのか、達秀は妙な薄笑いを浮かべている。

晩造は彼らの思考方法を理解させようとして熱心にいった。

「連中がひとりずつ這い出て投降するなんてことは考えないでくれ。投降するならみんな一緒にするし、そうでなけりゃ死ぬまで抵抗するだろう」

「ほう、それほど同志愛が強いってことか? みてみようじゃないか」

達秀は笑みをおさめて奥歯を嚙んだ。

「そんな意味でいってるんじゃない。たがいに監視し合っていて、ひとりずつ投降することが困難な状況にあるんで、結果として団体行動を取るしかできなくなってる、てことさ」

「なら投降はのぞめないんじゃないのかね?」

「その可能性は大だろう。だけども包囲しながら辛抱強く説得を続けていけば変わってくるかもしれん。投降しないともかぎらんさ。いい方法はほかに浮かんでこないし、結局そうするしかないのだろう。すべてがあんたの手にかかってるんだから、うまくやってもらいたい」

「心配には及ばんさ。包囲さえしてしまえばおしまいなんだから。あんただって一旦抜けちまったら関係ないじゃないか?」

「関係がないと？　どうしてわしが無関係なんかね？」

「なら、どこまでも責任を負うつもりだとも？」

「責任を負うの負わないのといった問題じゃなく、なんとしてでも投降させて生きていける方法を見つけ出さなきゃならん、死んでしまえばなにも残らないんだからな。もしも……あくまでも仮定の話なんだが、あんたが彼らを殺そうとしたらだまっちゃいないぜ」

「投降する者がわしを脅すのかい。だまっちゃいないのなら、どうするつもりなんだね？　わしを殺そうとでも？」

達秀は肩をすくめながら晩浩を見た。

「かもしれぬ」

晩浩はためらいなくいった。とたんに達秀はからからと嗤《わら》う。

「いや、なんとも義理堅いことですな。あんたのいうとおりにしようじゃないか。で、いつやろう？」

「明日の夜に包囲すればいいだろう。孫石鎮の娘の具合がよくないんで一刻でも早いほうがいい」

「どこかわるいんかね？」

「ちょいと頭がいかれてるのさ」

「いかれてるって、狂っちまったのか？」

「そうなんだ」

「なぜそんなことに？」

「あんなところに女がひとりまぎれこんでいて正気でいられるかね」

晩浩は初めて達秀から煙草を一本受け取った。もうすべてを任したぞ、という信頼のあかしでもあったろう。だが、完全に不安感をぬぐいさることはできなかった。

「それもそうだな。で、明日の夜は何時にやろう?」

達秀はせっつくように訊く。

「時間を決めるわけにもいくまい。時間に追われているようにみえてはまずいからな。こうしようか。待機していてわしらが外へ出て村へ向かったら包囲してくれ。わしらが戻ってくる道は決まっているからばれる心配はなかろう」

晩浩は達秀の手帳に出入りに使う道筋を書いてやった。

「みんな一緒に戻ってくるのかね?」

「そうなんだ。ばらばらに散ってはいっても帰りは一箇所に集まって戻るのさ」

「うむ、なるほど」

達秀はうめくようにつぶやいた。

「明日の夜は村の警備をしないでいてくれないか。万一のことを考えて村人にいっておいたほうがいいだろう。あやしげなやつを見かけても知らないふりをしろ、とな。もっとも、すばしこいやつらだから心配するようなことは起こらんだろうが、もし見つけてもつかまえようとしたり、追いかけたりしないようにしてほしい」

「つまり好きなだけ盗らせてやれってこったな」

「そうだ。そうすりゃ全員無事に学校へ戻れるって寸法さ。ひとりでも面倒なことになったりすりゃ学校へは戻らずにばらばらになっちまうだろう」

「わかったよ。明日の夜は共匪の天国だな」

達秀は満面に笑みを湛えながら腰を浮かせた。そして晩浩に手を差し出した。

「じゃ、先に行くよ。明日はうまくやろうや」

晩浩は相手のなすがままに手を握らせていた。自ら仕組んだことに、いささか戸惑いを覚えていたのである。が、動きはじめたことなのだ。もう後戻りはできない。

達秀が出るのと入れ替わりに益鉉がやってきた。入るなり、「うまくいったな」といった。

「聴いてたのか？」

「部屋の外から聴いたよ。ふたりきりにしておいたもののどうにも落ち着かなかったものだから」

「外のようすはどうなんだ、人の気配とか？」

「そんなものはなかった。ひとりできたんだろう。なかなか肚のすわったやつだろ。少々単純なところもあるが……」

「聞くところによると麗順反乱事件のときに親父が殺されたらしいんだな。だから共産党を憎んでいるらしい。かなり人も殺してきたみたいだ」

「そうだったのか。わしも知らなかったな……」

益鉉は首をかしげるようなそぶりをした。別れ際、ふたりはしばらく握り合った手をはなさないでいた。

「うまくいくさ」と益鉉が声をかけると、晩浩は涙に潤んだ目を向けるのだった。

「どうかするともう会えなくなるかもしれんのだな。ともかく世話になった」

「こいつ、なにをいいだすやら。こんなときに疑ぐってどうする。うまくいけば、明日にでも会えるじゃないか」

「ならいいが」

益鉉のしめしてくれた友情は、涙が出るほどうれしかった。もしも益鉉がいなかったとしたら、これほどあっさりと投降に踏み切る決心はつかなかったろう。

晩浩は大門から出ていくなり空を見上げた。ふたたび厚い雲がひろがりつつあった。西の空にいくつかきらめいていた星もすぐに見えなくなっていく。もしも明日の夜、雨が降ったりすればおおごとだ。

雨が降ったら補給闘争には行こうとはしないだろう。だからといって強制するわけにもいくまい。危険を承知のうえで命令にしたがうわけもなく、あまりそのことにこだわりを見せるとこっちが疑われるかもしれないのである。

なにかいい手はないものか、そんなことを考えながら夜盗のようにそそくさと夜道を急いだ。ときおり周囲に目をはしらせてみてもなんの気配もなかった。学校へ戻るとすぐ芝恵の容態をみた。手で顔のあたりをなでるように触れるとまた猿轡をかまされていて、顔は火のように熱かった。

「またわめいたのか?」

黄岩をつかまえて訊いた。

「へえ、あぶないところでした。村人がとおりがかったときに大声を出しかけたもんで」

その言葉がとぎれるのを待っていたかのように共匪のひとりが感情を抑えていう。

「わしが黙らせなかったら、たいへんなことになっちまってましたよ」

それまで黙っていた共匪たちもつぎつぎに抗議してきた。ともかくこの場はおさめなければならない。晩浩は脂汗を流した。

「今回は見逃してくれ。明日もまたそんなことになるようなら、なんらかの手を打とう」

「約束してくれますね？」

もううやむやにはさせないぞ、といった意気ごみを見せていた。

「わかったよ。しようがないじゃないか」

絶望に取りつかれたような沈んだ声でいった。そのくたびれた目は明日というよりは、身近に迫ってきた危険に向けられていた。晩浩が持ちかえったものを取り出すと、だれもが食べることに夢中になり、さざめきがおさまっていくのだった。

ここ数日、晩浩ばかりが補給闘争に出かけていることに後ろめたい気がしたのか、そのうちのひとりが、「明日はわしらも出かけてたっぷりといただこうじゃないか。指揮官ひとりに任せるわけにもいくまい……」といった。

すかさず晩浩がいう。

「立場からして、それぐらいのことはやらねばならんだろうさ。こんな状況にいるわけなんだから協力し合わないと生きてはいけまい。明日の夜あたりはみなで行こうかと思ってたところだったが……やってみようか。このごろ警備のほうも手薄になってきてるようだし。もう討伐軍もほとんど撤収してるんだろう、以前よりもうんと楽になった。もうゲリラ部隊はいないものと思ってるんだろ」

「なら明日はみんなで行こうぜ。でも雨ならどうします？」

「むしろ雨が降ってくれりゃ、足跡を消してくれるからいいあんばいだ。教室の廊下の足跡さえきれいに消しておけば、心配することはあるまい」

晩浩はどうしてもみんなで行きたがっているのだと思われないように、声の調子に注意した。思いどおりの展開。あまりにもあっけないぐらいだ。ともかく晩浩はほっとした。

暗がりのなかで手さぐりをして晩浩は黄岩の手をしっかりと摑んだ。そして意味ありげにかるく振ってみせる。黄岩もうなずく代わりにその手を握り返すのだった。

翌日は朝から雨だった。始めはしとしと音もなく降っていたのだが、昏れ方から勢いを増していった。

黄岩は約束したとおり二日間なにも食べないでいた。蝦《えび》のように横たわったまま、ときおり小さな声でうめいていたのである。愚鈍ながらも、いざというときには機転を利かせるすべを知っているようだ。共匪の面々はそんな黄岩に目を向けながらしゃべりはじめた。

「ほっておいていいのか？　もう二日間なにも食べていないようだけど……」

「しょうがねえさ。自然に治るのを待つしかなかろう」

「わしらだけで行くしかあるまい」

どうやら黄岩を連れていくのをあきらめたものとみえる。

「黄岩は具合がわるそうだからここに残って芝恵の番をしていりゃいい」

そこで晩浩がそういうと、だれもなにもいわなくなった。銃を分解して錆を落としたり、弾をこめたりして、もくもくと出かける準備を始めだしたのである。

「弾は残り少なくなってるから、大事にしてくれよ」

そんなことまで晩浩はいった。

だがしかし、とっぷりと日が昏れたところで困ったことが起こった。民間人の韓東周が腰を上げようとはしなかったのである。

「どうかしたのか？」

恐る恐る晩浩が訊いた。黄岩以外にだれかが残るなどという事態は、まったく想定していなかったからだ。

「腰が痛くて」

東周は身をよじりながら、いてっ、とうめく。

「な、なぜ急にそんな？」

「おととい上官どのになぐられたところが痛むんでしょ」

共匪のひとりが東周をかばった。

「それぐらいがまんしろや。歩くのも無理なのか？」

「だめですな。坐れるかどうかもわからんぐらいですから」

東周はいっそう顔をしかめてみせた。大袈裟な言い方であるのは見えすいているが、まったく痛くないわけでもなさそうだ。

「ならあんたも残ってろ。だけど自分たちだけで逃げ出そうなどとは思わぬこったな」

「いや、そんなやつじゃない。黄岩だけよりも安心じゃないですか」

共匪のひとりがそんなことをいいだしたので、晩浩はむしろよかったと思ったぐらいだった。民間人を監視なしで置いていくのは危険だからといって、共匪のひとりが残ることにでもなったら、計画は水泡に帰し、こっちの命まで危うくなりかねないからだ。

が、危険が去ったわけではなかった。拉致された民間人とはいえ、ためらいなく共匪以上に残忍な行動を取ってきた反逆者が、いまさら黄岩と一緒に投降する可能性のあるわけもない。だとしたら、問題は果たして黄岩がこの男に邪魔されずに投降できるのか、という点だ。万一、黄岩がしくじったらやはり危険な状況になろう。どうしよう、どうすればいい……。ときは刻々と近づいてくる。もう後戻りはできない。死ぬも生きるも今夜決定するのである。こうなってしまった以上、すべてを運命にゆだねるほかはないではないか。もう考えるのはよそうと頭を強く左右に振った。

ややあって、三人を除き十人の共匪が教室を抜け、雨の降りしきるなかを出かけていった。晩浩は学校の周辺にするどい目を走らせてみたが、包囲されているような気配はなかった。

水かさが増していたため、彼らは川を渡らずに往来へ出た。集結場所である松の木の下までくると晩浩は共匪のひとりと組になり、一行と別れるのだった。

葉叢《はむら》を叩く雨音と犬の吠える声以外には深い静寂に包まれていた。いくら雨脚がひどくても夏の夜には遅くまで村人の行き来が途絶えることはなさそうなものだが、戦争が始まってからは雨が降る夜には外出を避けるようになったのである。

晩浩の組はびしょ濡れになりながらも、瓦屋根の家に忍びこんでいった。そしてあちこち物色したあと倉庫に入り米を持ち出した。その途中でへまをやり、がたんと音を立ててしまったのだが、とくにあやしまれることもなかったようだ。梁達秀が一軒一軒いいふくめてまわった結果なのだろう。

晩浩としては今度の補給闘争が最後であり、かたちばかりのものだったので、そもそも無理をしてまで成果を上げるつもりはない。うまい具合に同行の共匪も欲を出さずいてくれたので、米袋一つだけで集結地点に戻っていった。しばらく待つとほかの面々も集まってきた。だれもが降りしきる雨に打たれながら重い荷物を背負っていた。

「ごっそりいただいてやったぜ」

「これだけありゃ、しばらくはもつだろ」

「でも、少しおかしいとは思わないか？　ちっとも警戒してないんじゃないか？」

「そりゃそうだろう。もうわしらはいないと思ってるんだろうから」

「こんなちっぽけな村なんてまるごといただいちまおうか。支署に手榴弾を二、三発放りこんでやりゃあすむこった……」

「おりをみてやってみようや」

収穫に満足した彼らは好き勝手にしゃべっていた。晩浩だけは話の輪に加わらず口を閉ざしていた。喉がからからに渇いているのだろう、しきりに空唾を飲み、脈が激しくなっていく。

収穫物をほぼ均等に分け持って、ついに出発のときがきた。晩浩は一番あとからついていった。学校へ着くまでむっつりと黙りこくっていた。死ぬことになるかもしれないところへ向かってなにも知らずに進んでいく部下の後ろ姿を見ていると、ひたすら哀れに思えてきて気持ちが沈んでならなかったのである。一緒に投降してくれたらいうことはないのだが。そうすればひとりの犠牲者も出さずに全員が生き残れるだろう。いかなるイデオロギーよりも人間の命のほうが貴重だということがやつらにはわからないのか。イデオロギーのために自分の命を犠牲にするとは……。

運動場に入っていきながら晩浩は屠殺場へ向かっているような気がしてならなかった。学校は雨に打たれ闇に包まれている。その至るところに獲物を狙う目が光っているのだと思うと背筋が冷たくなっていく。と同時に、芝恵と黄岩はどうなったのか、気がかりでならない。

雷鳴とともに稲妻が走る瞬間、智異山の壮大な姿が浮かんでは消えていく。山は大地を覆いつくしてしまったかのように黒い翼を広げていた。

一行が先に教室に入っていくと、晩浩はこっそりと列から抜けて宿直室に向かっていった。走れ、早く走れ、と心のなかで叫びつづけていたものの、あわてずに歩を運んだ。わずか二、三分のことだったろうが、長く感じられてならなかった。

ほどなく宿直室の角まできたところで、

「だれだっ？　手を上げろ！」

低いがするどい声が行く手をさえぎった。晩浩はぎくりとし、両手を上げた。と同時に暗がりのなかからどっと男たちが現われ、晩浩を取り囲んだ。

「だれなんだ？」

彼らは確認しようとするかのようにもう一度訊く。

「姜晩浩さ」

「しばらく、じっとしててくれ」

男たちは暗闇のなかで、すばやく所持品を検《あらた》めると晩浩の手首に手錠をはめた。

「おい、なんのまねだ？　梁団長はどこにいる？」

「ごくろうだった。形式上こうするだけなんだから、不快だろうがちょいとばかり我慢しててくれ」

声から察するに梁達秀にちがいなかった。押しのけるようにしてやってくると晩浩の肩を叩いた。

「なかにいたものはどうなった？」

早口に晩浩が訊いた。

「全員無事だ。くわしいことはあとで話すよ」

手短にこたえると、達秀は晩浩を連れて二年一組の教室へ向かっていった。いつの間に現れたのか、かなりの数の人員が暗闇のなかで雨に打たれながら、建物を包囲していた。晩浩は達秀の間近にきて、「警察なのか？」と訊く。

達秀はそうだとこたえた。

彼らがその教室に着く前に突然その方角から銃声がひびく。幾度か周囲を揺るがせると、約束でもしたかのように音が止《や》んだ。と、怒鳴り声が聞こえてきた。

「おまえたちは包囲されてる！　みんな投降しろ！　投降したら命は保証してやろう。さもないと射殺する！」

投降をすすめる声が繰り返し聞こえてくるが、共匪からなんの反応もない。

「どうしたんだろう？」

わけがわからなくて晩浩が訊いた。

「支署の主任が指揮をしてるんでな」

「主任はどこにいる？」

「ついてきてくれ」

達秀と晩浩は運動場へと戻っていき、大きな古木の陰に飛びこんでいった。すでに何人かがひそんでいた。

「主任だね？　団長だ」

そういうと、主任とおぼしき男が近づいてきて晩浩を凝視した。

「この男かい、姜晩浩というのは？」

「そのとおりだ」

達秀がこたえる前に晩浩がこたえた。

「ごくろうだったな。わしが支署の主任だ」

手錠をはめた晩浩の両手を力強く揺さぶった。背丈は低いが、肉付きのいい男だ。主任は申し訳なさそうな顔をしながら晩浩の手錠をはずしてやる。

「できるなら、ひとりも傷つけることなく投降させてもらいたい」

哀願調で晩浩がいった。

「わかってるさ。そうしたいのはやまやまなんだが、相手がどう出てくるか、だ」

「さっきの銃声はどこから出たんです？」

「教室の床下からだ。やつらの武装の程度は？」

「機関銃が二挺あって、長銃は各自一挺ずつだ。といっても弾丸はいくらも残ってはいない。わしが説得してみよう」

晩浩は共匪のひそむ教室に近づいていった。排気口のところまでくると壁に体をぴったりつけた。そして深呼吸をしてから声を張り上げていう。

「聴いてくれ！　わしだ！　姜晩浩だ！　話はつけてあるから銃を捨てて投降しろ！　そうすりゃ、命は保証されるんだ」

と、排気口で銃声が炸裂した。

「うるせえ！　この裏切り者め！　早くに片づけておくべきだったぜ！」

「どうか聴いてくれ！　投降するんだ！　射殺される前にそうしてくれ。こんなところで犬死にしたってはじまらん！　世の中が変わったんだ」

が、憎悪にみちた悪態しか聞こえてはこなかった。そしてその声もしばらくすると途切れてしまうのだった。いくら晩浩が言葉をかけても、妥協する気はないのだろう、一切こたえなくなったのである。晩浩の胸は張り裂けんばかりに痛む。過去はどうであれ、苦楽をともにしてきた部下の命を救えないのか、そんな思いにかられ悲哀を感じないわけにはいかなかった。

「夜が明けるまで待ってみようや」

梁達秀が欠伸をしながらいった。

晩浩はかなりの間、雨に打たれていたために顎の先がぶるぶる震えていた。頭がずきずきするのは熱があるからなのだろう。

「はやく孫芝惠を病院に連れていかなきゃならない。あとのふたりは無事なのか？」

「それがなあ……韓東周も重体なんだ」

「どうしたんだ、いったい？」

「黄岩にナイフで刺されたらしい」

「ひどいのか？」

「重体ということだから。病院へ運ばれたそうだけど、どうなったのかまではよくわからん。わき腹を刺されてかなり血を流してたが……」

「東周が投降をこばんだので刺したんだろうて。わしがそう指示していたから」

晩浩は深呼吸をした。しばし口をつぐんでいた青年団長は、にわかに声を高めて訊いた。

「どうして投降したがらないんかね？　民間人なんだろ？」

こうなった以上、隠したってはじまらない。黙っていたら黄岩の立場が不利になってしまう。

「民間人とはいっても、もともと共産主義に染まってたみたいだった。だから投降しようとはしなかったんだろ」

それを聞いた主任はぺっと唾を吐き捨てていう。

「けしからんやつだな。アカのやつらよりもタチが悪い……。そんなやつは放ったらかしておけばいいのに、なぜ病院なんかに？」

「といったって、まずは助けなきゃならん。調べをすませたうえで処分すりゃあ……。おかしなことになっちまったもんだ」

腹立たしそうな口調で達秀がいった。

彼らが木陰に立っている間に、いつしか夜が白んでいった。降りつづいていた雨もほとんど上がり、ときおり小雨がぱらつく程度である。共匪のひそむ教室は国防服を着た警察官に二重三重に包囲され、ネズミ一匹這い出るすきはなかった。

運動場の周りにはいつの間にやってきたのか、野次馬が集まってきており、ものものしい光景を遠巻きに眺めていた。警察官と青年団員が追い払おうとするのだが、時間が経つにつれ増えていく一方だった。

すでに相当な時間が経っていたのである。が、教室の床下からは物音ひとつ聞こえてはこなかった。

「八時まで待ってやる。それまでに投降しなかったら全員射殺するぞ！」

拡声器を使って威圧的に説得を続けていたが、共匪からはなんらの反応もない。緊張が続いており、もうこれ以上は耐えられない状態になってきていた。

晩浩は体をぶるぶる震わせ、咳が止まらなくなっていた。風邪をひいたのだろう、頭もずきずきした。

ややあって、雨はすっかり上がり、少しずつ晴れ間が広がっていった。ほどなく眩しい陽射しに輝く智異山の山容が姿を見せるのだった。雨に濡れた山頂はみずみずしいばかりに輝いている。それを眺めながら晩浩は希望と絶望が交錯するような、妙な気分を味わっていた。

「待つのはきっかり八時までなのかね？」

咳をしながら晩浩が訊いた。主任はしびれを切らせたような目を教室に向けていた。

「といったって……いつまでも待つわけにもいかんだろ？」

すると、もう限界だ、といった口調で達秀が、「もう少し待ってみて、だめならしょうがあるまい。突入しようや」といった。

それはいかん、と晩浩が抗議する。

「一日で足りなけりゃ、二日かかっても待たねばならん。九人の命がかかっているじゃないか。ことを急ぎ過ぎると、むしろ逆効果になるんじゃ……」

晩浩が言い終えるよりも前に、達秀がどら声を張り上げた。

「莫迦なことをいわんでくれ。ひまを持てあまして、ここでわしらが夜を明かしているとでも思っとるんかね。これだけ待ったら充分だろ。まだどれだけ待たせるつもりなんだ。手を上げようともせずに抵抗するやつらなんかを生かしておく必要なんかあるもんか。八時まで待って出てこなければ射殺だ」

みなの視線がいっせいにこちらを向いた。萎縮していく自分を奮い立たせながら晩浩がいう。

「どうしてそんな。約束が違うじゃないか」

達秀は目を怒らせた。いまや権力者としての意識を露骨に表していた。

「あんたは黙ってくれ。手を上げるやつは助けてやるとはいったがね、あんな反抗的なやつらまで助けるとはいってないぜ。ちょいと、主任さん、この男を先に支署へ連れていってってくれないか」

主任はいささかためらいをみせた。

「やつらを説得させるにはこの人がいたほうがいいんじゃないですかな？　もう少し待ってみようや」

そして晩浩のほうに視線を移していう。

「わしらが判断すべきことだからあんたは見ているだけでいい。いくら約束だといってもこんな状況なんだから、配慮をさせてもらうぐらいがせいぜいで絶対にそうする、というわけにもいかんだろ。もうわしらの手のうちに入ったのだからわしらに任せてくれないか。できることならひとりだって殺したくはない」

主任のいうことのほうがもっともだと晩浩は思った。自分の立場もかえりみずに、口をはさむことからして愚かというほかはない。そういわれて晩浩はぷっつり口をつぐんでしまった。

雲がすっかり晴れると太陽がぎらぎらと輝きはじめた。晩浩にとっては陽射しを浴びるのは久しくなかったことなので、直射日光にさらされたとたん、視野が白くなりめまいにおそわれた。しばらくの間、目を閉じていなければならなかったほどなのである。

ややあって、恐る恐る目をあけながら、それまで失念していた自身の姿に気づき、恥ずかしくてならなかった。

服はずたずたに破れて肌が露出しており、久しく洗ったことのないその肌も垢だらけだったのである。そのうえ髪と髭は伸び放題であり、いかにも犯罪者といった印象を強めていた。野次馬の目はもっぱらそんな彼の姿に向けられていたのだった。野獣のなかでもとりわけ異様な獣を見ているかのように。

晩浩は隠れるように木陰でしゃがんだ。寒気はおさまったものの、頭痛はおさまりそうもない。また拡声器から声が流れ、投降をすすめる警察の説得が続けられていたが、共匪たちは物音ひとつ立てようとはしなかった。いっさいこたえないことに決めているのだろう。

警官のひとりが排気口のそばに拡声器を置いた。そしてコードの端についたマイクを木陰に立つ主任に手渡すのだった。

主任は呼吸を整え、いかめしい口調でいう。

「八時十分前だ。さっき警告したように八時までは待ってやる。万が一、それまでに投降しないなら全員射殺する」

続いて梁達秀がマイクを摑んだ。

「わしは青年団長だ。八時までに出てこなければ手榴弾で爆破してやる！」

とたんに、教室の床下で銃声が一発ひびく。かたくなな拒否の意思表示である。

達秀は怒鳴りちらしていたものの、のれんに腕押し。最後には晩浩にマイクを渡した。

「もう一回いってみてくれ。任せるぜ」

こみあげてくる感情を抑えようとするあまり、晩浩の声は涙まじりになっていく。

「姜晩浩だ。みんなに最後のお願いだ。どうか手を上げて出てきてくれ。家族に会いたくはないのか？　投降したら間違いなく生きていけるんだから、いっしょに生きていこうや。頼む。迷うことはない。反対する者がいるのなら、そいつを殺してでも出てくるんだ。見てのとおり、わしはぴんぴんしてるじゃないか。わしのことを裏切り者などとは思わんでくれ。わしらの過去が罪悪に染まっているのだとしたら、いつまでもそんな過去にとらわれる必要はなかろう。わしらにはのぞむところで生きる権利がある。もういっぺん考えてみてくれ。生きていけるというのに、なぜ犬死しようとするんだ？　ひとの命はだれであれ、一人ひとりのものなんだから、他人のために自分の人生を破滅させないでくれ」

「やかましい、このやろう！　犬畜生め！　悪霊になってでもおまえを殺してやらあ！」

銃声がひびく。晩浩に裏切られたことではらわたが煮えくり返っているのだろう。

八時が過ぎると、とうとう射撃命令が出た。学校を包囲していた機動隊は待ちかねていたかのように目標に向かって銃を撃ちはなった。銃は二年一組の教室の床下に集中して発射されたために、発射音と銃弾が壁にぶつかる音とが共鳴して、雷鳴さながらのすさまじいひびきが続く。共匪のほうは排気口からしか射撃できないため、反撃はほとんど封じられたにひとしかった。

警察が射撃を止めた瞬間、共匪のひとりが窓から姿を現した。窓から外に跳び出ようとして窓框に片足をかけているのである。警察の面々は緊張しながらその様子を見守っていた。そのとき教室側から銃声がした。その共匪は窓から運動場へとどさりと落ちていった。

「投降者だ。掩護射撃しろ！」

主任の命令により、再び教室の床下に向けて激しい射撃が始まった。呼びかけに従おうとする共匪の掩護射撃だからなのだろう、さっきよりも勢いがあった。

仲間から撃たれた共匪はなんとしてでも生きようとするかのごとく、血を流しながらも運動場を這って教室から離れようとしていたのである。しかしながら、運動場の半ばも進まないうちにぐったりとのびてしまった。機動隊員がはげますものの、もうそれ以上は動けないのだろう。やにわに機動隊員ふたりが飛び出し、掩護射撃を受けながらその共匪を引きずっていくのだった。が、血まみれですでに虫の息をしていた。

「ぬけ出ようとして撃たれたもようです」

機動隊員がいった。

「こちらの弾が当たったのか？」

「違います。出ていこうとして仲間に撃たれたんです」

「ひでえやろうどもだな。投降できなくするために撃ち殺そうとするなんて」

主任は腹が立ってならないのか、頬を紅潮させていた。

晩浩は共匪の顔にかぶさった髪をなでてやる。二発の銃弾が背中から胸に達したようだ。共匪はかっと目を見開き晩浩を見つめていたが、それもつかの間、そのまま事切れてしまった。目を閉じたその顔は、まだ童顔の面影を残していて、安らかに眠っているかにみえる。まつげの先に光っているのは涙の粒なのだろうか。涙を堪《こら》え切れなくなり、ついと視線をそらせてしまう晩浩だった。

「いかんな。爆破してしまおう。投降しようとしたら撃ち殺してしまうのだからな、あれじゃその気があったってどうしようもなかろう？　こうなりゃひとり残らず死んでもらうしかあるまい……」

達秀は腰に手をあてがい、断固としていった。

「だからといって教室をこわさなくたって……」

主任は気に入らないようだった。

「こわれたら直せばいいじゃないか。そんなことは問題じゃなかろう」

「さあて、ともかくもう少し待ってみようや」

ふたりが言い合っているとき、突如教室の床下からもうもうと煙が上がった。

初めは排気口からだけだった煙は、ほどなく教室の床の隙間からも漏れ出ていくのだった。指示が出るのも待たずに人々は水をもとめた。野次馬たちも力を合わせて鎮火作業に没頭していったのである。火をつけた共匪が悪あがきを始めたのはこのときだった。火を消そうとしてやってくる人々に向かって、だれかれかまわずに発砲しはじめたのである。その銃弾を受け三人が倒れた。いきおい、だれも校舎に近づこうとはしなくなった。ただ、悪態をつきながら遠巻きに眺めるだけだった。

黒いけむりは煙幕を張ったようにみるみる校舎を覆い隠し、空に向かって立ちのぼっていく。黒煙の間からは真っ赤な炎が飛び跳ねているのがみえる。太陽、雨上がりの澄みきった空、そして人々のさざめき、銃声、それらのものすべてがあたかも炎が勢いづくのをうながすかのように渾然一体となっていた。

晩浩はことの展開に唖然とし、その場に釘づけになってしまったかのようだ。なにかいわなければ、そう思いながらも、思考が停止してしまったのか、いうべき言葉が見つからない。ただ無性に暑さが感じられるだけだったのである。

愕くべき事態が起こったのはこのときだった。全員焼死したものと思われていた共匪が煙をかき分けるようにして現れたのだ。煙で視野がさえぎられている間に教室に上がっていたらしく、ついに姿を現したのである。

彼らはいっせいに、まだ火の手の上がっていない方向へと廊下を駆けぬけていく。二年一組を包囲していた警察の機動隊員と青年団員があわてて発砲しながらそのあとを追う。あっという間の出来事だった。

共匪たちが運動場に駆け出してくると、それまで運動場の周囲を取り巻いていた野次馬は悲鳴を上げながらわれ先に散っていく。一方、勇敢な人たちもいて逃げながらも共匪に向かって石を投げるのだった。

陽はじりじりと輝きを増していく。燃えさかる木造校舎を真ん中にして、人々は荒い息を吐き出しながら殺戮の祝祭を始めていた。共匪が銃を乱射すると、野次馬は祝祭の絶頂を迎えたかのように、恍惚とした悲鳴を上げながらばたばたと倒れていった。

ひとかたまりになって動いていた九人の共匪は、状況が切迫するや四方に散らばっていく。万一にそなえて、運動場を取り囲んでまばらに配置されていた機動隊員だけでは防ぐのは無理だった。運動場から逃れ出た共匪は草地を突っ切り、山犬のように駆けていった。襤褸をまとい、伸びきった髪を振り乱す彼らの姿はさながら狂人の踊りを思わせた。

共匪一人に対して数人がかりで追跡していったのだから、追いかける側には余力があった。いくらも経たないうちに息が上がりはじめ、それ以上逃げられなくなった共匪は腹這いになりながら抵抗を試みたものの、無理だと知れると銃口をくわえて自殺する者も出た。こんな状況で投降をすめる余裕などあるわけもなく、傷つき、倒れる者を目の当たりにして憎悪心がかきたてられ、必死になって追跡していった。つまるところ、自殺できなかった共匪は残らず射殺され、追跡が終了したのは正午を少し過ぎた頃合。共匪の死体はすべて運動場に移された。しかしながら、問題がすべて片づいたわけではなかった。

校舎がまだ炎に包まれたままだったのである。共匪が追跡される間、住民は校舎が燃えていくのを悔しそうに眺めていた。むろん手をこまねいて見ていたのではなく、鎮火作業に協力する者も少なくなかったのだが、そもそも消防機関はなく、水といっても井戸が一つあるだけであり、炎の勢いは増していくばかりだったからだ。そのうえ校舎は木造だった。

とうとう校舎の屋根がガシャンと鈍い音を立てて落下した。続いて壁がくずれ落ち、四方の柱が次々と倒れはじめた。

日帝時代に建てられてから、多数の村の子どもたちを育ててきた古さびた木造校舎は、かくして灰燼《かいじん》に帰してしまったのだ。焼けこげた残骸に水をふりまきながら子どもたちはおいおい泣いた。

虚脱状態におちいっていた村の老人のうち、何人かが晩浩の近くまでやってきて罵った。

「この野郎、おのれが隊長だって。学校を燃やしておいて平気で生きていやがる……いますぐ死んじまえ！」

「こんな野郎は八つ裂きにしてしまうがいい！　おい、罪もない人間を何人殺したんだ！」

老人らが怒りを爆発させていると、村の青年が数人かけてきて晩浩を殴った。晩浩は逃げずに耐えた。警察の者が止めに入ろうとしたものの、抑えがきかなかった。ほどなく晩浩は後頭部に衝撃を受けるなり、倒れてしまうのだった。

目を覚ましたときはすでに夜で、頭には包帯が巻かれていたのである。警官がひとりやってきて飯を食うか、と尋ねた。晩浩はかるくかぶりを振った。

翌日は遅くまで寝ていたのだが、頭はずきずきするし全身がだるくてならない。床屋がきて包帯から下の髪を切りそろえ、髭を剃り落とすと久かたぶりに人の顔らしくなった。

黄岩に晩浩が最後に会ったのはその日のことだった。孫芝恵はすでに病院に搬送されていたので、彼女と会うことはできなかった。

黄岩は晩浩の顔を目にするなりぼろぼろ涙を流してうれしがった。

「みんな死んだのだそうでやすね?」

「最後まで投降しなかったからな……」

「ああ、なんでまた」

「わしらだけでも生き残れてよかったじゃないか」

「すぐに出られるんでやすか?」

「あんたはすぐに釈放されるさ」

「お嬢さんは……?」

それが一番の気がかりだったものとみえる。これからは鈍いながらも誠実なこの男に芝恵を任せねばなるまい、晩浩はそう心に決めた。いま芝恵が心おきなくともに過ごせる相手は黄岩しかいないのだから。地下の孫石鎮は納得しないかもしれないが、晩浩としてはこの先自分がどうなるのか不透明だったため、信頼できる人物に芝恵を任せるほかはなかったのである。

「すぐに出られるさ。なんの罪もないんだから」

「指揮官同志《トンム》どのもすぐに出られるんでしょう?」

晩浩はあわてて手を左右に振った。さいわい室内にはふたりしかいなかったので、そっと胸をなでおろすのだった。

「もうトンム、トンムと呼ばんでくれ。そんな呼び方は山でしか通用しない、いまのわしらは別の世界にいることをわすれるなよ。わしのことなら心配せんでいい。覚悟はできてる。出るのが早くなろうが、遅くなろうがどっちだっていい。ただ問題は……」

晩浩は懐から、折りたたんでしわくちゃになった紙切れを取り出した。

「……芝恵をどうするか、だ。芝恵の親父から頼まれてはいたんだけど、わしのほうはどうなるのかまだわからん。だから芝恵の面倒はあんたにみてもらうよ。どうなんだ、やってくれるよな?」

そう訊かれた黄岩は、大きな頭を子どもみたいにこくんこくんと激しく振った。

「お嬢さんのことでしたら、いのちをかけてやらせてもらいやす」

しずんだような声でありながらも、両目には感情がこもっていた。

「あんたみたいな人に出会えてよかったよ。じっさい芝恵はわしなんかよりもあんたのほうを信頼してるんだからな。これほどかわいそうな娘もいないんだから大事にしてやってくれ。退院してからは家で養生すればよくなるさ。こわい病気にかかったわけじゃないんだから……。で、これを大切にしまっておいてくれないか」

晩浩は折りたたんだ紙切れを黄岩に手渡した。

「こりゃいったい?」

首をかしげた黄岩がひろげて見ようとするのを晩浩がさえぎった。

「見ないで早くしまってくれ。芝恵と会ったときにこれを渡してほしいんだ。それまでは絶対にだれにも見せてはいかん。芝恵の親父から預かったものなんだけど、どうやら財産を処分して宝石に換えておいたらしいのだな。で、ひそかに隠しておいたらしくて、これがその場所を記した地図なんだ。わかりやすそうに書かれているのですぐに見つかるだろ。芝恵と一緒に捜して、彼女が暮らしていけるようにしてやってほしい。たぶん相当な値打ちもんだろう」

「そんな大切なものをおらなんかに預けてもかまわんのでやすか?」

「かまうもんか。慎重に扱いさえすりゃあいいんだから……」

「なんだかこわいですね」

黄岩はその紙切れを懐に押しこみながら、きょろきょろ見まわした。

「韓東周がひどい怪我だと聞いてるが、ほんとうなんかね?」

そういわれて黄岩はびくっとしたような顔をした。

「へい、しかたなくいわれたとおり……」

「ナイフで刺したのか?」

「へい、わきばらを刺したんでやすが、死んじまったらえらいこってす。殺すつもりはなかったんでやすが」

黄岩は心配そうに晩浩を見やった。

「ぐさりと刺したのかね？」

「いえ、ちょびっと刺しただけでやす」

「ならだいじょうぶ。気にすることはあるまい」

「ほんとうに？」

「それぐらいで死んだりなんかするもんか」

警察官が入ってきたのでふたりは口をつぐんだ。黄岩の肩をぽんぽん叩きながらいう。

「あんたは今日釈放だ」

警察官についていきながらも、涙にうるんだ目で何度も振り返る黄岩。晩浩とて知らず涙を流していた。

黄岩が出ていくと、晩浩はしばし窓辺に佇んでいた。もはやなにもこわくはなかったし、かといって生きたいという強い欲求も起こりはしなかった。底知れぬ虚脱感にとらわれていたのである。

その日晩浩が黒塗りのジープに乗せられて護送されていくとき、見えなくなるまで見送ってくれたのは曺益鉉だった。

知らぬ間に午後三時が過ぎていた。昼飯時には食事の膳が出されていたものの、姜晩浩《カンマンホ》と呉炳鎬《オビョンホ》は箸に手をつけようともせず、一方は話すことに、もう一方は聴くことに全神経を集中させていたのである。

ほぼ五時間の間、話しつづけた姜晩浩はくたびれ切り、全体重をかけるような恰好で壁にもたれていた。自暴自棄になったみたいに煙草を喫いつづけ、息苦しそうに咳をした。

「それからわしは光州にある戒厳司令部へ連れていかれて取り調べを受け、二年間の懲役に服したうえで出たんだ。指揮官だったから、いくらなんでもそのまま釈放するわけにもいかなかったんだろう。その程度ですんだのだからありがたいようなものさ。で、世の中に舞い戻っていったわけなんだが、過ぎ去った日のことが恥ずかしくてならなかった。それ以来ずっとそうさ。まともに顔を上げては歩けないぐらいに。自分に対して自信をなくしちまった、とでもいうか……。ともかくわしは抜け殻のようになり、一定した職にもつかずに生きてきた。人間無気力になるとみるみる老けこんじまうものなんだな」

痰のからんだ咳の音は聞いているだけでも苦しくなってくる。炳鎬は胃腸が締めつけられるような感覚に耐えながらも訊いた。

「二年後に釈放されたといわれましたけど、そのとき孫芝恵《ソンジヘ》に会われたんですか?」

「いや。そりゃ、まっさきに会おうとはしたんだが、もうそのときには黄岩《ファンバウ》も刑務所に入っていたし、芝恵は梁達秀《ヤンダルス》とどこかよその土地でいっしょに暮らしているって聞いたんで、会うのはあきらめたんだ」

晩浩はそっと目を閉じ、深く息を吸った。ややあって、つぶやくような声でいう。

「黄岩があんな重罪を犯してぶちこまれたとはにわかには信じられない。元を正せば、このわしのほうこそ……罪人なんだが……」

「どういう意味なんでしょう?」

すかさず炳鎬が訊く。

「さっきもいったはずだが、韓東周《ハンドンジュ》が邪魔立てをするようなら刺せといったのはこのわしだ。黄岩はいわれたとおりやっただけで、結果的に相手の傷が癒えずに死んじまったらしい。死にさえしなけりゃなんの問題もなかったんだが、面倒なことになっちまいやがった。殺人罪に問われて裁判になったんだからね。もっとも話に聞いただけで直接見たわけじゃない。万一そのときわしが自由の身であったなら、放っておきはしなかったんだが……無罪とまではいかなくてもわしが証言さえすりゃあ重罪にはならなかっただろうて」

炳鎬はゆっくりとかぶりを振った。

「そうでもないみたいですね。たんなる殺人罪というわけではないようです。悪質な国家反逆罪の烙印まで押されて、一度は死刑を宣告されたらしいのですから」

「それはわしも聞いている。でもそれが本当だとしたら、なんとも不可思議なことではないのかな。共匪に拉致されてしかたなく連れまわされた者を国家反逆者とみなせるのだろうか？　それに事前の了解もあった。投降すれば共匪であっても命を保証するというのに、黄岩みたいな者になんの罪があろう。だからこそすぐに自由の身になったんじゃなかったのかね」

晩浩は呼吸を整えてから言葉を継いだ。

「だのに、いったん釈放しておきながらまた身柄を拘束するなんて、おかしいじゃないか。韓東周をナイフで刺したのも投降するためにそうしただけであって、たとえそれが原因で相手が死んだからといって黄岩が大罪に問われる理由はないはずだ」

「ですが韓東周は民間人だったんでしょ？　民間人がその傷がもとで死んだわけですから、あとで問題になったっておかしくはないでしょ」

「確かに韓東周は民間人で拉致されてきたわけだが、アカ以上に過激だったし、国家への反逆者だった。そんなやつを殺すことが重罪になるとでもいうのかね。黄岩がそいつを刺してくれたからよかったものの、でなけりゃ投降なんてできなかったろう」

「出来事の全体からみた場合、黄岩の行動は充分に理解はできますよ。ですが、その一部分だけを取り出すと、彼はまぎれもなく民間人韓東周の殺害犯なんです。してみると共匪を積極的に助けた反逆者とみなされなくもない」

だとしても、これはあくまで韓東周の死が既定事実であることを前提にした仮定の話だと、口まで出かかった言葉を炳鎬はかろうじて呑みこんだ。韓東周……死んでいるのではなく、どこかで生きているのかもしれない。まだ確かなこととはいえないが、彼の姿を見た者がいるではないか。真昼間に幽霊を見るはずもない。

「わしが思うに……こんなことになったのはだれかに謀《はか》られたからではないか。でなけりゃ重罪に問われるわけがなかろう。そのときの状況を考えたら酌量の余地はあったはずだろ?」

相手からの同意を得ようとでもするかのように、晩浩は声を高めた。うなずく炳鎬。

「そうなのかもしれません。ですが、想像でものをいうだけでは説得力がないんじゃありませんか。なにか証拠がなければ」

「証拠かね? うーむ……証拠といったって……そうだな。黄岩が刑務所へ入ったのが一九五二年だったから、まだ生きてるとしたら二十年以上もムショ暮らしをしていることになる。体がいうことをきくんなら救出運動をやるんだが、こっちのほうがいつくたばるかわからんのでな……」

晩浩はぼんやりと天井を見上げながら深呼吸をした。顎がぶるぶる震えているところからみて、中風の症状が出ているのだろう。

「さっきだれかに謀られたとおっしゃいましたけど、心当たりがあるのですか?」

そう訊かれて晩浩はすぐにはこたえなかった。しばし間をおいてから

「確証があるわけじゃない」

といった。炳鎬の喉は焼けるように熱くなっていく。話の焦点を梁達秀に向けなくてはならない。

「確証がなくてもかまいません。そのお考えを聴かせてください」

「わしがいわなくても検討がつくのじゃないんかね?」

「では……梁達秀のしわざってことでしょうか」

「いまごろになって二十年あまりも前のことをああだこうだと決めつけるわけにもいくまい。それに黄岩が逮捕され、収監されたときにはわしは刑務所のなかだったし、そのときのようすをこの

目で見たわけじゃないんで正確なことはいえない。とはいえ、ことのいきさつを考えれば梁達秀、やつしかそんなことができる者はいまい」

と言い終えるなり、晩浩は激しく咳きこんだ。目はかっと見開かれ、みるみる頬が紅潮していった。炳鎬は辛抱強く次の言葉を待っていた。晩浩は痰を吐き出したあと、さっきよりは安定した声で言葉を継ぐ。

「梁達秀は芝恵ばかりか彼女の財産までかっさらうようにして故郷から去っていったのさ。で、汶昌で酒造業を始めたわけだ。この事実がやつのたくらみを物語っているんじゃないのかね。黄岩が刑務所に収監されることになったいきさつを、わしは知ってるだけに、なおさら疑わざるをえない。わしが懲役に服している間に……フーッ、芝恵は親父が残してくれた宝石を捜し出し、にわかに金持ちになったはずだ。が、当時の芝恵はまだ娘みたいなもので財産を管理する能力はないし、黄岩にしたところで似たようなものだったろう。そのときだれが近づいてきたろうか？　いうまでもあるまい」

「てことは梁達秀が黄岩を刑務所に送りこみ、彼女の財産を横取りしたというわけですよね？」

「そ、そういう見方も可能じゃないか」

「それだったら、どこまでも推測ですし、たとえばこうも考えられませんか？　つまり、黄岩がほんとうに罪を犯して投獄されると、孫芝恵がひとりになったのをいいことに、梁達秀が言い寄ったのではないか、というわけです」

口ではそういうものの、信憑性があるのは晩浩の推測のほうだと、炳鎬は認めないわけにはいかなかった。とはいえ、まだこの段階で決めつける必要はなかったのである。あらゆる角度からさまざまな可能性を検討すべきであろう。晩浩は咳きこみながらもかぶりを振った。

「そ、それは違う。そんな見方は無理だ。なぜあんな重罰を受けなきゃならなかったのか、そのわけを考えなきゃいかん。なぜならば重罪を犯してもいない者が重罰を受けたのだからな。はかりごとがなかったとしたら、こんなことが起きるはずがない。だいいち事前に梁達秀が命の保証をしていてくれたんだから。弁護をしてくれてもよさそうなものじゃないか。そうしてくれていればあんなふうにはならなかったろう。じっさいには弁護どころか、その反対のことをやったのかもしれん」

「そうかもしれないですね……でもそんなふうに思われるのでしたら、なぜいままで黄岩に手をさしのべなかったのです？　いまは体がいうことをきかないのでわかるんですが、それ以前はどうして傍観されていたんでしょう？」

痛いところをつく問いかけだった。返す言葉もないのか晩浩はうつむいているばかりだったが、消え入るような声でそのわけを語った。

「元共匪で刑務所から出てきた者に他人の救命運動をする力があるだろうか。釈放されはしたものの、生涯赤いレッテルを貼られた要注意人物なんだからな。自分自身の生活すらおぼつかないというのに、すでに刑が確定した殺人犯であると同時に国家反逆罪に問われた者をどうやってたすけられよう。一日、また一日とやりすごしているうちにもう二十年が過ぎ、今さらこんな体で当時の裁定をくつがえすことができるわけもない。だれか良心的な者が命をかけて取り組んでくれるなら話は別だが……梁達秀も死んだことだし、どうにもしようがあるまいて」

この問題で、それ以上晩浩を苦しませたくなかった炳鎬は話題を転じた。

「黄岩と孫芝恵は夫婦として暮らしていたのでしょうか？　かなり歳の差があったはずですが……」

「それはどうなんだろう。見たわけじゃないんでね」

「聞くところによりますと、彼女の生んだ子どもは黄岩の実の子ではないそうなんですってね……」

そういわれて晩浩は困ったような顔をした。

「それについちゃ、最初に話したつもりだったが……。繰り返していうと芝恵は山にいるときから孕んでたのさ」

「待ってください、ならその女は、父親が死んでからおなかが大きくなったわけなんですね？」

「そ、そうだとも。親父が死んでいなくなると、われもわれもと関係を強いられ、孕んじまったのさ。生まれてきた子を見たことはないが、だれが父親だかわからんだろう」

「ですが、黄岩はその子のことをとてもかわいがったそうですね……まるで自分の子どもみたいに」

「あいつならありそうなこった」

「もしやその子の名前をご存じないですか？」

「知らないですな」

口には出せないひとつの事実が頭をもたげてくる。捜査官の六感とでもいおうか。炳鎬はそろりと立ち上がった。

「昼飯でも食べていったらどうかね」

晩浩はまだ話し足りないような目をしていた。

「いえ。長時間おじゃまいたしました。では、おだいじになさってください」

扉をあけて出ようとして、炳鎬はくるりと向き直る。胸の鼓動が高鳴っていくのを抑えつつ晩浩を見据えた。口にできなかったひとつの事実を確かめるためにとうとう口をひらく。

「亡くなられた孫石鎮《ソンソッチン》とはかなり親しい間柄だったんですよね。だからこそ亡くなる前に娘さんのことをあなたに頼まれたのではないですか。ですから託された言葉を覚えておられたなら、彼女をしっかり守るべきではなかったのでしょうか。にもかかわらず、彼女は慰安婦みたいに体をふみにじられたんですよ。なぜなんです？　わたしには理解ができない。あなたが守らなかったからなんですよ。いや、それればかりか……こんなことは言い過ぎなのかもしれませんが……その子どもというのはあなたの子どもなんじゃないですか？　もう隠さなくてもいいでしょう。違いますか？」

晩浩はぽかんと口をあけたまま上体を浮かそうとしたものの、壁に頭をぶつけてべたりと坐りこんでしまう。目はかっと見開かれ、あいた口から荒い息が洩れる。炳鎬のほうでも呼吸が早くなっていく。相手が病人であることも忘れ、仮借なく追及を始めていった。

「なぜおこたえにならないのです？　最後の最後までだまそうとされるのですか？」

晩浩はかぶりを振った。が、それもつかの間、がっくりとうなだれてしまうのだった。

「孫芝恵の妊娠がわかってからは彼女を守るどころか、それ以上関係を持たないように避けたのですね。共匪の仲間に知られたくなかったからでしょう。だから彼女はだれかれとなく関係を強いられたのです。そのたびにあなたは知らないふりをされた。保護者の資格をなくしていたのですから、そうするほかはなかったのでしょう」

こたえるかわりに晩浩の口から、ううっ、ううっ、とうめきが洩れた。と同時にわずかに手を上げて力なく左右に振った。そんな相手を黙殺したまま炳鎬は追及の手をゆるめない。

「もっとも保護しようとしても、すでに彼女自身がいうことを聞かなかったでしょう。はじめのうちこそ抵抗していたものの、自暴自棄になって身を任せていたのでしょうから。ともあれ、そうなることで彼女の孕んだ子がだれの子かわからなくするようにできたわけです。彼女とあなた以外には」

「どうして、どうしてそんなことが……」

「いわせてください。あなたは二年間刑務所にいましたが、出所後に芝恵を訪ねてはいませんね。その理由についてさきほどなにかおっしゃってましたけど、むなしい言い逃れに過ぎません。とてつもなく大きな罪を犯したがために、どうしても訪ねることができなかったのです。何事もなかったのならどうして会いにいかなかったのです？　梁達秀と同居していることがそれほど引っかかるような問題だったのでしょうか？　うしろめたいことがなにもなかったのなら、どんな暮らしをしているのか、気になって訪ねたはずでしょう。といっても……完全に良心が麻痺してしまったわけではなかったわけですね。黄岩をとおして親父の遺産をそっくり彼女に持たせてやったのですから。いいことをされましたね。あなたのことを責めるつもりは毛頭ありません。わたしが調べているのはそんな問題じゃないですから。やみくもに昔のことをほじくり返してなやませてしまったみたいで、その点についてはあやまります。だれにだっていっときの過ちはあるのですから、いささかいい過ぎたようですね。では、お体をたいせつになさってください」

炳鎬はくるりと体を回転させると、すたすたと歩いていった。虚脱感と同時にじっとしてはいられないような気持ちになっていたのである。

過ぎ去った二十年の空白のなかに、なにかぼんやりと白い靄《もや》がかかってきたように思えてきた。そしてそれは梁達秀の死と関係があるのかもしれない、そう思えてきてならないのだった。ようやく一歩前進したような気になった。

孫芝恵の息子に姜晩浩の血が流れていることは、さして重要なことではないのかもしれない。このとの真偽はどうであれ、そのことは捜査の対象からはずしてもかまわないだろう。問題は梁達秀と黄岩、それに孫芝恵、この三人の関係がどのように変化していったのか、という点だ。したがって姜晩浩の話の続きを黄岩や孫芝恵から聴かねばならない。黄岩は現在服役中でどこの刑務所にいるのかわからず、孫芝恵から話を聴くしかあるまい。それができれば、梁達秀が死ぬにいたったいきさつがわかるかもしれない。そこまではいかないにしても、新しい人物が現れるかもしれないのである。根は深い。二十年もの歳月が過ぎていく間にあまりにも深く根を張ってしまったのだ。まずは地中を掘り返してみることだろう。その試みに全力を注いでみたい、炳鎬はそう思った。

炳鎬が車道を渡ろうとすると、背後から女のわめくような声が聞こえてくる。振り向いてみると晩浩の家の嫁が手を振って呼びとめようとしていた。炳鎬は歩を早めて女のところに近づいていった。

「どうかしたのですか?」

「おとうさまが……おとうさまが……」

血の気の引いた顔で女は呆けたようにいう。炳鎬は晩浩の家に駆け出していく。炳鎬が部屋に足を踏み入れたとき、晩浩は白目をむいたまま蒲団の上にごろんと倒れこんでいた。口からぶくぶく泡を吹きながら。手はすでに冷たく硬直が始まっているのだろうか。

炳鎬は晩浩を背負って医院を探し歩いた。近辺には総合病院はなく、ようやく見つけた外科専門の医院へかつぎこんだのだったが、医者は患者をひと目みるなり首を左右に振った。

「いけませんな」

「どこかほかの医者を紹介してもらえませんか？」

「よそへいってもおなじです。おやめなさい」

「だめなんでしょうか？」

「手遅れですな。心臓が冷たくなってますから」

医者と炳鎬のやりとりを聞いていた嫁は、郵便局にいる夫に電話をかけた。晩浩の息子姜賛世《カンチャンセ》が飛ぶようにやってくる。「とうさん！」としぼるような声で呼ぶと、晩浩の目が焦点を結ぼうとした。息子に向けられたその目はほどなく嫁を見たあと、炳鎬の顔に視線をとどめた。ややあって、すべてを認めるかのように晩浩はゆっくりと二度まばたいた。炳鎬にだけわかるように意思を伝えたのである。炳鎬も目のまたたきで応じた。それで安らいだような顔になり、視線を移そうとしたもののそのまま目を閉じてしまったのである。

息子はいたく悲しげに泣いた。涙声で「かわいそうなとうさん、かわいそうなとうさん！」というのだが、その言葉が炳鎬の胸に深く突き刺さってくる。まさしく息子の言葉どおり、姜晩浩は不幸な時代に不幸な男として一生を終えたのだ。

しばらくたって姜賛世が泣きやんだかとみると、にわかに眉根を寄せて炳鎬をにらむ。

「この野郎、おまえが親父を殺したんだな？　そうなんだな？　やい、どうしてこたえない？

やったんだな?」

朝、顔を合わせたときには、おどおどしておとなしそうにみえた青年の豹変ぶりに、炳鎬は戸惑いを禁じ得ない。と同時に、言い訳の言葉も見つからず呆然と立つほかなかった。晩浩が炳鎬にいわれたことで衝撃を受け、それがもとで死に至ったことを否定できなかったからだ。故意にそうしたわけではないにしても、罪の意識を免れることはできなかった。青年はたまらず相手の胸倉を摑んだ。

「こいつ! 警察だって! 人を殺すのが警察なのか? 人を殺しておいて、自分だけぴんぴんしていられるとでも思ってるんか! 道づれにしてやろうじゃないか! 病人を苦しめて殺すのがおまえの仕事なのか? そんな野郎は新聞で叩いてもらおうじゃないか」

渾身の力がこもっていたためか、ワイシャツがちぎれ、炳鎬は息をするのも困難なほどだった。家の外に引きずり出され、野次馬の取り巻くなかで罵られもしたのである。さすがの炳鎬も腹が立ち、よどみなくいった。

「拷問したわけじゃない」

しかしながら、姜賛世が事を荒立てたために、この件は検察の調査を受けるはめになった。それもまず地方新聞にでかでかと書き立てられたために、検察が過敏に反応した結果だったのである。報告を受けた汶昌の金署長がジープに乗って駆けつけ、炳鎬の特殊任務について説明したものの、まる三日間取調べを受けねばならず、記者からの質問攻めにも耐えねばならなかった。

重病人が警察の拷問によって死んだという、一方的な新聞報道を覆すのはなまやさしいことではない。検屍解剖の結果、拷問の痕跡はなく、心臓麻痺による死亡が確認されはしたものの、一般人の認識はそうたやすく変えられるものではなかった。と同時に、罪の意識に悩まされもしたのである。そんな思いを少しでもやわらげようと、第三者を通じて姜晩浩の葬式に少なからぬ香典を届けたのだった。

それにもまして困ったのは、新聞記者が炳鎬の捜査内容を嗅ぎつけたことである。それもまた一方的に〈尋問中に死亡した姜晩浩氏は去る六月五日、汶昌で起こった龍王里貯水池殺人事件の容疑者であり、朝鮮戦争時に智異山の共匪として活動した前歴のあることがわかっている〉と書き立ててしまった。そうしておいて炳鎬を追いかけまわし、事実を知ろうとしたのである。そうなると、中央の新聞社もそんな動きを傍観するわけにはいかない。つまるところ、途方もないさまざまな憶測が紙上をにぎわせることとなった。しかしながら呉炳鎬刑事は固く口を閉ざすのみ。しかたなく口をひらくにしても否定的な言葉しか出てきはしなかった。

汶昌に戻った炳鎬はたまらなく憂鬱であるばかりか、腹が立ってしかたなく、何日もの間、だれにも会わずに下宿部屋に引きこもってばかりいた。記者と本署の捜査官はこのしょぼくれた男が沈黙している裏にはなにか意味深長なものが隠されているにちがいない、そう信じてはいたのだが、それがなんであるのかはどうしてもつきとめられないでいた。そんな状態が何日も続く。

何日か経って、炳鎬は本署の金署長を訪ねていった。

「どこか具合でもわるかったのかね?」

相手に煙草をすすめながら署長が訊いた。

「いえ。ちょっと疲れてただけです。ところで、申し訳ありませんが……今度の事件から手をひかせていただきたいのですが」

炳鎬は腹立たしげにいった。金署長は意外そうにまじまじと炳鎬を見た。

「そうか、ふむ。でもな、いまさらそんなことができるかね。これまで苦労してきたのに、惜しくはないのかい?」

「いつものことですから」

「ま、そういわずに続けろや。おぬしの気持ちは痛いほどわかるんだが、やめるわけにもいくまい」

おだやかな口調で根気強く署長はすすめた。炳鎬は戸惑いを覚えながらも、その一方でありがたいと思わぬわけにはいかなかった。

「ブン屋のやつらをどうするか……。うるさくつきまとってくるに決まってます」

「どうして嗅ぎつけられたんだろう?」

「そりゃあ簡単なことでしょ。以前この事件を任されていた道警の刑事がしゃべった可能性もありますし、検察で取調べを受けたときにおおよそのことはわたしがしゃべってますから、その方面から洩れたかもしれません」

「検察が動きだしたんじゃないか?」

「それはないでしょう。捜査はほとんど不可能だといってありますから」

「完全犯罪だとでも?」

「ええ、そんなふうにいったんです」

「ほんとうにそうなんかね?」

目を見開いて署長が訊いた。

「そいつは、もう少し調べてからでないと。なにせ二十年も経ってることなので事実を掘り起こすのに骨が折れるんです」

「いま捜査線上に浮かんだ人物のなかで、最もあやしい人物はだれなんだね？」

「黄岩という人物です。殺人罪にくわえて国家反逆罪で無期懲役となり、いまも収監中の老人なんです。まだ会ってはいませんが……」

金署長はいささか面食らったものとみえる。

「どういうことなんだね？　無期囚が容疑者だって？　そいつが刑務所から殺人の指令を送ったとでも？」

「いまのところそうも考えられる、というレベルですが。二十年あまり前にその男は投獄されました。共匪に拉致され、こき使われていたところ、このほど亡くなった姜晩浩と共に投降して生きのびたという人物なんです。ところが、投降しようとしたときに、やはり拉致されて一緒に荷物運びなどをやらされていた韓東周という男が邪魔立てしたために、黄岩がナイフでそいつを刺しちまったわけです。その男はもともとは共匪じゃなかったのですが、反逆行為をものともしない危険人物でした。ですから共匪の巣窟から逃れ出るためには黄岩はその男を刺さねばならなかったのです。もうひとつ見逃せない事実は、そのとき投降したなかに共匪の司令官だった孫石鎮の娘がいたことですね」

「孫石鎮？　あ、あの有名な……。結局、粛清されたんじゃなかったかね？」

「ええ、そのとおりです。孫石鎮が亡くなったとき娘は十八歳でしたが、共匪と行動を共にしていてそのとき一緒に投降しています。その女が孫芝惠なんです」

「孫芝恵……、どこかで聞いた名前だな？」

「梁達秀の愛人がそんな名前でしたね」

「あっ、そ、そういうことになるのか」

署長はすっかり話に惹きこまれてしまったのか、なかば口をあけたまま話の続きを待っていた。

「ところで孫芝恵はだれよりも黄岩をしたっていました。黄岩は作男をやってただけの裏表のない人物です。いささか愚かしいぐらいに他人を疑いの目でみることもなく、四十歳を過ぎても独身でした。ふたりは釈放されてからは同居生活を始めていたんです。なんの処罰も受けることなく自由に。孫石鎮が娘に遺した相当な額の遺産があったので、生活に不自由することもなかったでしょう。ですが、ある日突然、黄岩は殺人罪と国家反逆罪で拘束され、死刑宣告を受けたんです。殺人罪は韓東周を殺害したためであり、国家反逆罪のほうは共匪に使われてその活動を助けたためだという理由からです」

「どうなってるんだい、いったい」

「のちに減刑されて無期になりはしましたが、だれひとり黄岩を助けようとはしませんでした。家族もいなかったですから」

「なら孫芝恵はどうしてたんだい？」

「黄岩が投獄されると、梁達秀と一緒に村を出ていきました。豊山《プンサン》からこの汶昌まで逃げるようにやってきて、酒造業を営みながら暮らしてきたわけです」

金署長は眉を顰めた。

「まるで遊女じゃないか。夫が刑務所に入れられたというのに、ほかの男と逃避行とは……」

「そうとばかりもいえないですね。梁達秀に脅迫されていたのかもしれません。当時の彼は青年団長をやっていたんで、地元では相当な力を持っていましたから。それに彼らが投降するときに決定的な役割を果たしてもいるんです。それにくらべて孫芝恵は共匪、いや共匪の娘なので不利な立場にあったわけですよね」

「だとしたら、梁達秀の行動が問題になってくるわけなんだな?」

「そうなんです。梁達秀の過去を洗ってみなくてはなりません。まず考えられるのは彼が孫芝恵のみならず彼女の財産を横取りしたのではないか、という仮定です。もしもこれが事実なら、梁達秀に対してもっとも恨みをいだく人物は問うまでもなく……」

「わかるよ、黄岩を有力な容疑者としてみる理由はよくわかる。だけど」

金署長は喉が渇いたのか、麦茶をごくりと飲むと、こほんこほんと咳をした。

「……だけどそいつはいま無期懲役刑で服役中じゃないのかね? 刑務所にいる人間がどんなふうにして梁達秀を殺害できるというのだね?」

炳鎬は笑みを浮かべかけたものの、真顔になっていう。

「わたしの考えもそこで行きづまってしまいます。ですが、いろいろな場合を想定することもできますよね。あくまでも仮定ではありますが、刑務所にいながら殺人の指令を出すこともできるでしょうし、脱獄して自分の手で殺害することもできないとはかぎりません」

「うーむ、それはそうだな。といったって、それはあくまでも可能性の話だろ。例外中の例外に過ぎん」

「確かにそうなんですが、黄岩が悔しい思いを胸に秘めながら獄中にいるという確証が得られた以上、やはりその人物を中心にしぼっていくのがいいでしょう」

「確証だって?」

「黄岩が殺したとされる韓東周という人物は、死んではいないようです」

「な、なんだって?」

「この目で直接見たわけじゃないですが、目撃したという人物が現れたもんですから」

「あきれたな。だったら韓東周っていうやつを捜し出すのが先決じゃないか」

興奮した声で署長がいった。指ではさんだ煙草が燃えつきようとしているのにも気づかず、食い入るような目つきで相手に話の続きをうながした。

「そのほか、黄岩を除外するとすれば、第二の人物がいないわけじゃありません」

「別の容疑者がいるのかね?」

署長に訊かれ、炳鎬はしばしためらったあと、かすれた声で「ここはまず孫芝惠に当たってみなければならないでしょう」といった。意外だったのか、署長は首をかしげた。

「なぜだね?」

「さっきもいいましたけれど、孫芝惠は脅迫されて梁達秀と一緒に暮らすようになった可能性も捨て切れません。それが事実なら梁達秀のために黄岩を失ったことになります。怨恨を抱いていたことになりませんか。まさにそれを裏づけるものとして……孫芝惠と梁達秀はひとつ屋根のもとに暮らしながらも、ほとんど別居生活をしていたという人もいるぐらいです」

「といったって二十年も一緒に暮らしてきたわけだし、ふたりの間に娘までいるのじゃないのかね?　すっかり大きくなった娘さんだそうだけど」

「ですがそのことだけできれいさっぱり恨みが晴れるでしょうか。恨みが深いと、夫婦間でも殺人に至る場合もあるぐらいですから。それにふたりは正式な夫婦関係じゃなく内縁関係だったから、つねになにかのはずみで爆発する危険をはらんでいたものとみなければならないでしょう」

「そうか。いわれてみりゃそれもそうだな」

「もうひとつ、重要な事実があります」

「なにかね？」

「孫芝恵にはその娘以外にも息子がひとりいます。投降する前に、つまり山に隠れていたとき、すでに孕んでいました」

「なんだって？　さっぱりわけがわからんな。ならその息子は梁達秀の子どもではないわけか？」

「違います。山にいたときに何人もの男たちにもてあそばれましたからね」

「ふむ、その子の父親がだれなのかはわからないというのだな？」

「つきとめました。亡くなった姜晩浩がそうだったのです。彼は孫石鎮の後輩でふたりは親しい間柄でした。だのに姜晩浩は託された娘に手をつけたのです。しかもまっさきに」

「えっ、そんなばかな。あまりにも話が複雑すぎてなにがなんだかわしにはわからん。頭がついていけんよ……。おぬしが姜晩浩に会いにいったのもそのためだったんだな。孫芝恵が生んだ息子の父親なのかどうか、それを追及したわけか？」

「ま、そういうことです。じつのところはそれを確かめようとしていたわけじゃないんですが、話を聴いていてぴんときたわけです。帰り際、ずばりと訊いて真相を語らせようとしたため、心臓麻痺を起こしたのでしょう。故意にやったわけじゃない。その場のなりゆきだったのですが、亡くなった当人に対しては罪の意識が感じられてなりません」

「それならいいさ。罪の意識を感じているのなら、みんなゆるされるんだからね。あまり自分を責めないほうがいい」

炳鎬は目を窓外に転じた。初雪でも降ってきそうな空模様で、すっかり葉の枯れ落ちた木の枝が風に吹かれて揺れている。いつしか秋になり、まもなく冬がくるのだろう。

「不可解なことがあるんです。孫芝惠は黄岩と一緒に暮らしているときに姜晩浩の子どもを生んだのですが、黄岩が投獄されてからはその子どもはいなくなっています。つまり梁達秀と一緒に暮らしはじめたときには、その子はいなかったわけです」

「確かにおかしい。この捜査記録にも娘が一人いる、と記載されているだけだからな。どこへいったんだろ、その息子は?」

「いまのところ見当もつきません。孫芝惠と会ってみないことには……」

「ソウルに行ったらしいが、住所はわかっているのかね?」

「いいえ、それはまだ。韓東周と黄岩の居場所も突きとめなければなりません。場合によっては孫芝惠の息子も捜してみるつもりです」

「ともかく心当たりを訪ね歩くしかあるまいな。寒くなってくる頃合だから、苦労が思いやられるが。捜査費については気にせず使ったらいい。手が足りないようなら補助要員をひとりつけてやろう」

「かまわんです。ひとりでやるほうが気が楽ですから」

「できるかぎりの応援はするから存分にやってみてくれ」

「ありがとうございます」

署長が手を固く握りしめてきたので、炳鎬はなんだか照れくさかった。

まず孫芝恵に会うことから始めることとし、梁醸造所を訪ねていった。

大門は固く閉じられており、しばらく門を叩きつづけているとようやくなかから人が出てきた。

若い婦人で、梁達秀の使用人だったものとみえる。

「現在この家はだれの所有になっているんです?」

いきなり尋ねられたその女は相手がだれであるのか確かめようともしないまま、間の抜けたような顔でこたえた。

「本家から人がきてこの家の証書やなんかをみんな持っていっちまったんで……」

「本家ですと、豊山の本妻のことでしょうか?」

「そうですけど」

家の造りは大きく、敷地も広々としている。庭の一隅には空の酒甕がいくつか雑然と置かれていた。事件が起こって以来、ほとんど使われることのなかったためだろう、廊下は埃で白く覆われていて、端に汚らしくゴミが溜まっていた。破れた目張りの紙が風にひらひら揺れているのを見るにつけ、部屋に入ろうという気がしぼんでしまう。その女は庭に立ったまま動こうとしない。すぐにでも帰ってもらいたいという意志表示なのだろう。

「売りに出されてるんですかね、この家?」

「そうなんでしょうね。本家の人たちがやったんでしょうよ」

「分家の人たちは、裸同然で追い出されたわけなんですね?」

「杳蓮《ミョリョン》の母ちゃんのことかい？」

「ええ、その方のことなんですが」

女は頭を左右に振りながら、にゅっと舌を突き出した。

「ありゃー、ひどいのなんの。あの人たちがやってくるなり、髪の毛を摑んで引きずりまわしたんだよ。服もびりびり破られちまってね。死なずにすんだだけでもよかったようなもんさ」

「娘のほうもいっしょに？」

「そうですとも。ソウルへ行くっていってましたけどね」

「もしやソウルでの居場所をご存じないでしょうか？」

「さあ、そこまでは……」

女は寒そうに肩をすぼめた。

炳鎬は家の裏手をざっとみてまわってから出ていった。しばらく通りをぶらぶら歩いていて日が昏れてきた頃、思い出したように歩度を早めて市場の入り口にある居酒屋を訪ねていった。彼の姿をみとめるなり、女将は笑みをこぼす。と同時に、温突の床にのうのうと寝そべる息子には、いつものように怒鳴りちらした。

「やい、このくそったれが、お客さんだよ、起きな！」

相祐《サンウ》は目を細めにあけて炳鎬をみとめると、すっくと上体を起こして坐った。

「こんちわ」

相祐はぺこりと頭を下げると大きな欠伸をした。炳鎬は笑いをこらえながら相祐の肩をぽんと叩く。

「しょうのないやつだ、夜も昼もあったもんじゃない。さっさと出ていきな」

相祐は口をとんがらせながら、出かけようとして体を起こした。炳鎬がぐいとその腕を摑む。

「訊きたいことがあるんで、こっちへ坐ってくれないか。ま、酒でも一杯どうだい？」

ひひっと笑いながら相祐は女将の顔色をうかがった。険しい目でにらみかえされ、あわてて酒盃を押し戻す相祐。炳鎬は女将に席をはずしてくれないか、と頼んだ。女将はわけがわからないまま交互にふたりの顔を見較べながら部屋を出た。と、相祐はごくりと一杯飲み干し、つまみを口に放りこむ。

「ちょいと頼みがあるんだがね。振泰《チンテ》のところに行ってソウルにいる杳蓮の居所を訊いてきてはもらえまいか。早くわかればありがたいんだけど」

相祐はまたたきを繰り返した。いささか面食らったのだろう。

「杳蓮から手紙がきてるだろ。ふたりは熱々《あつあつ》の間柄だったらしいからな」

「くることはきてるよ。ちらっと見せてもらったこともあるし」

「なら住所はわかるだろ。すまないが、ちょいと教えてきてもらえまいか。なんならこっちに連れてきてもらってもかまわんし……さ、気にしないで取っておいてくれ」

五百ウォン札を一枚炳鎬が取り出すと、相祐は両掌をこすり合わせながらもじもじしていたものの、そっと札を受け取った。そして、弾けるように飛び出した。

その背中に女将が罵声を浴びせる。

「やい、くそったれ、狂っちまったのかい。なにがうれしくて舞い上がってるんだね」

相祐が戻ってくるまで炳鎬は手酌で酒を飲んだ。しばらく経って相祐が戻ってくると、また女将が声を荒らげた。

「よくもほっつき歩いてばかりいるもんだ。親父に似たんだね。えい、こんなやつをいつまで面倒みなきゃならないんだい。おや、だれだい？　振泰じゃないのかい？」

炳鎬がさっと戸をひらくと、振泰がやつれた顔をのぞかせた。

「入ってくれ。待ってたよ」

炳鎬ははやる気持ちで振泰を席に呼ぶ。その後ろで女将が息子をこづいていたが、炳鎬と目を合わせるなりその手を引いた。すかさず相祐は戸を閉め、振泰に酒をすすめた。

「一杯やらないか？」

彼は口をつぐんだまま酒盃を受け取り、ひといきに飲み干した。

「具合はいいのかい？」

「だいじょうぶだよ」

振泰は相手の目をさけながら炳鎬に酒盃をまわした。暗い表情である。初めて会ったときよりも痩せていて、目がやつれて見える。

「最近なにかあったのかい？」

「べつに」

ぶっきらぼうに振泰がこたえた。しばらくうつむき加減だったものの、ついと頭を上げた。

「ソウルへ行かれるのですか？」

「そのつもりだが。明日ぐらいに発つつもりだけど、どうしてだい？　なにか伝えてほしいことでも？」

またうつむき加減になり、もじもじしながら振泰がいう。

「ぼくも連れていってください。ソウルへはまだ行ったことがないんで、ひとりじゃ……」

「いま頃なぜソウルなんかへ？　なにか急用でもあるのかい？」

振泰はすぐにはこたえようとはせず、うつむいて唇を噛むばかりだった。と、相祐が口をはさんだ。

「杏蓮が修道院に入ったらしいんです」

「なんだって？　そりゃほんとうなのかい？」

炳鎬はまっすぐに振泰を見つめた。振泰は相祐を横目でにらむような仕種を見せたあと、消え入るような声でいう。

「ええ、そのとおりなんです」

「手紙がきたのかい？」

「ええ、でも修道院に入ったというばかりで、住所が書かれていないもんでして」

「だからソウルへ行こうってわけなんだな。といったって、所番地もわからないのにどうやって捜すんだね？」

振泰はついと面《おもて》を上げた。そして目をきらめかせながらかたくなにいう。

「捜し出してみせますとも」

「で、どうするつもりなんだい？」

「修道院から出るようにいいます」

「いまごろ行ったってだめだろ。いったん入ったからには、そう簡単に出られはしまい」

黒い制服に身をつつんだ悲しげな目をした少女が修道院に入った姿を思い、炳鎬はふと寂寥にとらわれるのだった。振泰の心情はわからないでもない。とはいえ、振泰にはソウル行きを断念するように懇々とさとした。

「気持ちはわかるんだがね。大都会で住所もわからないんじゃ、捜すのはどだい無理だ。だいいちおばあさんの世話はどうするんだね」

振泰はなかなかあきらめようとはしない。根気強く説得を試みた結果、ようよう納得させることができたものの、振泰はもとの憂鬱な顔に戻っていく。

じつのところ炳鎬は振泰を思いやる余裕はなかった。孫芝恵に会うことが急務だったからだ。が、振泰からも居所を訊き出すことができず、途方に暮れるのだった。

杏蓮なら捜せるかもしれない、そう思い直したのは翌日の朝のことである。大急ぎで旅行準備をすませると、金署長に心積もりを伝えたあと、直ちに駅へ向かった。

旅の途中はいつもそうであるように、今回も車中は眠りつづけた。朦朧とした睡眠状態にひたっていると体がかたちをなくしていくかのような気分になる。レールの上を転がっていく列車のほどよい振動と断続音、車内の雑音、暗闇、漠として確かな目的もないことからくる疲労感……そんな事柄がないまぜになって体がくずれていくような気分になるのだろう。それはあたかも阿片による幻覚にも似て、とても心地よい感覚なのである。ふと思い出したかのようにまどろみから覚めた炳鎬は焼酎の二合壜を取り出した。隣席の工場労働者風の男と分けあって飲み、目を閉じる。労働者がなにかいってくる。えっ？　なんですって？　どちらまで行くのかと思ってね。あ、ソウルまでですよ。同じじゃないですか。よろしく願いやす。ソウルは初めてなものですんで。なにをしにソウルまで？　職探しでもやろうかと思いましてね。田舎のほうがいいでしょうに。やっぱりソウルに行かなきゃあ。労働者が煙草をすすめる。親指の爪がひしゃげたようになっている。節が太くてごつごつした手。人間味のある手のかたちである。炳鎬はすべすべした自分の手を恥ずかしく思う。

ソウルに着いたのは黄昏時。冬服の用意をしてこなかった炳鎬には寒さが身に沁み、ぶるっと身を震わせた。隣席に坐っていた労働者は、不安そうな目で通りをうかがいながらいった。

「この道はどこに出るんでやす？」

「龍山《ヨンサン》ですよ。してどちらまで？」

「はて。どこだってかまわんのです」

「約束は？」

「なにも」

「知人はいないのかい？」

「従兄弟の義兄が彌阿里《ミアリ》（ソウル市北部の地名）のどこかにいるらしいですけんど……」

「さあ、飯でも食ってからいきましょう」

食事の間、ずっとその男は炳鎬の顔色をうかがっていた。その視線にこたえることのできない炳鎬は、なにも気づかないふりをするほかはなかったのだが。

別れ際、なにかしらすまない気がした。しばらく歩いてから振り返ると、その男は同じ場所にぼんやりと突っ立ったままだった。この身震いするようなソウルの街角に佇んで、行く当てもなくどうするつもりなのか。なんだか無性に腹が立ってきて肩をすぼめたままそそくさと通り過ぎていった。消防車が何台か、サイレンをがなり立てながら漢江《ハンガン》方面に走っていく。

久しぶりに見る風景だからなのか、目にするものすべてがよそよそしく感じられてならない。街中のそこかしこが掘り返されていて、車と人々の群れが洪水のようにあふれている。なにかが変わっていた。冷淡に、いや無慈悲なまでに変わりつつあるのだろうか。人々は黙々と、不安そうな目を周囲に向けながら、せかせかと人の流れに従っている。彼らの仕種や無言の表情のうちにも、いつだって逃げ出してしまえるのだという決意が隠されているのだろう。しかしながら不器用な炳鎬は変化に適用することもできず、かといって逃げ出す準備が整っているわけでもなかった。

さながら異邦の地に足を踏み入れたかのごとき錯覚にとらわれていたのである。もう行くまい、そう心に決めていた街に舞い戻ったような恰好となり、ソウルにいる友人と連絡を取り合うのもはばかれた。

喫茶店に腰を落ち着け、あれこれ思いにふけっているうちにとっぷりと夜が更け、その日は旅館で寝るほかなかった。

翌朝いささか寝過ごし、窓外に目を向けると、綿雪が降っていた。初雪なのだろうか。再び、しばらく横になってから旅館を出た。

薄手のトレンチコートを羽織っただけの恰好で雪の降る街をゆっくりと歩く姿は、とても捜査活動中の刑事とは思えなかった。朝飯を食べてもいない失業者に見られていたかもしれない。

炳鎬がまず訪ねていったのは、カトリック系のとある団体だった。そして、手がかりになりそうな話はなにひとつ聞き出せないまま、また別の団体を訪ねていった。どこへいっても快く話してはもらえない。

「どちらからきなさった?」

決まってそんなふうに訊かれ、こちらの風体をいぶかしむのか舐めるような目を全身に向けてくる。で、こたえに合点がいかないとまた訊いてくるのである。

「なぜそんなこと？」

あれこれ仕事でお尋ねするのだと説明して始めてこたえてくれるのだが、たいていこんな調子だ。

「さあ、よくわかりませんな」

そんなことを繰り返し、わずかながらも役に立ちそうな情報を集めていった。いつしか一日が過ぎた。

翌日からは書き留めた住所をもとに、ソウルといっても市街地から遠く離れた場所にある修道院を訪ねてまわった。一日中バスに揺られ、泥濘を歩いているとくたくたに疲れて眩暈《めまい》を覚えるほどだった。しかしながら、炳鎬はなにかに取り憑かれてでもいるかのように事件の核心に向かい、鼻輪をつけた牛みたいにのっそりと引かれていくのである。三日目に彼はソウル南端にある小さな修道院の正門前までやってきた。古色蒼然とした建物で、色褪せた石塀のそこかしこに干からびた苔がへばりつき、建物の外壁は葉がすっかり枯れ落ちて蔓《つる》だけになった蔦《つた》が破れた蜘蛛の巣のように覆い、風に吹かれて揺れている。立ちふさがるように門の前に姿を見せたのはかなり年嵩の修道女だった。眼鏡越しに射るような視線を向けながら、早口にいう。

「だれをお訪ねなさるんかね？」

聞きとり難いほどの早口である。

「おじゃまいたします。もしや……こちらに梁杏蓮という名の修道女はいませんでしょうか？」

つっかえつっかえ炳鎬が訊いた。修道女はかぶりを振る。

「そんな人はいやしんしゃんよ」

「すまないですが、念のため訊いてみてはくださらんでしょうか」

「いないっていっとりましょうが」

彼女は相手の言葉にてんで耳を貸そうともせず、がしゃんと鉄門を閉めてしまった。こんちくしょう、人をなんだと思っていやがる、喉まで出かかった声をかろうじて呑みこみ、くるりと鉄門に背を向けた。こんな目に遭うことはめずらしいことではなく、耐えることにも慣れてきていたのである。

修道院は山間にあり、周囲には丈の低い松が繁茂している。木の枝に手をこすりながら、残雪に覆われた小径を進んでいく途中、人の気配を感じて首を上げた。

正面から若い修道女がふたり、肩を並べてなにかささやき合いながらこちらへやってくる。炳鎬は相手に警戒されないよう、笑みを浮かべながら近づいていく。

「すみませんが」

「え、なにかしら……?」

ひどく痩せた感じの修道女がこたえた。

「あの、もしかして……こちらの修道院に梁香蓮という方はいないでしょうか?」

ふたりの修道女は互いに顔を見合わせ、こちらの身元をいぶかしんでいるようなそぶりを見せた。が、それには触れずに確かめ合うふたり。

「そんな人いた?」

「さあね、知らない」

「梁ルシアと梁マリアならいますけど……もしやその人のことかしら？」

首の長い修道女が、炳鎬の顔をじろじろ見ながら控え目に訊く。

「洗礼名はご存じないんですの？」

「そいつはちょっと……」

「それじゃ無理よね……」

「まだ二十歳にもならない娘さんなんです。まだ入って間がないはずですが」

「あ、なら梁ルシアのことなのね」

「お願いです。ちょいと会わせてくださいませんか」

炳鎬はうれしさのあまり、われ知らず声を強めていた。

「なんのご用がおありなんですの？」

痩せぎすの修道女が冷たい声で訊いた。

「至急に尋ねたいことがありますものですから」

「どちらからいらしたんです？」

「汶昌からきたといっていただければわかります」

「どういったご関係の方ですかしら？」

「わたしの姪なんですよ」

警察の者だとはいえず、嘘までついてしまった。

「こちらでは面会は禁止されているんです。なんでしたらわたしが聞いてお伝えしましょうか」

「直接会っていわなきゃならないんことなんでしてね。だめなことはわかりましたんですが、少しでも会わせてもらえないでしょうか」

また顔を見合わせるふたり。

「梁ルシアがその人かどうかはわかりませんけれど、訊いてみますわ。ほかの人に知れるとまずいですから、ここで待っててください」

「ありがとうございます。どうかよろしく」

炳鎬はぺこりと頭さえ下げた。

待つ間、落ち着いてはいられなかった。彼女が杏蓮だとしても会いに出てくれない可能性のほうが大きかったからだ。若くして現実の世を避けて身を隠してしまったわけで、いまどんな心理状態にあるのか想像に難くない。父親は殺害され、母親は正妻ではなく愛人だったことを知ったのだから、感じやすい年頃の娘なら、ただならぬ衝撃を受けてあたりまえのことではあろう。

ややあって、運のいいことに炳鎬が二本目の煙草を喫っているときに、角をまわってやってくる修道女の姿が見えた。緊張した彼は喫っていた煙草を捨て、近づいていく。その修道女は相手の姿をみとめると、視線を落とす。ひと目見て杏蓮であることがわかった。修道服をまとってはいるものの、写真で見たそのままにまだ少女らしさが色濃く残っていたのである。と同時に、息を呑むような美しさに彼はしばし言葉を失った。目を合わせたのはつかの間のことながら、澄んだ瞳が静かにきらめいている。

彼女は細くて長い手を前で組み合わせる姿勢のまま、身じろぎもせずに立っていた。どこからきただれなのか、問おうともせず、知りたくもなさそうだった。血の気のうすい、痩せた体を見るにつけ、ある種の感情がこみあがってくるのを禁じ得ない。言葉にならない憐憫の情にわれ知らずとらえられていたのである。

「すみませんですけれど。梁杏蓮さんでしょうか?」

炳鎬が低声で訊いた。伏し目がちながら、彼女はこたえる代わりにこっくりと首を振る。

「汶昌警察署の者です。お父さんの事件を捜査してましてね。不意のことでびっくりなさったでしょう」

梁ルシアの面がいっそう下がっていく。組み合わさった両手の先がわずかに震えている。炳鎬は一方的に話しかけることに気まずさを覚えていたものの、訊かないわけにはいかない。

「一点だけお尋ねいたします。捜査を進めるうえでどうしても必要なので、おこたえいただきたいんです。お母さんはいまどこにいらっしゃるのでしょう?」

梁ルシアは右足でなにかを踏みにじるような仕種をした。ややあって口をひらく。悲しげだが、うっとりするような声だ。

「母はいまとてもつらい思いをしています。これ以上、苦しめないでください」

控え目な言い方ながら、さからうことのできない重みがあった。

「もちろん承知してます」

しばし口をつぐんでいたものの、ぽつりぽつりと苦しそうに所番地を教えてくれた。炳鎬はすばやく手帳に書き取っていく。

とうとう彼女は炳鎬と目を合わせようとはしなかった。どこかもの問いたげなそぶりもあったが、くるりと背を向けてしまう。

「すまなかった。驚かせたりなんかして」

炳鎬は彼女の後ろ姿から目を離さずにいった。しばし立ち止まった彼女がついに問いかけてきた。

「どうしてここにいることをお知りになったんです?」

「修道院に入られたことは朴振泰君から聞きました。それで修道院を訪ね歩いていまして、ここまでやってきたわけなんです。振泰君は元気にやっていますよ」

その言葉を聞き終えると、梁ルシアはひとこと礼をのべ、弾けるように小径を引き返していった。修道服の裾が角を曲がって消えたあとも、炳鎬はしばらくその場に佇んでいた。強い自己嫌悪におちいっていたのである。

その日はそれ以上動きまわる気になれず、まっすぐ旅館に戻って寝ころんでしまった。

悲しみに打ち勝とうとしてか、苦悶の色を浮かべていた梁ルシアの濁りのない目が、炳鎬の脳裡から消えないのだった。

と同時に、その母親は十八歳のときに何人もの男たちの慰みものにされ、その娘は十八歳で修道院に入ったという事実が妙なことに一本の糸となり彼の意識を締めつけはじめたのである。

偶然の一致とみるには、両者の苦難の重さははかりしれない。

翌日午後、炳鎬は孫芝惠の住まいを訪ねていった。所在地を探すのが得意な彼にとってはたやすいことだった。

ソウル周縁の平野部にあるその町はもっぱら当局に撤去されたり、水害によって住処を追われたりした人々からなる、いわゆる難民村だった。いささか手間取ったのは、むしろその町に入ってからのこと。まだ区画整理が充分ではないため、住所を見せて尋ねても正確にこたえられる人はなく、数十世帯が同じ番地だったりしたからである。

孫芝恵が借家住まいをしていたプレハブ建ての長屋を見つけ出したのは、間もなく日が暮れようかという頃合だった。家主とおぼしき女房が板戸をあけてにゅっと首を突き出した。孫芝恵が在宅しているかどうか尋ねると、「いませんね」と淡々とこたえた。

「急ぎの用がありましてね、どちらに行かれているのか、ご存じじゃないでしょうか?」

「知らないわ」

「いつごろ戻られますか?」

「さあね」

寒いので早く戸を閉めたがっているのだろう。相手の口ぶりからして、なにも聞き出せそうになかったものの、そのまま引き返すわけにもいかず、炳鎬はごくりと渇いた唾を呑みこみ、ねばっていた。そのときその女房の息子らしき男の子が泣きながらやってきた。女房は大袈裟な身ぶりで近づき、その子を抱いた。

すると、子どもの泣き声はいっそうはげしくなっていく。炳鎬はとっさに五百ウォン札一枚を子どもの手に握らせた。なんとも不思議なぐらい、紙幣を目にしたとたん、ぴたりとその子は泣きやんだ。女房の表情がたちまちゆるんでいくのを炳鎬は見逃さなかった。

「どうしても会わなきゃならないんですかね?」

とていねいな口調で訊いてきた。

「ええ、急用ですんでね……。親しくさせてもらってましてて、あやしい者じゃありません」

「へえ、そうなんですか。でも仕事に出てますのでね、夜遅くならないと帰ってきませんですよ。困りましたわね」

「どんな仕事なんです？」

女房はいささかためらいながらも、声を低めていう。

「飲み屋じゃないですかね、たぶん」

「どのあたりの？」

「清渓川《チョンゲチョン》のどことかいってたけど、よく覚えてないんです」

女房は少し考えるような目をしたあと、子どもをおぶって外に出た。

「ついてきなさいな。ヨンのかあちゃんが知ってるはずだから」

「ヨンのかあちゃん、ていうのは？」

炳鎬はあとについていきながら訊いた。

「その人に仕事の口を紹介してもらったんだから、訊いてみりゃ、わかるでしょ」

女房は坂道をすたすたと上がっていく。

ややあって、とあるブロック造りの家の前までくると、彼女は炳鎬を外で待たせてなかに入っていった。ほどなくヨンのかあちゃんという四十がらみの女性が、女房のあとについて姿を見せた。顔はふくれぎみで口の大きな女である。彼女は風邪気味の男性みたいな低くかすれた声で、「聞いてどうすんだい？」と訊いた。うまくいいつくろわなければならない、炳鎬はそう思った。

「わたしの姉さんなんです」

「姉さんだって？　そんな話、聞いたことないね……。兄弟はいないってことでしたがね……」

女は見知らぬ男をあやしみ、舐めるように相手を見た。炳鎬はにこりと笑みをうかべてみせる。

「いやあ、実の兄弟、てことじゃなく従姉弟《いとこ》同士なんです」

「でもなぜ急に？」

「ソウルにやってきたって話を聞いたもんで、会いたくなったものですから」

「明日じゃだめなのかい？　今夜話しておくからさあ」

「どうしても今日でなければだめなんです。明日は別に行くところがありまして……」

「ずいぶんお急ぎの用事があるらしいのよ」

横から助けるように女房がいった。口の大きな女はもう一度炳鎬をじろじろ見てから、ようやく口をひらく。

「清渓川六番街へいくと南海屋っていう飲み屋があるのさ。そこで訊いてみりゃいい」

もうそれ以上なにもいうことはない、とでもいうようにくるりと背を向けて家に入ってしまった。

炳鎬は戸が閉まらないように押さえたまま、あわてて訊く。

「六番街のどの辺りなんでしょう？」

「あたしだってよく知らないんだよ。ソウル運動場の辺りへ行ってみたら」

台所から声を強めて女がいう。居間の戸ががらりとひらき、かなりきこしめした男が険しい目を向けてきた。これ以上長居は無用と、炳鎬はそそくさと扉を閉めて踵を返した。そのままタクシーを拾い、ソウル運動場方面へと向かった。まだ宵の口ではあったが、居酒屋はどこも人々でにぎわい、そこかしこから哀愁味を帯びた歌が聞こえてくる。

しばらくの間、路地裏を歩きまわっていたものの、南海屋という名の飲み屋は見当たらず、ひとまず炳鎬は体を温めることをかね、目についた居酒屋に入り酒を飲んだ。ひとりで飲む客はほかにはいないものとみえる。空きっ腹の胃の腑に酒がしみ、たちまちほろ酔い気分になっていった。一杯ひっかけてすぐに出るつもりだったのが、つい杯を重ねるうちに体が重たくなっていく。腰を上げたのは焼酎の二合壜をすっかり空けてからだった。時計の針は八時を過ぎようとしている。気を入れ直して再び店の看板をみてまわりはじめた。今夜のうちに会わねばならない、そんな思いがあせりを生んでいた。

万一、今夜孫芝恵に会えなかったなら、以後の計画が行きづまってしまう恐れが強かったからだ。どんなかたちであれ今度の事件に関わりがあるとすれば、可能なかぎり捜査の手から逃れようとするだろう。今夜会えないとなると、帰宅するなり警察がやってきたことを察知し、行方をくらましてしまうおそれが強い。

酔いのせいで息苦しくなるのをこらえながら、炳鎬は足を早めた。体は内側から温まり、額からは汗がにじむ。十時を過ぎる頃合、ようやく南海屋が見つかった。店のなかから流行歌とともに曲の調子に合わせてステンレスの箸でステンレス食器を叩く音がにぎやかにひびいてくる。炳鎬が入っていくと年老いた女将がゆるりと腰を浮かせ、ひとりできたのかい、と訊いてきた。そうだとこたえると、席がない、とのことだった。

「どこだってかまわんです」

炳鎬は通りのよく見えるストーブのそばに腰を下ろし、酒を頼んだ。客はみな個室に入っていたのでカウンターのそばにいたのは彼と女将だけだった。彼は外を眺めているふりをしながらも、個室を出入りする女給の姿を横目で観察していた。が、孫芝恵とおぼしき女性の姿は見当たらないのである。一度も会ったことはなかったものの、杳蓮みたいなきれいな娘を産んだ人ならひと目でわかるような気がしていた。どの部屋も客でにぎわい弾んだ声が聞こえてくる、ほかの店よりも商売がうまくいっているのだろう。炳鎬はだまってばかりいるわけにもいかず、それとなく女将に声をかけてみる。

「もしかして店の人で孫《ソン》さんて名の人はいませんか?」

「孫さん?」

「ええ」

「うちには孫ではじまる人はいないね」

見向きもせずに女将がこたえた。もうそれ以上訊くわけにはいかなかった。こういった店で本名のまま働く女性はめったにいなかったからだ。孫芝惠も例外ではないのだろう。だとしてどうやってその名を知るか、だ。炳鎬がそんなことを思っていると、部屋の戸がさっとひらき、酔っぱらった客がどなり声を上げた。

「やい、春嬉《チュニ》はどこへ行った⁉ 早く呼べや!」

「はーい、ただいままいりまーす」

走り使いの子どもがこたえた。ところが、春嬉と呼ばれる女性はなかなか姿を見せようとしない。別の部屋でも指名する客がいることからみて、彼女は南海屋では人気随一の女給なのだろう。炳鎬は春嬉が現れるのを待った。

ややあって、一番奥の部屋の戸がひらくと妙齢の女がおもむろに姿を現した。化粧が濃いせいもあるのだろうが、目鼻立ちのきりっとした美人である。とりわけ優しげな目許と白くすらりとした首が強烈な印象を与えている。その姿を見た瞬間、炳鎬は彼女が孫芝惠だと直感した。

波打つ胸をしずめながら、その女を凝視していた。女は酒に酔ったのか、いささかよろめきかげんで別の部屋へと歩を進めていく。走り使いの子どもが案内役だ。

「春嬉がまいりましたぁ」

子どもが声を張り上げるやするりと戸をあけると、部屋にいた酔客のだれもがいっせいに首を伸ばして彼女を見ようとする。その女はあわてることもなく優雅な身のこなしで部屋に入っていった。

部屋の向こうから聞こえてくる声に炳鎬は全神経を集中させた。

「やい、あんた、わしのことが気に入らないのかい?」

「いえ、そんな」

「ならなぜそんないやそうな顔をする?」

「ごめんなさい」

「あやまりゃすむのかね? なかなかの売れっ子らしいが、そんなことは言い訳にはならねえ。遅れてきたからにゃ、まず一曲聴かせてもらおうじゃないか」

いっせいに拍手が湧いた。そして沈黙。さらに幾度か催促されてようやく歌が始まった。

他郷暮らし　何年になろうか
指折り数えてみると
…………

春嬉はつゆほどの感情もこめずに淡々と歌っていた。が、その無感動で疲れたような声を聴き、炳鎬はむしろ重く垂れこめた霧のような悲しみを感じるのだった。彼は息を殺し、途切れがちに続く奇異な歌声に耳をそばだてた。

浮草みたいなわが人生

せつなくて　せつなくて
窓を開けて見上げると
遠くに空が
…………
…………

春嬉が現れ歌が始まると、酒席がにわかに活気を帯びていく。続いてほかの女給も歌をうたい、客たちはいっそうにぎやかに箸を叩きはじめた。その合間合間に女たちの媚びるような声と杯のぶつかり合う音、それらに混ざって罵るような声が聞こえてくる。

炳鎬は次第にあせりを覚えた。いつ酒宴が果てるとも知れず、手をこまねいて坐ってばかりいるわけにもいかなかった。

そのとき、春嬉のいる部屋から酔っぱらいの怒鳴り声が聞こえてきた。

「この牝犬が！　やい、死んじまいやがれ！」

食器を投げつける音と同時に頰桁を張りとばす音がした。その客は相当に怒っているものとみえる。

「舌を嚙みやがって。キスがいやなら、こんなところにのこのこ出てくるんじゃねえ！」

「なぜぶつの？　なぜぶたれなきゃなんないのよ」

女の涙声がするなり女将が駆けつけ、戸をあけた。と、酔客はいっそう声を荒らげていう。

「失せな、売女《ばいた》のくせして、おまえなんざいなくたって酒ぐらい飲めらあな。とっと失せろや！　犬じゃあるめえし、一度キスしたぐれえで舌を嚙むのかよ？」

酔客は女給を突きはなすと唾を吐く。出てきた女は春嬉だった。彼女は両手で顔を押しつつんだままじばらく壁にもたれていたが、女将に支えられながらストーブのそばに腰を落とした。顔の火照り具合からみて相当に酔っているのだろう。が、もう泣いてはいない。酔いのためかしばらく体が前後に揺れはしたものの、ほどなくこくんと首を前に倒してからは石像のように坐っていた。すぐ隣の位置にいるため炳鎬にはその横顔しかうかがうことができない。にもかかわらず、彼女の体全体から冷たく、他人を寄せつけない空気が漂っているのがわかった。女将もそんな雰囲気を嫌ったものか、慰めの言葉もそこそこにして引っこんでしまう。

炳鎬は無表情をよそおって酒盃をかたむけながら、それとなく彼女を観察した。

彼女は頭をカールさせ、真紅の韓服《チマチョゴリ》を着ていたものの、こんな居酒屋には似つかわしくはないようにみえる。孫芝恵だとしたら、三十八から四十歳ぐらいになっているだろう。四十にもなろうかという女性が家庭を失い、居酒屋で客に酒を注がなけりゃならない、そんな姿を思うと炳鎬の胸はいたく痛んだ。彼女の過去を知っているだけに、なおさらつらく思えてならないのである。どうやって声をかけようかと思いをめぐらせながら杯を重ねていた。普通の精神状態では話しかけられそうになかったからだ。ほんとうに酒に酔い、ただの酔っぱらいとして当たってみるとしよう。

そう思っていた矢先、さっき春嬉と争っていた四、五人の連中がどやどやと部屋から出てくるのだった。みんな三十そこそこといった青年ばかりで、かなりきこしめしているのだろう、真っ赤な顔をしている。そのうちのひとりが外に出ようとしていたのをやめ、春嬉のそばまでやってきた。

その青年は呂律《ろれつ》のまわらない声で自分よりも五歳ぐらい上とおぼしき彼女に悪態をつく。

「やい、下司女、キスしたぐれえで舌を嚙むのかよ？　こんなことをやってただですむと思ってるんか？　とち狂ってやがるぜ、ったく」

が、春嬉は見向きもしない。依然、うつむいたまま身じろぎもしなかった。そんな態度が彼らの怒りをいっそうあおり立てたのだろう。

「売女のくせして、なにがそんなに気に入らねえんだ？」

「舌を嚙んだのなら、あやまらなきゃならんだろうが」

「あきらめちまいな。そんなこと」

「おまえだって嚙んでやれや、おっぱいを嚙んでやれ」

友人にあおり立てられると、舌を嚙まれた青年は辛抱たまらなくなったのか、醜く顔をゆがめるなり春嬉の肩をどんと突く。

だしぬけに衝撃を受け、背もたれのない椅子に腰を下ろしていた春嬉は力なく後ろに倒れていった。ごつんという音からみて、モルタルの床にひどく頭を打ちつけたものとみえる。苦悶の表情をうかべて身を縮こめる春嬉。そんな彼女を見下ろしながら青年はぺっと唾を吐きすてた。

「てめえの身分をわきまえな。またきてやるから、そのときは身を清めてわしに抱かれる用意をしておきな」

なにかしら気圧された恰好で女将や女給は呆然と見守るばかり。一行は満足したのか、ひっひと下卑た笑いを漏らしながら店を出た。炳鎬が立ち上がったのはこのときだった。彼は春嬉を押し倒した青年の背後に近づいていき、その肩を引き寄せた。そして命令調で厳しくいう。

「おい、その女性を起こしてやれ」

「なんだと？　てめえ？」

青年は目を怒らせながら、炳鎬に顔を近づけていく。仲間も足を止めて向き直り、炳鎬の周りを取り囲むように殺到した。くだんの青年は炳鎬の胸倉を摑んで振り立てる。炳鎬は相手のわき腹と顔に鋭いパンチを放った。

青年は「いてっ！」といいながらよろめき、どうにか体勢を立て直して炳鎬を見やる。その目には恐怖の色がありありと浮かんでいた。炳鎬の動きがあまりにも早いうえに正確だったためか、彼らは手向かうのをやめ、わずかにしりぞいた。それでも炳鎬に殴られた青年は、気をふるい立たせて口をひらく。さいぜんの勢いはどこへやら、言葉づかいまで改めながら。

「な、なにをするんですか？　なぜ殴るんです？」

「つべこべいわずにその人を起こせや！　女性を突き倒しておいて、知らん顔をするつもりかね？」

「失礼ですが、どちらの方で？」

炳鎬の身分が気になりだしたのか、べつの青年が訊いた。

「そんなことを知ってどうする。おれはおまえたちが女性に暴力をふるったんで腹が立ったんだ。男らしいふるまいとはいえんな！　はやく起こせや」

彼らがもじもじしている間に炳鎬は春嬉に近づき、彼女を起こした。と、ほかの女給もやってきて手を貸した。

「いいわ。だいじょうぶよ」

さしのべられた手を振り払い、春嬉は乱れた髪をかき上げる。潤んだ目がしばし炳鎬に向けられた。強い視線で応じる炳鎬。

横柄にふるまっていた連中はみなこっそりと姿を消してしまっていた。炳鎬は空いた部屋へと案内されて入っていった。ただ者ではないと感じはじめたものか、女将の応対ぶりがみるみる変わっていく。

「女の子をお呼びしましょうか?」

改めて酒膳を用意しながら女将が訊いた。

「できれば春嬉を呼んでほしいんだがね、都合をつけてもらえないですか」

「心配いりませんよ」

こころよく女将がうけあった。炳鎬は壁にもたれて煙草を喫っていた。もう酒を飲みたくはなかったが、今夜はそういうわけにもいくまい。疲れているうえに酒が過ぎたからだろう、たちまち眠気がおそってくる。春嬉は現れそうになかった。

「こんちくしょう、ばかばかしい」

炳鎬はひとりごちながら欠伸を繰り返しているうちに、うとうとしてしまっていた。そのときことりと戸がひらき、そろりと春嬉が入ってきた。炳鎬は大きく目をあけて、ぴんと背筋を伸ばした。緑色の服に着替えていたのだった。

彼女はうつむいて炳鎬の横に坐りながら、「さっきはありがとうございました」といった。

「なにをおっしゃいます」

酒場の女給相手だというのに、炳鎬の言葉づかいはていねいすぎたかもしれない。その応対ぶりに春嬉は驚いたのか、しばし見とれるような表情を見せた。その目が美し過ぎたせいなのか、胸の高鳴りを覚える炳鎬。とびきりの美人だった。そばからまじまじと見るとあまりにも杳蓮とよく似ている。

「一杯どうです？」

雰囲気をやわらげようと炳鎬が酒盃をすすめた。春嬉は始めこそ遠慮していたものの、重ねてすすめられると素直にしたがった。この女を酔わせなければならない、こばめば無理にでも飲ませなければ、そう思いながら炳鎬はたっぷりと酒を注ぐ。

一杯が二杯になり、三杯、四杯と進むにつれ、彼女はためらいのそぶりもなくなり杯を空けていった。すでにほかの客相手に飲んでいるうえのことなので、女性にとっては相当に負担になるだろう。にもかかわらず炳鎬はしきりに酒をすすめた。自身も体を支えるのが困難なほど酔っていたのであったが、意識のほうはさえわたっていた。

「若い娘さんというわけでもないようにお見受けいたしますけど、苦労されたんでしょうね」

炳鎬は彼女の身の上についてそれとなく探りを入れた。彼女の視線が下がる。

「苦労だなんてとんでもない。わたしらなんかはとうに盛りが過ぎてるからいいようなものの、年頃の娘さんが嫁にも行けずにこんなところに出ているのにくらべたら……」

「失礼なことを尋ねますけど、お歳のほうはおいくつになられますか？」

「そんなていねいにしゃべらないでください。そんな言い方をされますとなんだか気づまりですわ」

「お近づきになれたら、言葉づかいもふつうになりますよ。幾つなんですか？」

「幾つに見えますかしら？」

笑みを浮かべながら春嬉が訊く。初めて彼女の笑顔を見た炳鎬はなにやらほっとした。

「さあて、四十を過ぎてるとはとても思えませんですし、三十八か九といったところですか……」

「あら、どうしてわかるんですか。だれにも言い当てられたことはないのに……。この店じゃ三十三歳でとおっているんですのよ」

「美人だからそうみえるんでしょ。ですがこの目はだませません。心の目で見ますからね」

「そのようですわね」

ふたりは声を合わせて笑った。すこし気持ちがほぐれてきたのか、彼女は炳鎬に煙草をもとめて喫った。わずか数か月のうちに飲み屋の女給に転落していった女に対して、言葉でいいつくせない悲哀を炳鎬は感じてもいた。だが、そんなことはおくびにも出さずに酒ばかり飲みつづけていたのである。

通禁時間が近づいてきていたにもかかわらず、ふたりは腰を上げようともしない。炳鎬は炳鎬なりに、彼女は彼女なりに苦痛を抱いており、それを忘れようとでもするかのように酔っていた。

「ねえ、こんなに酔っぱらっちゃってごめんなさい」

そういった矢先、涙を流しながら体を預けてきた。安物化粧品の臭いが鼻を衝く。炳鎬はあまりにも切なくて耐えられなくなってきていた。彼女がぐんぐん体を押しつけてくるのを押し戻し、低いがはっきりとした口調でいう。

「孫芝惠さん、しっかりしてくださいよ」

とたんに女はついと体を起こした。そして涙をぬぐおうともせず、啞然とした顔を相手に向けるのだった。ほどなくその顔に恐怖の色が広がっていく。

炳鎬は彼女の手を握りしめ、はなした。

「恐れることはありません。危害を加えようとやってきたわけじゃないですから」

依然彼女は穴のあくほど炳鎬を見つめていたものの、観念したかのように首を垂れた。

「警察の方ですのね」

「ええ、汶昌警察署の刑事で呉炳鎬といいます」

舌がもつれないように慎重にいった。孫芝恵は壁に上体を預け、目を閉じた。そして低声でいう。

「警察って情け容赦もないのですね。それにこわい。こんなところにいるのに見つけ出すなんて……」

「す、すまない。きたくはなかったのだが、い、いたしかたがなかったもんで」

炳鎬はげっぷをした。芝恵はやはり目を閉じたままいう。

「つかまえにきたんですか？　いいわ、つかまえてってちょうだい。とうに死んでいなけりゃならないのに、見てのとおり生きながらえてきたのよ。そうよ、罪を犯してきたわ、この体が……」

彼女は膝を立てると膝の隙間に顔を埋めた。そして声を詰まらせながらむせび泣く。声を出すまいと骨折っている姿がいっそう哀れで痛ましい。思いっ切り泣けるようにと炳鎬はしばらく口をつぐんでいた。胸にたまったもやもやを吐き出してしまえば、なにか話してもらえるのではないか、そんな計算が働いてもいたからだ。

ややあって、孫芝恵は涙をぬぐうと正面から炳鎬を見た。

「汶昌からこんなところにまでいらして……ごくろうさまなことですわね」

「いや、なんでもない。仕事ですからね。そんなことよりも……まだ事件を解決できていなくて申し訳ない」

炳鎬は心底すまなそうにいった。

「とんでもありませんわ。すっかり忘れてしまいたいんです。だれかを恨みたくはないし、だれかが罰せられるのも願わないわ」

「お気持ちはお察ししますが、法というものがありますんでね」

炳鎬の言葉に芝恵はしばらく口をつぐんでいた。彼女は煙草を喫いつづけている。煙草を口にあてがうたびに指先が震えていた。

時刻はすでに深夜の十二時を廻っている。女将はふたりが夜をともにするものと思ったのか、酒とつまみをどっさり用意して部屋の戸を閉めてしまった。炳鎬は自身が捜査官というよりは孫芝恵というひとりの人物を理解するために話を聞きたく思うのだった。炳鎬が押しとどめようとするものの、彼女はまた一杯酒を飲み干してから口をひらく。

「わたしはね、この世で法というものが一番嫌いなの。法は人のためにできたものなんでしょうけれど……いまはそうじゃない。人を虐待してるじゃない。わたしにとっては法は最も軽蔑すべきものなのよ」

その言葉は確信に満ちていた。炳鎬は同意した。

「お気持ちはお察しいたします。法という名のもとになにか深刻な被害をこうむったのじゃないですか……違いますか、急にソウルへやってきて暮らすことになったところをみると」

「やってきたばかりのときは心細かったですわね。稼ぐためにはなにか経験がなくってはいけないでしょ。田舎で暮らしているときにはなんにもしていなかったですから」

「でも長く田舎で暮らしていた方には見えませんね」

淋しそうな笑みを洩らしながら彼女がいう。

「女学校はソウルでしたのよ。友だちだって少しはいるにはいるんですけど、恥ずかしくて会えない。最初は喫茶店に出ましたの。早くなれようと懸命に努力したんですけど、だめでした。報酬も少ないですし……つまるところはごらんのとおりですわ。飲み屋に勤めてることはだれにもいわないでくださいね」

　そういうと彼女は深く溜め息をついた。今夜ですべてにけりをつけてしまおうとでもするかのように、杯を重ねるのだった。

「酔っぱらいたいんだから、とめないでちょうだい。いくらだってお酒はありますから。お代はわたしが出しますわ。今夜は大目に見てほしいの。こんな店に何か月もいたらお酒だって覚えちゃう。客の誘いも少なくないし誘惑に負けることだってある。あら、なぜそんなに顔をしかめるのかしら？　わたしのこと気に入らない？　若くないからなんだ、でしょ？　わたしの皮膚ってまだ娘みたいにすべすべしてるわよ」

炳鎬は眉を顰める。なおも、からかってでもいるかのように彼女がいう。

「刑事さん、呉刑事さんったら、そんなにこわい顔をしないでくださいな。今夜は誘ってくださらない？　善人ぶってたって男なんてみんな同じでしょ。こそ泥みたいなもんじゃない。呉刑事さんだけは別だっていうんですの」

「刑事だなんて呼ばないでくれ」

「どうして？」

「聞きたくないんだ」

芝恵はあざ笑ってでもいるかのような顔をした。

「あら？　なら先生ってお呼びしましょうか？　そうだわね。それがいい」

まごついて返事に窮する若い刑事を面白がってでもいるみたいに彼女は観察していた。炳鎬はとうとう腹を立てて相手をにらんだ。

「ソウルなんてところじゃ、機械みたいにきちきち計算して暮らさなきゃならん。だのにそんなに酔っぱらってつまらないことばかりいってると、生きていくのがつらくなっちまう」

「ふん、ひとの心配ばっかりしてないで、自分のことを気にしたらどうなの」

「心配されたからといって気をわるくしないでもらいたいものだね。なげかわしい気がしたもんだから口にしたまでで」

この女は堕落するかもしれない、炳鎬はそう思った。いやすでに堕落しているのかもしれない、とも。きれいさっぱり過去をとっぱらってしまえば、彼女は一介の飲み屋の女給に過ぎない。とたんに彼はなにかきついことばを吐いてやりたくなった。でも実際に口から出たのは事務的な言葉だった。

「梁氏の死について、なにか思いあたるふしはないでしょうか？」

彼女はこたえる代わりに首を左右に振った。簡単には口を割らない、といったそぶりなのだろう。

「失礼な言い方になりますが……生前の梁氏とは親密だったわけですよね？」

彼女は張りつめた顔で相手を見返しはするものの、さっきみたいに口は動かず、首を振ろうともしなかった。炳鎬は汗で濡れた額を手の甲でぬぐう。

「なあに、無理にこたえる必要はないですよ。ただ参考になるかと思ってきいているだけですから」

「あんまりじゃありませんか。そんなことにこたえさせようとするのなら、警察に連れていってからにしてほしいですわね、なぜこんなところで訊くんです？　客をよそおってやってきて人の心を揺さぶっておきながら……」

「やむをえなかったものでして。申し訳ない」

「いいますわ。あの人を憎んでた。殺してやりたいほど。納得できまして？」

よどみのない声で冷たく吐き捨てるようにいったため、炳鎬はしばし息を呑む。

「だれにだって殺したくなるほど人を憎むことがあるもんでしょう。ですが、そんなことは罪でもなんでもない。でもなぜそんなに旦那さんが憎かったんです？」

すぐにこたえが返ってこなかったので、炳鎬は酒の力を借りて酷《こく》な問いをぶっつけた。

「杳蓮以外にも息子さんが一人いると聞いてるんですがね、ほんとうなんですか？　梁氏といっしょになる前のことですけど」

すっかり事情を知っている者でなければ出しようのない問いだったので、孫芝惠を大いに驚かせた。呆けたような目で相手を見ていた彼女はがっくりとうなだれた。肩をぶるぶる震わせながら。

「すまない。なるだけ過去のことをほじくり返したくはなかったのですけども、ことがことだけにそうもいかなくなっちまって。訊かれるままに率直にこたえていただくと事件は意外にあっさり解決するかもしれない」

彼女はうなだれたまま口をきこうとはしない。炳鎬は返答をせかそうとはしなかった。自らすんで口をひらくのを待っていたのだ。ややあって、震える声で彼女がいう。

「男の子がひとりいました」

「その子はいまどこに？」

「知らない」

みるみる落ち着きをなくしていった。

「ほんとうに知らないの」

かたくなにかぶりを振って、袖の先で目頭をぬぐう。

「わたしがいけなかったのよ。あの子を捨ててしまった。わたしを逮捕してちょうだい」

「そんな無茶な。そんな権限はありませんよ。殺人犯を捜している最中なんですから」

相手がまたむせび泣きはじめたので、炳鎬は会話を中断させた。孫芝恵みたいな女が涙を流すと同情せずにいることはほとんど不可能なことだが、かといって捜査官として情にほだされてばかりいるわけにはいかない。炳鎬は彼女から目をそらしながら言葉を継いだ。

「聴きたいのはあなたの過去についてです。つまり山から下りて投降し、黄岩とかいう人と一緒に暮らすようになってからの話を。それ以前のことについては姜晩浩氏から聴いて、おおよそわかってます。いやなことでしょうが、くわしくお聴かせください」

「姜晩浩ですって、あの男……まだ死なずにいるんですの？」

その声は驚愕に近いものだった。だしぬけにその名を聞かされたので驚くほかなかったのだろう。

ゆっくりと炳鎬がいう。

「姜晩浩さんは数日前に亡くなりました。その直前にすべてを話してくれたのです。あなたとの関係までも」

「そんな……あんまりだわ。自分の汚い過去を自ら語るなんて、どんなわけがあるというの？　わたしの過去がこんどの事件となにか関係がありまして？　いやよ、そんなこと」

「しゃべるしゃべらないはあなたの自由ですよ、もちろん。ですがこちらの立場からするとその話を聴かせていただかないことには事件の捜査が進みません。それが梁氏の死にどの程度関わってくるのかはもう少し経ってみないとわかりませんが。それについてはまたお話しする機会があろうかと思ってはいます。ほんとうはあなたのことを捜したくはなかった。とはいっても仕事柄そんなわけにもいかず……こうしてソウルまでやってきたわけです。できることなら捜査に協力していただくと……」

「わかったわ。もうたくさんよ」

孫芝恵は眩暈がするのか、手で額を押さえた。そして観念したかのようにじっとテーブルを見る。

炳鎬は話の腰を折られたことがすこぶる不快だった。口では聞こえよく協調してほしい、などといいはしたが、聞き入れるようすがないようなら、強制的にでも口をひらかせることもできるのだ。

彼は手酌で注いだ酒を一気に飲み干すと、そろそろきびしく追及していく頃合だと思った。

「おもしろくないことでしょうが、聞くだけならかまわんでしょう。この殺人事件を捜査していてわかったことなんですけど、良心に照らすなら、とうてい隠してすますわけにはいきません。黄岩とかいう人はいま無期懲役の刑で服役中であることはご存じなんでしょうね？」

炳鎬は孫芝恵をにらんだ。が、彼女は気づかないふりをしたまま、こたえようとはしなかった。

「黄岩、その男は二十年が経ってもなお、なんの罪もないのに獄中にいます。だれひとり助けようとする者もなく、死んだときに出られるのでしょう。聞いたところによりますと、あなたとは切っても切れない間柄だそうですね、ならなぜいままでうっちゃっておいたんです？　もしやあなたの犠牲になったんじゃないですか？　でなければ、なにかそれなりの理由があったのでしょうか？　それともほんとうに殺したために服役したとでも？　捜査の過程で偶然耳にしたことなので、事件とはなんの関係もないことなのかもしれないですが、少なくとも血が流れている人間であるのなら、けっして知らないふりのできることじゃない。まだ具体的な事実確認まではできてはいないにしても、黄岩氏は無念の思いをうちに秘めながらもムショ暮らしをしているのは間違いないようですね。ですがなぜ知らないふりをなさるのでしょう。自分のせいだとお考えなら、まずはなにもかも話してすっきりさせてください。黄岩氏のことなんてどうなってもいいとでも？　いまもあなたのことを待っているかもしれません。これでもあなたは口をとざしたままでいようとされるのですか？　だとしたら、わたしの口から新聞社に連絡してでもこの事実をおおやけにいたしますよ。事実を探り出すのは時間の問題ですからね」

炳鎬がしゃべり終えると芝恵はぶるっと身を震わせた。酔いで朱に染まっていた顔からみるみる血の気が失せていく。

「わたしひとりの胸に秘めたままにしておこうとしてたのに、こうして警察にまで知られてしまったのね。おっしゃるとおり黄岩さんは無期懲役の刑で獄中にいるわ。みんなわたしのせいよ。こうなったからにはもう逃げないわ」

黄岩の事件が重要なのは、なによりもそれが梁達秀の殺人事件と深い関係があるからだ、とあやうく炳鎬は口をすべらせるところだった。まだ孫芝恵の過去が正確に把握できてはいないため、そこまではいわないことにしたのである。それに彼女の正体にどうにもいぶかしい点があるように思えたからでもあった。むせび泣き、嘲笑、婀娜《あだ》っぽい口ぶりになぜかしらつながりが感じられず、素直に受け取ることが難しく、こちらの手の内をさらしたくはなかった。

もうひとつ納得がいかないのは、ひとりで暮らしながら、あえて飲み屋に勤めることもないように思われる点だ。喫茶店みたいなところでも自分ひとりの生活費ぐらいなら稼げるではないか。もちろん飲み屋のほうが実入りはいいだろう。だとしたら、とくだん金遣いが荒いとも思えない女がこんなところに出て収入を得なければならないのなら、なにか支出しなければならないことがあることを意味する。それもえらく切迫して。なににそんなに使おうというのか。炳鎬がそんなことを思いめぐらせているとき、とうとう孫芝惠がぽつりぽつりと話しはじめた。

「よくご存じでしょうけれど、そのときわたしは十八歳でした」

いつしか周囲は重い静寂に包まれていた。

下巻につづく

金聖鍾（キム・ソンジョン）
一九四一年中国山東省済南市生まれ。韓国の全羅南道で育つ。現在、韓国推理作家協会会長。六九年、短編小説「警察官」で文壇デビュー。七四年、本書『最後の証人』が『韓国日報』紙に連載され、大反響を巻き起こす。以後、本格的に推理作家としての活動を開始し、現在韓国のミステリー界では巨匠的存在。大作『黎明の瞳』全十巻がＭＢＣの大河ＴＶドラマとして九一年に放映されるなど、ＴＶドラマや映画になった作品も多数ある。九二年、釜山市内に推理文学館を建て、推理関係図書を中心に約四万冊の蔵書を収集し、三百二十二席の閲覧席を設けている。釜山市在住。

最後《さいご》の証人《しょうにん》　上《じょう》

二〇〇九年二月十五日　初版第一刷印刷
二〇〇九年二月二十五日　初版第一刷発行

著　者　金　聖　鍾
訳　者　祖田律男

発行人　森下紀夫
発行所　論　創　社
東京都千代田区神田神保町2―23　北井ビル2Ｆ
電　話　（〇三）三二六四―五二五四
振替口座　〇〇一六〇―一―一五五二六六
ＵＲＬ　http://www.ronso.co.jp/

印刷／製本　中央精版印刷

ISBN978-4-8460-0890-1